源氏物語の源泉研究

郭　潔梅

東京図書出版

前　書

本書は源氏物語の創作源泉つまり題材が生ずる元を考察するが、物語の主題、構想要素なる時間・場所・人物設定に重きを置く。契機は手がかり、また動機を意味するが、契機を究明するため時代背景を知る必要があり、それを序章にする。

序章は源氏物語が作られた時代背景つまりその時代特有の事情、雰囲気を考察する。源氏物語が語られた寛弘年間（１００４~１０１２）特有の事情と言えば、白氏文集が大いに流行し、漢文学にも和文学にも多大な影響を与えたことである。流行は一時的に急に世間に広がる現象であり、ブランド品の出現が伴う。白氏文集は承和五（８３８）年藤原岳守が唐人の貨物から見つけ出し、仁明天皇に奉じ（『日本文徳天皇実録』）、愛読書となったが、百六十年ほど経った寛弘年間になって流行するようになったのである。なぜ長い年月がかかり、またなぜ寛弘年間になって流行したのかは疑問を招く。日宋交渉を視野に入れてみると謎が解けた。宋は新しい王朝として破竹の勢いで経済が発展し、印刷術も空前の高レベルに達した。三史五経や諸子百家の書は言うまでもなく大型図書の上梓も相次いだ。宋初期は印刷物の禁輸政策が厳しかったが、宋商人は書物を貨物に挟んで陰に陽に運び込んだ。世界の最先端を行く印刷術を用いて刷られた書籍はブランド品となった。寛弘三（1006）年宋商曽令文から藤原道長に宋印の白氏文集を贈与した。道長は大喜び、日記につけ、それを天皇に献上した。高級貴族の好みが一般知識人に影響を及ぼし、流行を促した。あたかも昨年玄宗が著撰した『御注孝経』は敦康親王の読書始めの教材と定められた。白氏文集には玄宗・楊貴妃の愛情物語に基づいて作られた「長恨歌・伝」が収められており、相乗効果が生まれて流行のピークを迎えたのである。

正論は三部十七章からなる。第一部は「長恨歌・伝」との関係を考証するものが四章、第二部は『旧唐書』「列伝」「外戚伝」との関係を考証するものが八章、第三部は唐の伝奇小説に拠って作られた物語が五章ある。第一部も第二部も桐壺巻から始まる。敦康親王の読書始めがきっかけで語られたからである。

寛弘二（1005）年十一月十三日敦康親王の読書始めが行われた。玄宗が撰述とされる『御注孝経』を教材に定め、儀（講義の聴講）と祝賀の作文会に分かれた。講義する際に天皇は密かに飛香舎に渡って屛風を押しのけて非公式に立ち会った。読書始めが終わると『貞観政要』「論尊師傅　第十、第二章」（以下「論尊師傅」と称する）によって書かれた祝辞から作文会が行われた。桐壺巻の内容は恰も玄宗後宮の故事と太宗後宮の故事に拠って語られた。玄宗後宮の故事に拠って語られたものは主に桐壺巻の前半に集中し、第一部にするが、太宗後宮の物語は半ばから始まり第二部にした。

背景に白氏文集の流行があるために『御注孝経』の著者なる玄宗・楊貴妃の愛情物語に基づいて書かれた「長恨歌・伝」にある典拠・史実によって作った短篇が紙面を賑わした。初めに目に映った玄宗が楊貴妃への寵愛を描く「京師長吏為之側目」を第一章にした。更衣は楊貴妃を下敷きに作ったと思われるが、更衣のイメージは楊貴妃と重ならないと分かり、楊貴妃のモデル説が薄らいでいる。実際「京師長吏為之側目」の直後に楽府「衛皇后歌」の書き直しがあり、漢武帝と更衣の史話に繋いだ。更衣の境遇は衛皇后（子夫）の身の上とよく似ているが、「先の世にも御契りや深かりけむ、世になく清らなる玉の男御子をのこみこさへ生まれたまひぬ」は女の子を産んだ衛子夫のことに符合しない。

第二章は妃を愛して妃に生まれた子を可愛がることを主旨とする史話を考察する。漢高祖の戚夫人を愛し、戚夫人に生まれた如意を皇太子にしようとした史話が最も有名である。しかし『旧唐書』「玄宗諸子」の巻末に韓非子の「母愛者子抱」という名言で唐玄宗は漢高祖の後塵を拝したことを示唆している。玄宗の故事を語る時に漢高祖の故事も微かに窺い知れたと考えられる。

第三章は白楽天の親友元稹の小詩「行宮」を「御前の壺前栽のいとおもしろき盛りなるを御覧ずるやうにて、忍びやかに心にくき限りの女房四五人さぶらはせ給ひて、御物語せさせたまふなりけり」に翻案した帝が亡き妃への思念を主題とする短篇を考察する。「行宮」の結句「閑坐説玄宗」を幕開きにし、「長恨歌」の詩句を用いて玄宗が亡き楊貴妃への思念を翻案した巧みな短篇である。

第四章は「長恨歌」の「金屋粧成嬌侍夜」によって作った源氏の元服・結婚物語の生成を考察する。

「金屋粧成嬌侍夜」は「漢武帝故事」を出典とし、武帝と阿嬌（のちの陳皇后）の逸話である。『史記』「外戚世家」に「上為太子時娶長公主女為妃」という記事があるが、武帝は7歳で立太子、16歳で即位した。いつ阿嬌と結婚したのか分からない。作者は平安朝の儀式書『西宮記』に従って元服の儀を補い、成人したその夜、葵上が添い伏しを構想したと考えられる。

第二部は桐壺巻にみえる先帝の四の宮の入内から始まる。しかし物語が語られるきっかけを説明するために父帝が母亡き源氏を身辺に養育する部分を繰り上げ、第一章にする。

敦康親王の読書始めが終わって作文会が行われた。大江以言は『貞観政要』「論尊師傅」を踏まえて序を執筆し、開会式の挨拶として詠み上げた。その序に「唐高宗之得鍾愛、伝古文於七年之風」があり、『旧唐書』「高宗本紀」を出典とする、と柿村重松（１８７９〜１９３２）によって指摘される。この詩句はまた、

今は内裏うちにのみさぶらひたまふ。七つになりたまへば、読書始めなどせさせたまひて、世に知らず聡う賢くおはすれば、あまり恐ろしきまで御覧ず

という日本語に直し、源氏の君の読書始めを語った、と柳澤良一が指摘している。両学者の考証によって桐壺巻にみえる読書始めから源氏の物語は唐高宗の故事によって語られる。少年

源氏は晋王（のちの高宗）に相当し、桐壺帝は太宗に相当し、藤壺は才人武照（のちの則天皇后）に相当する。

「高宗本紀」をみると、「唐高宗之得鍾愛、伝古文於七年之風」の出典なる記事の直後に太宗が母亡き晋王を身辺において養育し、晋王が皇太子になってからも絶対東宮に行かせず、手元に置いて自ら教育していたことが記されている。

桐壺巻に「唐高宗之得鍾愛、伝古文於七年之風」の日本語訳があり、桐壺帝も太宗と同様母亡き少年を身辺において養育し、成長してからも手元に引き寄せていた。しかし桐壺巻は、父帝の教育苦心談を語らず、後宮に居る間少年は父妃に心を寄せるようになり、愛情物語のために伏線を張っておいた。

第二章は繰り下げた藤壺の入内を考察する。それは『旧唐書』「則天皇后本紀」の初めにみえる「則天年十四時、太宗聞㆓其美容止㆒召入㆑宮、立為㆓才人㆒」によって作られたが、「列伝」「外戚伝」を調べて藤壺が入内する前「先帝の四の宮」と呼ばれたり、入内して「輝く日の宮」と呼ばれたりした理由が分かり、欠巻「輝く日の宮」も浮き彫りになった。

第三章は高い山にいる若紫と思われる美少女の原型を考察する。若紫は、一条天皇の第二皇子敦成親王が誕生（寛弘五年）五十日を祝う会で初見した言葉である。敦成親王の誕生には御嶽の霊験談が伴う。寛弘四年道長は極楽浄土への往生を主願に、中宮に御子の誕生を複願にかけるつもりで金峰山に登った。翌年中宮は懐妊し、金峰山には御験があるという噂が立った。

山には弥勒の化身なる金剛蔵王菩薩が居るからである。そこで御嶽信仰はますます篤くなり弥勒下生の話も人々の心を強く捉えるようになった。平安朝に親しまれる唐に弥勒下生の伝説がある。『大雲経疏』にそれと関わりのある「神皇幼少時已被緇服」があり、それによって高い山にある寺に尼君と美少女の神話が作られたのではないか、と筆者は考える。

第四章は若紫巻の密通事件を改めて考察してみる。第一章の結論を前提にして原文を読めば、藤壺を訪れたのは帝である。「則天皇后本紀」にある「及㆓太宗崩㆒、遂為㆑尼、居㆓感業寺㆒。大帝于㆑寺見㆑之」という記事を桐壺院の崩御、後宮整理、藤壺と源氏の再会などと照らして説明する。

第五章は賢木巻にみえる御息所が再び宮中に戻る場面と「則天皇后本紀」にみえる「復召入㆑宮、拝㆓昭儀㆒」の関係、紅葉賀巻にみえる藤壺の立后と高宗後宮の「廃王立武」の関係を考察する。

第六章は則天皇后の姉賀蘭氏とその息子賀蘭敏之によって作られた物語を検出する。則天皇后が中宮に立つと外戚は自由に宮中に出入りする。則天皇后の姉未亡人なる賀蘭氏は宮中に出入り、いつの間にか高宗と結ばれた。則天皇后の姪に当たる賀蘭敏之の東宮に上がる日取りも決まった皇太子の婚約者を犯したことは朧月夜の物語に直したが、太平公主を逼ったことは藤壺が出家した理由として読まれている。

第七章は紅葉賀巻にみえる老女典侍と二人の貴公子の異性関係を中心とする短篇を考察す

る。本筋と関わりがないので、挿話と言われるが、宮中を舞台にし、相当高齢で地位の高い女官が貴公子二人と異性関係を持つ主題は聖神皇帝（晩年の則天皇后）が張易之・昌宗を男妾にした史実と合致する。物語と史実の一致点と相違点を検出しながら藤壺物語の構成構想を再考する。

第八章は白紙の「雲隠」巻の意味を改めて考察する。いままで源氏の死を象徴すると読まれてきたが、賜姓臣下と思われる源氏は日月に準える資格はない。藤壺の物語は「則天皇后本紀」に拠って作られたので、藤壺の死を象徴すると考えた方が妥当だと思う。そして一字もなしの「雲隠」は則天皇后の陵前に立てられる「無字碑」と同じことを意味する。もう一つ考えられるのは則天文字の「曌」に因む発想である。「曌」の上の「明」を隠すと空となり、仏教にある「万物皆空」の意味合いとして取ることができる。

第三部は唐の伝奇小説「鶯鶯伝」、「任氏伝」、「霍小玉伝」、「柳毅伝」、「飛燕外伝」に拠って作られた物語を考察する。

第一章は帚木巻と「鶯鶯伝」の関係を考察する。桐壺巻を受けるものとして相応しくない帚木の冒頭文は「鶯鶯伝」の初めによって語られた、と今井源衛が指摘した。その指摘を手がかりにして調べてみると、冒頭文のみならず、雨夜の品定め、とくに文使いなる小君と紅娘、源氏と張生のイメージが重なった。

しかし鶯鶯は未婚の少女であるのに対して空蟬はある地方官の後妻に設定された。人妻として空蝉は源氏の暴力に強く抵抗した。その場面は「任氏伝」によって書かれたと新間一美が指摘している。

第二章は空蝉の抵抗場面と「任氏伝」の比較から始まった。任氏は狐の化け物である。動物の心にも「遇暴不失節、殉人以至死」、暴力に出くわしても操を失わず思う人に従って死んでしまったという人間の道がある。源氏物語の作者は「遇暴不失節」を主旨にして空蝉の物語を作り、「殉人以至死」を主旨にして夕顔の物語を作ったと見られる。狐の化け物なる任氏は猟犬に噛まれて死んでしまったが、夕顔は夜中出没したものの怪に祟られて命を失ってしまった。中国文化において夜中に出没し、祟ったものを鬼と言う。つまり死霊である。『太平広記』に鬼の話が多く集められているが、そのうち「霍小玉伝」は夕顔の死に繋いだ。

第三章は夕顔の死と「霍小玉伝」との関係を考察した。「霍小玉伝」は小玉の生前と死後に分かれる。小玉生前のことは末摘花と浮舟に利用されたが、死後の祟りは夕顔の死に使われて、手習巻にもちらっとみえる。

以上、「鶯鶯伝」、「任氏伝」、「霍小玉伝」を源氏物語と比較、考察した。空蝉の物語、夕顔の物語、末摘花の物語、浮舟の物語の話筋は混じり合いがあり、絡み合っていると分かった。後世人が加工した結果と思われる。

第四章は明石の御方と源氏の結婚物語と「柳毅伝」の関係を考察する。明石一族の物語は若紫から匂宮までの21巻にわたる長篇と読まれているが、そのうち若紫は前置きとして須磨から龍王が雷雨を司って源氏を明石へ追い払い、明石の御方と結婚させる物語は「柳毅伝」を利用して構想した龍王談か龍女談である。

第五章は「飛燕外伝」と匂宮・薫君と大君・中の君の物語の関係を考察する。宇治十帖に生まれつき体から香を発する薫君と負けず嫌いで珍しい香を作る匂宮が登場する。このライバル設定は「飛燕外伝」における「異香不若体自香」（調合した珍しい香りは生まれつき体から発する香に及ばない）の翻案と断定される。元々趙皇后（飛燕）が妹の合徳と漢成帝の寵愛を争う逸話であり、匂宮と薫君にすり替えると無意味になった。両姉妹の愛情物語というと、大君・中の君に想到する。大君・中の君の人物設定は「飛燕外伝」を利用したところがみえるが、匂宮と薫君は『漢書』「外戚伝」、「列伝」張湯にみえる成帝・張放によって作られたと見られる。この重なりと食い違いが起きた原因を考察してみたい。

総じて源氏物語は桐壺巻から始まり、敦康親王の読書始めがきっかけで語られる。読書始めの儀に使われた『御注孝経』の撰者玄宗と関わりのある物語は前半に集中し、作文会において大江以言が詠み上げた序にある「唐高宗之得鍾愛、伝古文於七年之風」と関わりの物語は後半から始まる。

源氏物語には唐の伝奇小説を利用して直したものもあり、翻案作もみえるが、桐壺巻より早い時期に作られた証拠は見つからない。敦康親王の読書始めがきっかけで「長恨歌・伝」の物語や唐の物語が盛んになり、それと何らかの関わりがある小説が語られたと見られる。

源氏物語の源泉研究◇目次

第二部　唐の歴史物語

序章　源氏物語の時代背景
～白氏文集の流行についての再考～

平安朝寛弘年間（１００４～１０１２）には白氏文集が大いに流行していた。官僚知識人は白体に倣って淀みない文章を綴り文集・文選・新賦・史記・五帝本紀と並べられた[1]。その流れのなかで定子皇后に仕える清少納言は清新且つ雅な枕草子を執筆し、彰子中宮に仕える紫式部は源氏の物語を語った。枕草子と源氏物語は国文学の双璧と称されて文学史の最高峰に聳え立っている。そのため白氏文集についての研究は永久の課題となった。

ところが、白氏文集は承和五（８３８）年に伝来したが、百六十年後の宋の大中祥符と並行する寛弘年間になって流行するようになった。白氏文集はなぜ寛弘年間に流行し、またなぜ伝来してそれほど長年を経て流行するのか、と疑問を抱く。それについての考証を探しても見つからないので、本章では、白氏文集が伝来してから流行するまでの過程を辿り長年を経た理由及び寛弘年間になって流行するようになった原因を探してみたい。

一　白氏文集の流行についての先行研究

白氏文集の流行に関する論証が多く見られるが、流行した理由について岡田正之は、

Ⅰ　白詩が唐において盛んに行われたこと

Ⅱ　白詩が平易流暢であったこと

Ⅲ　白詩が仙教味を帯びていたこと(2)

と述べており、金子彦二郎は、

Ⅰ　白詩の背景をなす社会生活と、我が平安時代のそれが極めて相酷似せしこと

Ⅱ　白楽天の地位身分と我が平安時代文学者のそれとが、また頗る相酷似せしこと

Ⅲ　白楽天の性格、趣味、人となり等が、また殆ど我が平安時代における典型的日本人とも称すべき類型のそれなりしこと

Ⅳ　白氏文集七十余巻が量的質的両方面より観て、我が平安時代の文学者達に取って完備せる一大文学事典兼辞典的性質の存在たりしこと(3)

と述べている。それぞれ道理があるが、寛弘年間になって流行する理由に触れなかった。藤井貞和は岡田氏の本国で盛んに読まれていたことに対して異議があり「ただ、唐で流行していたからというだけではほとんど何も言ったことにならない」と言った。そして、

菅原道真が、白楽天の詩文の重大な受容者であったが、同時に学問家の総帥であったとい

うことである。ある学問家が、白氏文集を取り入れ、自家のものにすると、他の学問家も、競合するようにして、やはりそれを取り入れ、自家のものにした、という競合関係が白氏文集の流行をうながした、ということはなかっただろうか。（略）紫式部も、学問家に生まれたのである。源氏物語に新楽府の影響が見られるのは、そうした家の学をいち早く創作に応用したからではなかろうか。[4]

とつけ加えている。確かに唐で盛んに読まれていただけでは平安朝で流行する理由にならない。詩仙と呼ばれる李白（７０１～７６２）や詩聖と呼ばれる杜甫（７１２～７７０）は唐において名声が高く二人の詩文も広く読まれていた。しかし二人の詩文は寛弘年間ではまったく読まれなかった。藤井氏が言ったように他人から取り残されるのを恐れて競い合って倣い、その競合関係は流行を促す可能性がある。しかし白氏文集は道真の在世中に流行しなかったし、寛弘年間の流行を促す競合はまさか百年ほど前に死去した道真（８４５～９０３）を手本にして生じたのかと思ったが、私の調べた範囲ではその事例がない。それゆえ白氏文集が寛弘年間に流行した理由を続けて検討してみたい。

白居易の在世中（７７２～８４６）その詩文はすでに日本に伝わっていた。伝来した期日は『日本文徳天皇実録』の記録を最初とする。承和五年藤原岳守は、唐人の貨物から「元白詩筆」（元稹と白居易の詩集）を得て仁明天皇に奉じた。その功によって従五位上に昇叙された。詩集を献上したことが天皇を喜ばせ、叙位に繋がったことは珍しい。当時白氏文集は人気があり、稀少だった。
白氏文集の影響は水野平次著・藤井貞和補注解説の『白楽天と日本文学』、（注4同著）「第九章白楽天の影響（其二）日本文学」の目次を見たら分かる。その第一節、「王朝時代」は次のとおりである。

第九章　白楽天の影響（其二）日本文学
第一節　王朝時代
一　漢文学と白楽天　概観～唐風模倣——六朝風の旧文学の倦怠、元白清新文学の伝来、嵯峨上皇と小野篁、国人の趨向、後中書王、島田忠臣、高階積善、大江朝綱、尚歯会、菅原道真、文時、源為憲、和漢朗詠集と白詩
二　国文学と白楽天～国文学の復興、後宮文学、女流作家——清少納言——枕草子、紫式部——源氏物語と長恨歌、其他、唐物語、大鏡、和歌——古今和歌集、新古今和歌集、定家と白楽天

その一は「漢文学と白楽天」、「概観」と言うと、「唐風模倣」は漢文学者が中国詩文に倣うことである。初めはみな六朝文学に倣い、つい飽きていやになった。そのところへ清新の元稹・白居易の詩文が伝わってきた。嵯峨上皇（786～842）と小野篁（802～853）が熱心に読んだ。国人の趨向とは大勢がその方向に向かうことであり、島田忠臣（828～892）、高階積善（生卒不詳）、大江朝綱（886～958）、尚歯会（808～877）、菅

原道真（845〜903）、文時（899〜981）、源為憲（生卒不詳）が挙げられている。詩作を調べて見ると、後中書王（964〜1009）と高階積善の唱和「夢中同謁白太保、元相公」が『本朝麗藻』（1010）に見つかった。高階は、

二公身化早為レ塵　元稹・白楽天の二人は亡くなって、その身は塵となったが
家集相伝属二後人一　その詩文集は後人に読まれている
清句已看同二是玉一　美しい詩句はみな珠玉のようで
高情不レ識又何神　神かと思われるような気高い趣がある

白太保伝云、大保者是文曲星神。而相公未見其所伝矣（白太保伝には太保は文曲星神であるという。それは伝えるだけで会ったことがない）

風聞在昔紅顔日　少年時代に元稹・白楽天のことを聞いたが

余少年時、先人対余以常談元白故事（私の少年時代、先人が常に元白の故事を物語ってくれた）

鶴望如今白首辰　お慕い申しあげて今は白髪になってしまった
容鬢宛然倶入レ夢　お二人は画像の姿のまま私の夢に出てきたが
漢都月下水煙濱　漢の都の、月光が照らすもやの水辺だった

と書いて、少年時代から元稹と白居易の物語を耳にしてずっと憧れていた。後中書王は、

古今詞客得レ名多　昔も今も有名な詩人が多い
白氏抜レ群足二詠歌一　白氏はとくに優れて褒め称えるべきだ

思任二天然一沈極レ底　思いは自然のまま奥深く
心従二造化一動同レ波　心は造化に従い、波の如し
中華変雅人相慣　中国の詩風が雅に変わっても（我が国の）風流人は慣れ親しんでいる
季葉頽風体未レ訛　季節が巡ると、言葉は廃れるが、詩の風体は今も変わっていない
我朝詞人才子以白氏文集為規摹、故承和以来不失体裁矣（我が国の詩人才子は、白氏文集を手本としている。そこで承和以来詩作は体裁を失わないのである）
再入二君夢一応レ決レ理　再び夢見たら詩を論じ合うべき
当時風月必誰過　当時の詩作に抜きんでるものは誰だろう(5)

と和した。「承和以来不失体裁」とは白体に倣って体裁を整えるようになったが、白氏文集の流行ではない。

その二は「国文学と白楽天」、「国文学の復興」と書いている。復興とは一旦衰えたものが元の盛んな状態に返ることである。枕草子は北宋の西崑体詩人の祖と言われる李商隠の『義山雑撰』より多大な影響を受けて綴られた随筆であり(6)、源氏の物語も衰えた国文学が復興して作られたと思えない。両方とも新しく芽生え、勢いよく成長し、花が咲いた斬新な作品である。

日本文学史や中国文学史を調べてみると、寛弘年間に起こった白氏文集の愛読と白体倣いは、意外にも宋太祖（960〜976在位）、太宗（976〜997在位）の時代にあった「長慶集満朝野」（朝野は白氏長慶集一色に塗りつぶされた）と一致した。

二　平安朝と大陸の関係

寛平六（８９４）年九月、菅原道真の奏上によって二百年も続けた遣唐使の派遣が中止された。極少数の商船を除いて大陸との交渉が断絶し、鎖国状態に陥ってしまった。延喜元年（９０１）道真は左遷、右大臣藤原師輔の死（９６０）、内裏に火災が発生、高級貴族を脅かす不吉な事件が相次いだ。康保四（９６７）年五月二十五日四十二歳の村上天皇が崩じ、冷泉天皇（９６７～９６９在位）は僅か二年で退位した。円融天皇（９６９～９８４在位）在位中の天延三（９７５）年彗星が現れて人心が動揺し、翌年の五月十一日内裏に火災、十八日地震、群盗蜂起、疫病が横行、「京内上下の人、外国（近畿以外）遠近の民は農事を捨てて薬を求め、死者を葬ることもできず、首を並べて病臥し、家をあげて皆死ぬという惨状だった」[7]。天元三（９８０）年七月台風襲来、内裏に火災、疫病蔓延という無残な有様だった。天元五（９８２）年宋商人陳仁爽・徐仁満の商船が平安朝にやってきた。斬新な商品を満載し、大陸の情報も伝えたと推測される。

実際、遣唐使の派遣が中止されてから大陸も天地を覆す変化があった。九六〇年趙匡胤（９２７～９７６）が五代十国に分裂した大陸を統一し、即位して宋太祖となる。間もなく弟と協力して軍人支配の政権を解体し、文治主義に基づく官僚機構に切り替えた。世襲制度を廃し、官僚採用試験を通して優秀な人材を抜擢した。農村では減免税を行い、土地開墾を奨励し、耕地面積が迅速に拡大した。都市では手工業を奨励し、美しい織物や上等な磁器が次々と作り出された。銅の新しい精錬法によって銅銭が大量に造られて貨幣経済が活発になり、社会は活気に満ちるようになった。元々都市は城門があり、門限があったが、一気に城門の制限を廃し、夜の外出が自由化して二十四時間の都市が現れた。商業活動は空前活発になり、それに伴って繁栄をもたらした。

印刷技術は隋・唐から出現し、五代に進歩し続け、宋になって著しく向上した。近現代に近い技術を用いて一時万紙という速さで刷られるようになった。(8) 朝廷は文化事業を重視し、五代十国の文人学士を館閣に招き集め、高禄を出して書籍の蒐集、編集、整理に尽力させた。太平興国年間（976〜984）には大型図書の『太平御覧』（983）、『文苑英華』（987）各千巻、『太平広記』（978）五百巻を完成し、(9)『文選』、『大蔵経』、『一切経』なども刷り上がった。『史記』『漢書』や諸子百家の書も世の中に広く行きわたるようになったが、書物の禁輸は厳しかった。

宋の商人が大陸の情報をどれほど伝えたのかは分かりかねるが、永観元年（983）八月奝然（938〜1016）は、東大寺と延暦寺の書状を持参して成算、嘉因など五、六名の弟子を連れて宋商陳仁爽、徐仁満の船に便乗して九州を出発し、十七日間かけて台州（現浙江省）に到着した。奝然一行は、まず仏教聖地である天台山を巡礼し、それから蘇州・揚州などの大都会を通して、宋の首都（開封）にたどり着いた。この件は『宋史』巻四百九十一「日本伝」に記されている。

雍熙元年、日本国僧奝然与㆓其徒五六人㆒浮㆑海而至。献㆓銅器十余事、併本国職員令[10]、王代年紀各一巻㆒。奝然衣㆑緑、自云姓㆓藤原氏㆒、父為㆓真連㆒、真連其国五品官也。奝然善㆓隷書㆒、而不㆑通㆓華言㆒、問㆓其風土㆒、但書以對云、「国中有㆓五経書及佛経、白居易集七十巻㆒、並得自㆓中国㆒。」（中略）太宗召㆓見奝然㆒、存㆓撫之㆒甚厚、賜㆓紫衣㆒、館㆓于太平興国寺㆒。（略）奝然之来、復得㆓孝経一巻、越王孝経新義第十五、一巻㆒、皆金縷紅羅褾、水晶為㆑軸。孝経即鄭氏注者、越王者、乃唐太宗子越王貞、新義者、記室参軍任希古等撰也。奝然復求㆑詣㆓五台㆒、許㆑之。令㆓所㆑過続㆑食㆒、又求㆓印本大蔵経㆒、詔亦給㆑之。二年、随㆓台州寧海県商人鄭仁徳船㆒帰㆓其国㆒。

雍熙元年（９８４）日本国の僧人奝然はその弟子五、六人と船でやってきた。銅器十余件と本国の官僚の名簿、王代紀各一巻を献上した。奝然は緑の服を着て藤原を氏族とし、父真連は五位の官僚であると言った。奝然は隷書に長けるが中国語が話せない。彼に日本の風土を聞くと、「国には五経の書物や佛経、『白氏文集』七十巻があって、みな中国より得た」と書いて答えた。（中略）太宗は奝然を召見し、厚く持てなし、紫の袈裟を賜って太平興国寺に泊まらせた。（略）奝然は今回『孝経』一巻、『越王孝経新義』第十五、一巻をもらった[11]。どちらも金の糸が織り込まれた赤の薄絹で表装し、水晶で軸を作ったものである。『孝経』は元々鄭氏が注したものであるが、『越王孝経新義』第十五は、唐太宗の子越王李貞、新義者である記室参軍（官職名）任希古等が撰した新しい解釈である。奝然は五台山への参詣を願って、許可が下りた。朝廷は道中での食事と宿泊の世話を臣下に命じた。奝然はさらに印本『大蔵経』を求め、与えられた。翌年台州寧海県商人鄭仁徳の船に便乗して帰国した。

奝然が宋に渡って銅器十余件と本国の官僚の名簿、王代紀各一巻を宋太宗に献上したことに対して見解が分かれた。木宮泰彦は「これは奝然個人として献上したものであるが、宋国では我が国からの方物と見為し、奝然を以て方物使と解したようである[12]」と言い、石上英一は「奝然が太宗に謁見して土物を献上した行為は一個人としての行為ではなく日宋交通の途を開こうとする意志が彼にあったのではないか[13]」と述べている。個人として献上したと言えば、奝然はいかに本国の官僚の名簿と王代紀を手に入れたのか、出国手続きは簡単に取れるのかと疑う。

平安朝は遣唐使の派遣が停止されてから法令で海外への渡航を厳禁し、外国商船の来日にも厳しい制限枠が設けられた。中国や韓国の商船が来ると、先ず九州太宰府の役人の検閲を受ける。太宰府の役人が商船の乗員名簿と舶来品リストを朝廷に呈じ、審議してもらう。交易の許可が下りると、京から職員を派遣し、商談に当たる。商談が成立した交易品は京に送り、内蔵寮に蔵しておく。日時を定めて天皇に進覧奉り、宮中に所要があれば、進呈するが、不用なものは地方に払い下げる。海外との通商・交通を極端に厳しく制限する時代に奝然は弟子五、六人を連れて「本国職員令」「王代年紀」や土産物を持参して大陸へ私人訪問に行ったとは考えがたい。奝然一行は、永延元年（987）二月また宋鄭仁徳の商船に便乗して帰国した。「山崎ノ津すなわち河陽の近くより北野蓮台寺に入ったのであるが、是より先き朝廷は宣旨を下して雅楽寮をして音楽を供して之を迎えしめ、天下の貴賤もまた靡然として帰依し向迎に及んだ[14]。最高の待遇であり、私人訪問者を迎える式ではなく朝廷から命令を受けて「本国職員令」、「王代年紀」を持参した公使を迎える式と見られる。

宋は「本国職員令」、「王代年紀」を呈する奝然を公使と見なし、太宗に会わせた。太宗から紫色の袈裟を賜り、仏教聖地への巡礼も許可された。帰国する際にまた新しく上梓した『孝経』一巻、『越王孝経新義』第十五、仏教界の宝典とされる『大蔵経』を賜った。『大蔵経』はみな写本だったが、宋太祖開宝四（９７１）年から木版印刷を『大蔵経』刷りに応用し、十二年かかって完成した。その版木を用いて太平興国寺内にある印経院で刷られたのは蜀版『大蔵経』（北宋勅版大蔵経）という。時期的に見ると、奝然が宋から請来した『大蔵経』は大変貴重な初版である。

その間花山天皇（９８４〜９８６在位）が退位して九八六年六月二十三日にわずか七歳の懐仁が即位、一条天皇となる。一条天皇が幼く、藤原氏が補佐することにした。しかし明るい兆しが見られず、それに仏教界に永承七（１０５２）年から釈迦入滅後二千年目の末法の世に入るという言い伝えがあるので、末法の危機感がいよいよ高まった。高級貴族を含めて仏教徒は真剣に求道の道を模索し、法華経を信仰しながら弥勒の下生を待ち望んでいた。

一条天皇の永延二（９８８）年二月八日奝然の弟子嘉因らは国内の芸術品と奝然が執筆した「日本国東大寺大朝法済大師、賜紫沙門奝然啓」の礼状を持参して北宋に渡った。礼状に、

奝然空辞㆓鳳凰之窟㆒、更還㆓螻蟻之封㆒、在㆓彼之斯㆒、只仰㆓皇徳之盛㆒、越レ山越レ海、

不レ敢忘二帝念之深一、縦粉二百年之身一、何報二一日之恵一。
奝然は鳳凰の棲に別れを告げ、再び小さな蟻塚にもどって参りました。かしこにおりましても、ここにおりましても、ただひたすら皇恩の偉大なるを仰ぎ奉り、山を越え、海原を越えて離れはいたしましたが、陛下のありがたきみ心を忘れようはずはございません、たとえ百年にわたって身を粉にしても、陛下からちょうだいいたしました一日のご恩に報いることはできますまい[15]。

という言葉がある。宋を鳳凰の住み棲に、自国を螻蟻の穴に喩えるので、非難を受けた。「鳳凰之窟」と「螻蟻之封」は謙譲語ではあるが、風光明媚の蘇州・揚州を経て当時世界的大都市の開封に辿りついた奝然は、自国の誰だろうと常に疫病と共存せざるをえず、財政が疲弊する状態を思うと、大陸に憧れる気持ちが高ぶり、その気持ちを打ち明けたかもしれない。

まとめて見ると、平安朝は大陸と長く途絶えた関係を恢復する意志があって奝然を派遣した。奝然らは完璧に使命を果たしたので、雅楽を演奏するなかで道の両側に並んだ人々に迎えられた。

それは人心を揺り動かす大事件だったに違いない。奝然らが宋に行ったこと、自国に中国から得た『白氏文集』七十巻があることも話題に上ったと推測される。それがきっかけで白氏文集の愛読がブームを呼ぶはずだが、目立った動きはなかった。

三　敦賀の開港

奝然が宋から帰国後十年ほど経た長徳元年（９９５）九月六日に宋商朱仁聡の商船（75人）が台風に遭って若狭湾に漂着した。それは藤原道長が内覧の地位に昇った数ヶ月後のことである。慣例に従えば、商船は太宰府に回すが、今回は若狭湾に泊まらせた(16)。翌年一月二十五日に地方官の任命式（県召の除目）が行われた。道長家の乳母の子源国盛は越前守（上国）に、藤原為時は淡路（下国）に任命された。しかしその三日後、為時の任地は淡路から越前に変えられた。紫式部の父であるからか為時の任地変更は話題となった。憶測もあれば、仮説もあろうが、為時が任命の直後に一条天皇に一首の小詩を呈したことによって、任地が変えられたという説がよく知られる。為時の小詩は次のようである。

苦学寒夜　紅涙盈レ布　除目春朝　蒼天在レ眼

大体次のように訳されている。

寒夜も一心に学問に刻苦精励、血涙を流すほどであったのに、その功も認められず、力量に相応しくない官に任命されたので、除目の夜が明けた春の朝、私は空しく晴れ渡った空を眺めて思いにふけるのみであります(17)。

重松信宏は「天皇はその小詩を読んで感動された。公卿筆頭の地位にあった道長は叡慮を受けて、すでに内定した越前守となる源国盛を辞めさせて為時に替えた(18)」と述べているが、清水好子には異議があった。清水氏は（為時の）「苦学の寒夜、紅涙袖を霑しは決して秀句ではない。天皇がそれを読んで感心するわけはない」と言った。さらに、

右大臣で内覧の宣旨を被っている道長が、はじめて力を振るう地方官任命の機会だったので、学問好きの若い一条天皇（十七歳）の歓心を買おうとしていたのかも知れない（注17同著）。とつけ加えている。天皇はその小詩に感動されたかどうかに対して両氏の見解は異なるが、為時が小詩を作って不満を訴えた。道長は天皇の歓心を買おうと思って為時の任地を変更したという点は一致する。遠慮せずに言えば、誤解である。為時の小詩に不満を訴える意味はなく感謝する気持ちがある。道長は天皇の歓心を買うために為時の任地を変えたのではなく、仕事のためである。

為時は元々花山天皇に仕えていたが、花山天皇の退位（９８６）に伴って職を失った。その後十年ほど散官の空しさに耐え、貧乏に喘がねばならなかった。十年ぶりの任官は、失意のどん底に身を置いている為時にとって極めてありがたいことである。場所を問わず、感謝する。不満と解された理由を再考すると、小詩に誤用か誤写があるからである。漢文としての小詩をみると、「苦学寒夜、紅涙盈布」にある「盈布」は（血涙）布か手ぬぐいを濡らすと理解される。一般的に「盈布」を使わず「霑巾（襟）」を用いて「苦学寒夜、紅涙霑巾（襟）」と書く。自分が夜の寒さに耐えて勉強し、血の涙が手ぬぐいまたは衣服の前おくみを濡らしたと理解される。このようにすれば、白居易の「与元九書」にみえる「瞥瞥然如飛蠅垂珠在眸子中也」

（目の前を蝿が飛んでいるようにみえる）と同じ趣旨になる。天皇はそれを読んで、その苦学ぶりに感動された可能性がある。問題は「蒼天在眼」にある。「蒼天」は「青空、大空、蒼空」を意味するが、「天の造物主、天帝、神様」の象徴である。普通は「蒼天在眼」と言わず、「蒼天有眼」と言う。「蒼天有眼」とは、神様は目がある、自分の苦労を目にして褒美を賜る。為時は天皇を「蒼天」に準え、今回の任官を天皇の賜りと言って感謝したのである。

仕事のために為時の任地を変えたと思われるのは、昨年漂着した宋商朱仁聡一行と関係がある。若狭湾に漂着し宋商人一行は今なお越前に滞在している。宋人と交渉するために漢文の分かる地方官が必要である。既定の源国盛は任に堪えず、為時が適任者と思われたからである[19]。

為時が越前守になってから開国主義が徐々に台頭し、自国に有利と思う雰囲気が濃厚になり、宋の商船は必ず九州の太宰府に行くとは限らず、京都近くの敦賀に来て泊める。美しい織物の錦[20]絹、居間に焚きしめる香料・薬、青・白磁器、仏像の彫刻に使用する白檀・紫檀及び笛を作る呉竹・雨竹を運び、宋の禁輸書籍を貨物に入れて持ち込んだのである[21]。

周世昌は朱仁聡の船員だった可能性があり、七年間滞在した駐在員である。為時は周世昌と酒を飲んだり、詩を作ったりして親交を結んだ。周世昌が帰国する際に滕木吉が同行し、『宋史』「外国七」に記されている。

咸平五年、建州海賈周世昌遭レ風漂至二日本一、凡七年得レ還、與二其国人滕木吉一至、上皆召見レ之（巻四百九十一）。

咸平五（１００２）年、建州の海賈周世昌は風に遭遇して日本に漂着した。凡そ七年を経て帰国した。その国の人、滕木吉も同行して上に謁見した。

為時について越前に行った紫式部は誰よりも早く宋の文化情報を耳にしたり、宋商人（唐人）に会ったり、商人から宋の「説話」を聞いた可能性もある。

四　北宋初期「士大夫皆宗白楽天詩」

中国文学というと一般的に漢賦、唐詩、宋詞、元曲、明清小説が挙がる。仁宗（１０２２〜１０６３在位）時代に宋詞は盛んになり、蘇軾（１０３７〜１１０１）は中心的人物である。初期の文壇は白体が主導していた。『宋詩話輯佚』[22]に多く記されている。「蔡寛夫詩話」には、

国初沿㆓襲五代之余㆒、士大夫皆宗㆓白楽天詩㆒。故王黄州主㆓盟一時㆒。祥符天禧之間、楊文公劉中山銭思公専㆓李義山㆒、故崑体之作、翕然一変、而文公尤酷嗜㆓唐彦謙詩㆒、至㆓親書以自随㆒。景祐慶暦後、天下知㆑尚㆓古文㆒、於㆑是李太白韋蘇州諸人、始雑見㆓於世㆒、杜子美最為㆓晩出㆒。

建国の当初五代の流れを受けて、官僚士大夫はみな白楽天の詩を模範としていた。ゆえに（白体詩人）王黄州[23]は一時盟主となった。真宗の大中祥符から天禧に至って楊文公[24]、劉中山、銭思公[25]、李商隠[26]が好まれ、文壇の風潮は急に西崑体へと移っていった。楊文公は唐彦

謙を最も好み、自ら写して模範とした。景祐（1034〜1038）、慶暦（1041〜1048）以後世の中は古文を尊び、李白、韋蘇州（韋應物）の詩が入り交じって現れたが、杜甫は最も遅かった。

と書いているが、「送羅寿可詩序」には「蔡寛夫詩話」と類似の記録がみえる。

宋剗二五代旧習一、詩有二白体、崑体、晩唐体一。白体如二李文正（昉）、徐常侍昆仲（徐鉉、徐鍇）、王元之（禹偁）、王漢謀（奇）一。崑体則有二楊（億）、劉（筠）『西崑集』一伝レ世。二宋（庠、祁）、張乖崖（詠）、銭僖公（惟演）、丁崖州（謂）皆是。晩唐体則最逼レ真。寇萊公（準）、魯三交、林和靖（逋）、魏仲先父子（野及子閑）、潘逍遙（閬）、趙清献（抃）之祖（湘）、凡数十家、深涵茂育、気勢極盛(27)。

宋は五代の旧い習わしを一掃した。詩は白体、崑体、晩唐体があった。李昉(28)、徐常侍（鉉・鍇）兄弟、王元之（禹偁）、王漢謀（奇）が白体に属し、楊億（文公）、劉筠（中山）は西崑詩人であり、『西崑集』が残っている。二宋（庠・祁）、張乖崖（詠）、銭僖公（惟演）、丁崖州（謂）たちも崑体詩人である。晩唐体が最も真に迫る。寇萊公（準）、魯三交、林和靖（逋）、魏仲先父子（野、閑）、潘逍遙（閬）、趙清献（抃）の祖父（湘）など凡そ数十家あり、後進を多く育てて勢力が強かった。

まとめて言うと、宋初期は白体、西崑体、晩唐体が順次文壇を主導していた。初期は白体の分かりやすく簡潔明瞭な表現に倣って作文し、在位中の皇帝の趣味と関係がある。宋太祖は軍人の出身で、きびきびと仕事をしていた。簡略で明瞭な進言を好み、婉曲な言い方を嫌った。そのため「士大夫皆宗㆓白楽天詩㆒」（官僚はみな白楽天の詩を模範とした）。太祖に次ぐ太宗も太祖と同様、あっさりとした性格である。臣下に「進策不㆑得㆔乱引㆓閑語㆒[29]」（上奏文には無用な引用を並べ立ててはならぬ）と命じた。官僚は、皇帝の仰せに従って相変わらず白体に倣って簡潔且つ分かりやすい上奏文を書くことに努めた。

宋の太宗は好学で[30]、詩の唱和を楽しみ、しばしば詩会を催した。雍熙二（985）年五位以上の官僚と書生を御苑に招いて盛大な作文会を催した。その会を初めとして年々御苑で作文会を行うことになった。作文会が始まると、太宗は率先して唱え、官僚士大夫がそれに和した。最も早く作りあげた者は褒美をもらったり、昇叙さえあった。ある日太宗は翰林大学士の蘇易簡を誘って酒を飲み、詩の唱和を楽しんだ。太宗が「君臣千載遇」と詠むと、蘇易簡が即座に「孝忠一生心」と和した。太宗は大いに喜び、酒席に使っている黄金の器をすべて蘇易簡に賜った。またある日太宗は白体の詩人王禹偁に「皇帝親試貢士歌」を作らせた。王禹偁は筆を振るうや、すぐに仕上げた。太宗はたいそう喜び、その場で王禹偁を「左司諫」（皇帝に講義したり諫言したりする高官）、「知制誥」（詔書などを起草する）に任命した[31]。太宗の在位中機転を利かせ、素早く応答できるか否かは能力を判断する基準として官僚の進退に繋がった。このようにして宋太祖、太宗の時代では官僚がみな分かりやすい白体に倣い、「長慶集（于今）満㆓朝野[32]㆒」、世の中は長慶集ほかにない。

太宗に次ぐ真宗の時代は、経済の発展に伴って生活が豊かになり、享楽を好む風潮が台頭した。真宗は相変わらず詩の唱和を楽しみ、時々宮中で音楽を演奏させ、遊びに興じるようにし、そして「詔許群臣士庶選勝宴楽」(33)（大臣や役人、庶民も名勝を選んで酒宴を楽しんでもよいという詔を下した）。景徳二（１００５）年太宗のお眼鏡に適った楊億は真宗の勅命を受けて「君臣事迹」を撰じ始めた。大中祥符六（１０１３）年に完成し、『冊府元亀』(34)と名づけた。筆頭に立つ楊億、劉筠、銭惟演などは『冊府元亀』を編修する余暇に五言・七言の律詩を作って『西崑酬唱集』にまとめた。欧陽修（１００７～１０７２）は『六一詩話』に「楊劉風采、聳動天下」（楊億、劉筠の風采は一世を風靡した）と書いて、そして、

楊大年与㆓劉数公㆒唱和、自㆓西崑集出㆒、時人争効㆑之、詩体一変。

楊億と劉筠らが唱和した『西崑集』が世に出ると、人々は争って倣い、詩体は一変した。と綴っている。西昆体の詩人は晩唐の李商隠を尊び崇め、唯美主義を追求し、暗示的、象徴的な手法を駆使し、朦朧とした幻想的かつ官能的な独特の世界を構築した。その詩作は往往にして歴代王朝の艶聞逸事を題材にし、甚だ哀愁を帯びて、典雅な詩句や対句、典故を用いて飾る。まとめて言うと、宋初期の文壇は白体、西昆体、晩唐体に導かれていた。太祖と太宗の時代は白体一色だったが、真宗の時代になると、西崑体が台頭し、白体と入れ替わった。仁宗の時代に李白、韋蘇州（７３７～７９１）の詩が読まれて、杜甫は最も遅かった。

平安朝寛弘年間は真宗大中祥符年間と並行するが、「士大夫皆宗白楽天詩」という現象もあ

り、西昆体の影響も否めない。枕草子は西昆体の祖と言われる李商隠の「義山雑撰」に倣ったところがあり（注6同著）、源氏物語は王朝の艶聞逸事を題材にする西崑体と類似するところがある。

五　宋印書籍の伝来と影響

白居易の在世中その詩集がすでに平安朝に伝わった。しかしその時代は詩文のすべてを一字一字毛筆で写したのである。数量が少なく間違いも免れない。『日本国見在書目録』（８９１）には約１５６８種、１６７２５巻の書籍を登録しており、「隋書・経籍志」に収録の50％、『旧唐書』「経籍志」は収録の51・２％に達した。それは遣唐使か留学僧が帰朝する際に金銭を尽くして購入した（『旧唐書』「日本伝」）ものであり、国の文化財産として保存し、一般的に読むことが許されなかった。藤原岳守が唐人の貨物から「元白詩筆」（元稹と白居易の詩集）を得て仁明天皇に奉じた功によって従五位上に昇叙されたことは十分に説明される。

一条朝になると、事情が変わった。弟子七人を連れて無量仏像、紺紙金字法華経、水晶数珠等を持参して北宋に渡った寂照（９６２～１０３４）は有名な学者楊億（９７４～１０２０）と会い、自国のことを次のように紹介した。

（本国）国王二十五、大臣十六七、群僚百余人。毎歳春秋二時集二貢士一所レ試或賦或詩、凡及第者常三四十人。国中専奉二神道一、多二祠廟一、伊州有二大神一、或托二三五歳童子一、降二言祸福事一。山州有二賀茂明神一亦然。書有二史記・漢書・文選・五経・論語・孝経・爾雅・酔郷日月・御覧・玉篇・蒋魴歌・老列子・神仙伝・朝野僉載・白氏六帖・初学記一。本国有二国史・秘府略・日本紀・文観詞林・混元録等書一。釈氏論及書抄伝記之类多有、不レ可二悉数一。寂照領徒七人、皆不二通華言云云一（『文公談苑』）。

本国の国王は二十五歳、大臣は十六、七人、官僚は百余人いる。毎年春秋二回選抜された学僧は詩または賦を作る試験を受ける。大凡三、四十名の合格者がある。国は神道を奉り、祠や廟が多い。伊州に大神がおり、時々三、五歳の男の子に託して禍や幸を予言してもらう。国では賀茂明神を奉り、同じである。書籍は史記・漢書・文選・五経・論語・孝経・爾雅・酔郷日月・御覧・玉篇・蒋魴歌・老列子・神仙伝・朝野僉載・白氏六帖・初学記があり、本国の書籍は秘府略・日本紀・文観詞林・混元録などがある。仏教の経書及び伝記の抄本が多く、数え切れない。寂照及び連れて来ている七人の弟子は、みな中国語が話せない。

当時平安朝では印刷技術がなく「不可悉数」の「書抄伝記」は宋印の書籍が多いと考えられる。宋と同じく孔子・孟子を師として尊び崇め、詩・書・礼・楽・易・春秋、儒教などの思想書と歴史書を読ませ、詩賦に専念してはいけないことがうかがえる[36]。

寛弘二（１００５）年十一月十三日敦康親王の読書始めが行われた。定子皇后が逝去した後彰子中宮が敦康親王を引き取ったため読書始めは彰子中宮の御在所・飛香舎で行われた。玄宗による撰述とされる『御注孝経』を教材に定め、儀に際して一条天皇は、密かに飛香舎に渡って屏風を押しのけ非公式に立ち会った（『小右記』14日条）。儀が終わると、祝賀会が行われた。大江以言は、帝王学の教科書として珍重された『貞観政要』「論尊師傅」を踏まえて「冬日於飛香舎聴第一皇子初読御注孝経応教」（以下「序」と称する）を綴り、率先して詠み上げて挨拶した。その時、敦康親王は東宮に立っていなかったが、「一天下の燈火」（『栄華物語』「輝く藤壺」）と思われて衆望を集め、未来の皇太子と目されるムードが漂っていた。

　敦康親王の読書始めが終わると、『御注孝経』や、著者とされる玄宗の故事、大江以言が詠み上げた「序」、『貞観政要』や太宗・高宗の故事及び高級官僚が作文会に披露した詩文は話題に上るに違いない。天皇並びに彰子中宮も興味を持つだろうが、読書始めが終わった二日後の十一月十五日に内裏に火災、二十七日天皇は東三条殿に移った。紫式部を宮中に召し出す環境ではなかった。

　同じ年の十二月、宋に滞在している寂照からの書状が届いた[37]。道長は「入唐寂照上人書来、可㆑憐万里往来書」と書いて返事した。

　商客至、通㆑書、誰謂宋遠、用慰㆓馳結㆒。先巡礼㆓天台㆒、更攀[38]㆓五台之遊㆒。既果㆓本願㆒、甚悦。懐土之心、如何再会。胡馬独向㆓北風㆒、上人莫㆑忘㆓東日㆒。

旅商人が到着すると、手紙が届く。宋が遠いと言えまい。手紙が遠く離れる友を思念する心を慰めてくれた。初めは天台を巡礼し、さらに五台山を行脚した。本願を果たしたことにこの上なく喜びを感じる。郷愁に駆られて、容易く再会できない。胡馬北風による如く高僧は東の国を忘れることなかれ。

寛弘三年三月四日天皇は一条院へ遷御、大江匡衡が『貞観政要』を進講した。十月二十日、五回も往来したことのある宋の曽令文は寂照の書状を道長に送り届け、そして酒・蘇木・茶碗・五臣注文選・白氏文集を贈呈した。宋印の書籍は文字が雄勁で美しく誤字が少ない。用紙も優れるので、珍書である。道長はたいそう喜び、日記に綴った。[39] 道長はその贈品を天皇に献上したが、その年末紫式部は宮中に入って仕え始めた。『紫式部日記』の寛弘四年と思われる思い出に、[40]

宮の、御前にて、文集のところどころ読ませたまひなどして、さるさまのこと知ろうしめさまほしげにおぼいたりしかば、いとしのびて、人のさぶらはぬもののひまひまに、をとしの夏ごろより、楽府といふ書二巻をぞ、しどけながら教へたてきこえさせてはべる、隠しはべり。

と綴られている。紫式部は、宮中に入って間もなく極力人目を避けて誰も伺候していない合間に彰子中宮に「文集のところどころ」を読み聞かせ、「楽府といふ書二巻」を進講した。紫式部は文集のどこを読んだのか、進講した楽府の題名も明記していない。桐壺巻の始めに「長恨伝」の「京師長吏為之側目」の日本語訳が見えるし、「このごろ、明け暮れ御覧ずる長恨歌の御絵、亭子院の描かせ給ひて、伊勢、貫之に詠ませ給へる、大和言の葉をも、唐土の詩をも、ただその筋をぞ、枕言にせさせ給ふ」をみると、紫式部は「長恨歌・伝」を読み、関わりの楽府を進講したと推測される。

道長が曽令文から贈呈された白氏文集を天皇に献上したことをみると、その時宋印の白氏文集は希覯本だったと分かる。白氏文集の愛好家は、他人よりとり残されたくない気持ちを抱いて競い合ってブランドを求めるため、白氏文集の流行を推し進めたと考えられるのではないか。

寛弘七年八月道長は自宅に棚厨子二隻を設置し、自ら指図して二千巻も集めた[41]コレクションを納めた。書籍の目録を見ると、三史・八代史・文選・文集・御覧（修文殿御覧）・道々書・日本紀具書、令・律・式等ある。その前後の出来事を表にまとめると源氏物語が語られる背景が浮き彫りになる。

平安朝	西暦	出　来　事
寛弘二年	1005	敦康親王の読書始め
三	1006	曽令文が道長に五臣注文選・白氏文集などを贈与 道長は宋印白氏文集を天皇に献上、年末紫式部の宮仕え
四	1007	紫式部が白氏文集を読み、楽府を進講
五	1008	源氏物語の冊子作り
七	1010	道長邸書棚の増設

八	1011	道長が白氏文集を天皇に献上
長和二年	1013	念求が白氏文集を道長に贈与

結び

白氏文集は人気の高い詩集である。承和五年に伝来してから重要な歴史場面で三回登場し、二回は天皇と関わりがある。嵯峨天皇の御代に伝来したが、百六十年後、一条天皇の寛弘年間になって愛読のブームを呼び、流行するようになった。長い年月がかかった原因として考えられるのは書籍不足だった。

中国における印刷技術は六世紀頃に発明され、宋になって目覚ましい進歩を遂げた。世界の先端を行った印刷技術は出版事業を推し進め、仏教の経典・史記・漢書・後漢書・詩・書・礼記・春秋・地理・医・薬の書が次々と出版された。

勉強好きな平安朝の貴族は文字が綺麗で、誤りの少ない宋印の書籍が欲しかったが、宋の初期には厳しい書籍の禁輸政策があった。宋商人と渡宋僧の活躍によって宋の文化風潮が吹き込み、白氏文集は貨物の中に入れて持ち込まれた。

高級貴族のブランド志向が白氏文集の流行を煽る最中、敦康親王の読書始めが行われた。唐玄宗によって著述された『御注孝経』を習ったため、玄宗の故事に基づいて書かれた「長恨歌・伝」を収めた白氏文集の流行はいっそう推し進められた。

注

(1)『枕草子』「文は」
(2) 岡田正之『漢文学史』第九章「文選・白氏文集流行」吉川弘文館、昭和29年
(3) 金子彦二郎『平安時代文学と白氏文集』「关于白氏文集尊重因由の新考察」藝林舎、1977年
(4) 水野平次著、藤井貞和補注解説『白楽天と日本文学』「解説」大学堂書店、昭和57年
(5) 川口久雄・本朝麗藻を読む会編『本朝麗藻簡注』(勉誠社、1993) 日本語訳を参照
(6) 目加田さくを「サロンの文芸活動つづき：李義山雑纂・義山詩集と枕草子・清少納言集」『日本文学研究』27 (21~36) 1991年
(7) 岡一男「三才女とその時代」『国文学』(解釈と鑑賞) 至文堂、昭和42年3月号
(8) 井上進『中国出版文化史』名古屋大学出版会、2002年
(9) 太平興国二年 (977) 三月奉詔撰集、次年八月完成。
(10)『宋史』(巻四九一) 後注には「今」、日成尋参天台五台山記延久四年十二月二十九日条引楊文公談苑作「令」、清黄遵憲日本国志巻五也作「令」、「令」とする。
(11) 西岡虎之助著作集第三巻『文化史の研究』(1984)「第二章文化史における脅然」では『宋史』に

「脩然之来，復得孝経一巻、越王孝経新義第十五一巻，皆金縷紅羅褾，水晶為軸」という部分を引用している。なかにある「復得」を「献上」と解されている。

(12) 木宮泰彦『日華文化交流史』「第二章北宋との通交」富山房、昭和37年

(13) 石上英一『倭国と東アジア』吉川弘文館、2002年

(14) 西岡虎之助著作集『文化史の研究』(三巻)「第二章文化史における中国と日本」三一書房、1984年

(15) 藤堂明保監修(中国の古典17)『倭国伝』(学習研究社)「日本伝」訳参照

(16) 『日本紀略』長徳元年九月六日「若狭国言上唐人七十余人到著当国。可移越前国之由、有其定」とあり『権記』・『小右記』にも記録がみえる。

(17) 清水好子『紫式部』「第二章」岩波書店、1973年

(18) 重松信宏『紫式部と源氏物語』「第一章第二節」風間書房、昭和58年

(19) 川口久雄『本朝麗藻簡注』「第十四章」勉誠社、平成5年

(20) 『枕草子』に「めでたきものは、からにしき」とある。

(21) 森克己・田中健夫『海外交渉史の視点』「第一巻」日本書籍、昭和50年

(22) 郭紹虞輯『宋詩話輯佚』(巻下)中華書局、1980年

(23) 王黄州は王禹偁の筆名、晩年黄州に左遷させられたからである。『宋朝事実類苑』巻七「澠水燕談」に「王某文章、独歩当代、異日垂名不朽」とあり、『司空相公挽歌』に「須知文集裏全似白公詩」とある。

(24) 『宋史』巻三〇五、「列伝」第六十四楊億

(25) 唐彦謙字茂業、号鹿門先生。并州晋陽(いまの太原)人。博学多芸、琴囲碁書画に長けて五言詩が得意。『鹿門三巻』が残されている。

(26) 『旧唐書』巻一九〇、『新唐書』巻二〇三に李商隠伝がある。

(27) 顧易生・蒋凡・劉明今『宋金文学批評史』「第二章」、上海古籍出版社、1996年
(28) 太祖、太宗に重宝されて三回翰林入り、二度も大臣を務めた。『太平御覧』・『文苑英華』・『太平広記』等大型図書の筆頭編集者として知られる。『宋史』「列伝」に「為文章慕白居易、尤浅近易暁」とある。
(29) 『全宋文』巻四
(30) 『宋史』「文苑」巻四三九、「列伝」第一九八「芸祖（太祖）革命、首用文吏而奪武臣之権。宋之尚文端本乎此。太宗、眞宗、其在藩邸、已有好学之名、及其即位、弥文日増」とある。
(31) 『詩話総亀』前集巻四
(32) 釈智圓（976〜1022）「読白楽天詩」、見『全宋詩』巻一三九
(33) 『宋史』巻一一三
(34) 北宋初期に成立された類書、千巻、目録10巻。五代までの君臣事蹟を三十一部千百十五門に分類する。『太平広記』『太平御览』『文苑英华』と併せて四大書と称せられる。
(35) 『宋会要輯稿』一六五、葉夢得（1077〜1148）『石林燕語』（1127）に見られる。
(36) 西岡虎之助著作集『文化史の研究』（三一書房、1984）第三巻に詳しい。
(37) 『楊文公談苑』「寂照」
(38) 『御堂関白記』「寛弘三年」
(39) 中野幸一校注日本古典文学全集『紫式部日記』小学館、昭和46年
(40) 先掲川口久雄『本朝麗藻簡注』

第一部　桐壺巻と「長恨歌・伝」

第一章　「京師長吏為之側目」と更衣の物語

桐壺巻は「いづれの御時にか、女御、更衣あまたさぶらひたまひけるなかに、いとやむごとなき際にはあらぬが、すぐれて時めきたまふありけり」から始まる。鎌倉時代の写本とされる源氏物語は諸本とも「いづれの御時にか」から書き出されているので、原作と思われる。

「いづれの御時にか」について古注『河海抄』（1367）は、『伊勢集』（939以降成立）の「いづれの御時にかありけむ大宮す所ときこえける御つぼねに云々」に準えて書かれているので、「御時」は延喜（901〜922）、天暦（947〜956）の御代を暗示していると注している。清水好子は古和歌、日記文学及び唐の伝奇小説を考察した上で、「いづれの御時」は村上天皇（946〜967在位）までの時代だと述べており、[1] 小西甚一は「いづれの御時」は、「長恨歌」の冒頭文なる「漢皇重色思傾国」に準えて書いたので、「漢皇」に当たると述べている。[2] 諸説はそれぞれの道理があるが、「いづれの御時にか」という不確かな発端句は昔話の決まり文句であり、昔にあった更衣の物語を語り始める信号である。

更衣は下級女官の職位である。嵯峨天皇の時代（809〜823）では四・五位を授けられたが、所生の子は賜姓の対象となった。『延喜式』（967年施行）に定員十名、『西宮記』（源高明撰）に十二名あったが、一条朝では更衣はいなかった（『ウィキペディア〈Wikipedia〉』）。
桐壺巻に「長恨伝」の「京師長吏為之側目」（上達部、上人なども、あいなく目を側めつつ、いとまばゆき人の御おぼえなり）があり、更衣は楊貴妃のように寵愛を受けていたことを意味する。一時桐壺更衣の物語は楊貴妃のことによって書かれたと言われた。繰り返し検討されるうちに桐壺更衣のイメージは楊貴妃と重ならないことが分かり、楊貴妃のモデル説が薄らいだ。それなら作者はなぜ「京師長吏為之側目」を引用したのか、更衣の物語と何の関係があるのかは疑問を呈する。

一　「京師長吏為之側目」をめぐって

「京師長吏為之側目」は「長恨伝」にある一句であり、都の高官が玄宗の楊貴妃への寵愛ぶりを直視できないことを意味する。その寵愛ぶりは、

叔父昆弟皆列㆓位清貴㆒、爵為㆓通侯㆒。姉妹封㆓国夫人㆒、富埒㆓王宮㆒、車服邸第、与㆓大長公主㆒侔矣。而恩沢勢力、則又過㆑之。

（楊貴妃の）叔父や兄弟はみな高い官位に連なり、通侯の爵位も受けた。姉妹は国夫人に封ぜられ、富は王室に等しく、乗り物や服飾・邸宅など、天子の叔母様と同等である。それより大きな恩沢に浴し、権勢をほしいままにする。

という。そこで、楊氏一族は、

出二入禁門一不問二名姓一、京師長吏為レ之側レ目。

自由に禁中に出入りし、とがめられることはない。都の高官もそれに目をそばだてるのだった。

この「京師長吏為之側目」のすぐ後に次の民謡がある。

当時謡詠有レ云生女勿二悲酸一、生男勿二喜歓一。又云男不二封侯一女作レ妃。看女却為二門上楣一。其為人心羨慕如レ此[3]。

当時「女を産んでも悲しむなかれ、男を産んでも喜びたまうな」という民謡もあれば、「男は王侯にはなれないが女は王妃となる。ごらんなさいよ、女は逆に一門のほまれとなるよ」という民謡もあった。その世の人々の羨む気持ちはこのようだった。

この民謡は『史記』「外戚世家」を出典とし、次のように書かれている[4]。

衛子夫已立為二皇后一、先レ是衛長君死、乃以レ青為二将軍一、撃胡有レ功、封為二長平侯一。青三子在二襁褓中一、皆封為二列侯一。及衛皇后所レ謂姊霍少児、少児子霍去病、以二軍功一為二冠軍侯一、号二驃騎将軍一。青号二大将軍一。立二衛皇后子拠一為二太子一。衛氏支属皆軍功起レ家、五人為レ侯（略）

天下歌レ之曰生レ男無レ喜、生レ女無レ怒、独不レ見衛子夫覇二天下一。

衛子夫が皇后に立てられた後、兄の衛長君が早世し、弟の衛青は将軍に封ぜられた。衛青は戦術に長けて戦場で殊勲を立てつづけて、間もなく長平侯となり、三子とも幼い時に侯に封ぜられた。衛皇后の姉は少児と言い、霍去病[5]という子がいる。霍去病も軍功で冠軍侯となり、驃騎将軍と名付けられた。その後衛青は大将軍となり、衛氏一族のなかで五人も侯となった。衛氏一族の勢力は天下を揺るがさんばかり、世の人はつい「男を産んで喜ぶなかれ、女を産んでも怒るな、衛子夫が天下を覇することを見ていないか」と歌った。

右記を読むと、「長恨伝」にみえる、

謡詠有レ云生女勿二悲酸一、生男勿二喜歓一。又云男不二封侯一女作レ妃。看女却為二門上楣一。

其為人心羨慕如レ此。

という歌謡は「外戚世家」の「天下歌レ之曰生レ男無レ喜、生レ女無レ怒、独不レ見衛子夫覇二天下一」によって書き直したことが分かる。「外戚世家」の歌謡は「衛皇后歌」という題目で漢の楽府に収められている。

楽府は秦から始まり、漢武帝の時代から役所、いわば宮中の御歌所として設けられた。楽府は文人の詩作や民謡を集め、曲に合わせて行事の時に歌わせる。次第に歌詞を楽府と呼ぶようになり、漢楽府と区別するために唐の詩人が作った楽府は「新楽府」と呼ばれる。「長恨歌」にも「衛皇后歌」を利用して作った詩句がある。

姉妹弟兄皆列レ土　兄弟姉妹たちはみな王侯となり
可レ憐光彩生二門戸一　一門に輝きが及んだ

遂令㆓天下父母心㆒　ついに天下の父母の心をして
不㆑重㆑生㆑男重生女　男子を産むより女子を産むことを重く見る

唐の天宝年間（７４２〜７５６）楊貴妃が玄宗の寵愛を独占していたため、
楊家因生女而宗門崇顕[6]　楊家は女子を産んだのでその一族が栄える

と言われている。天宝十三（７５４）年長安での生活に窮した杜甫（７１２〜７７０）はつてを頼って妻子を奉先県に寄寓させた。その間「自京赴奉先県詠懐五百字」（７５４）を作った。そのなかに、

多士盈㆓朝廷㆒　朝廷に多士済々
仁者宜㆓戦慄㆒　仁者なら戦慄すべし
況聞内金盤　まして宮中の金皿玉器は
尽在㆓衛霍室㆒　すべてが衛、霍家に流れていった

という句がある。「況聞内金盤、尽在衛霍室」は、表面上珍奇な宝はすべて衛氏に転がっていったと言っているが、実は珍奇な宝はすべて楊氏の家に転がっていったと暗示している。唐の開元・天宝年間（７１３〜７５６）玄宗は楊貴妃を寵愛し、道楽の限りを尽くし、国事を疎かにしていた。正義感があり、国を憂い、民を憂う知識人は楊貴妃を衛子夫に準えて遠回しに諭したと思われるが、実際、『旧唐書』（９４５）の撰者も『史記』の「外戚世家」をまねて「后妃伝」を記している。

（楊貴妃）有㆓姉三人㆒、皆有㆓才貌㆒、玄宗並封㆓国夫人之号㆒。長曰㆓大姨㆒、封㆓韓国㆒、三姨封㆓虢国㆒、八姨封㆓秦国㆒。並承㆓恩沢㆒、出㆓入宮掖㆒、勢傾㆓天下㆒。天寶初、進㆓冊貴妃㆒。妃父玄琰累贈㆓太尉、斉国公㆒、母封㆓涼国夫人㆒。叔玄珪光禄卿、再従兄銛、鴻臚卿、錡侍御史、尚㆓武恵妃生太華公主㆒、以㆓母愛㆒、礼遇過㆓於諸公主㆒、賜㆔甲第、連㆓於宮禁㆒。

楊貴妃には姉が三人いる。みな文才があって絶世の美人である。玄宗はみなに「国夫人」号を授けた。上は大姨と言い、韓国夫人に封ぜられた。次女は虢国夫人に、三女は秦国に封ぜられた。共に恩恵を受けて、自由に禁中を出入していた。権勢は絶大であった。天宝の初め、楊玉環は貴妃に出世した。父玄琰は太尉、また斉国公を追贈され、母に「涼国夫人」号が授けられた。叔父である玄珪は光禄卿に、従兄である銛は鴻臚卿に、錡は侍御史に任ぜられて武恵妃腹の太華公主と結婚した。武恵妃(7)が寵愛を受けていたので、太華公主の処遇はほかの公主を超えて邸宅を賜って、宮廷に軒を連ねていた。

唐では衛子夫の故事は広く知られていて、衛子夫のことで楊貴妃を暗示する詩文を作り、典拠として使った。本章と関わりのありそうな詩文を見てみよう。

二　更衣を用いる唐の詩文

Ⅰ　駱賓王（６２６？～６８７？）の「伐武曌檄」

唐高宗が崩じて（６８３）李顕が即位し、中宗となる。則天皇后は皇太后となって垂簾聴政した。中宗は、即位して間もなく母皇太后と相談もせずに韋皇后の父である韋玄貞を侍中に任用しようとした。母皇太后がそれを尋ねると、中宗は義父韋玄貞に天下を与えても構わないと楯突いた。母皇太后は激怒した。これがきっかけとなって即位してわずか55日の中宗を位から降ろして房州に流した。代わって李旦が即位し、睿宗となる。睿宗は政治に興味がなく国事をすべて母皇太后に任せた。以後、皇太后は薄紫の帳に囲まれた玉座に坐って次々と指令を発していった。則天皇后が国政に参与することを不満とする大臣がおり、文明元年（６８４）徐敬業らはクーデターを起こした。初唐四傑之一[8]と言われる駱賓王[9]が反乱に加わり檄文を多く作った。そのうち「伐武曌檄」があり、則天皇后がそれを見て佳句と褒めた。

偽臨朝武氏者、人非㆑温順、地実寒微。昔充㆓太宗下陳㆒、嘗以㆑更衣入侍。[10]

今権力の座にある武氏は性格が悪く、出身が卑しい。昔太宗の後宮に仕えたが、また更衣して入内した。

「下陳」は『戦国策・斉策四』を出典とし、宮殿に上がる階段の下を指し、地位が低い。「嘗以更衣入侍」については『資治通鑑』に、

衛子夫以更衣得幸漢武帝、賓王用此事

衛子夫は漢武帝の更衣に仕えて寵愛された。賓王はその故事を使った。

という注がみえる。衛子夫が休憩する武帝に仕えて寵愛を受けたことで則天皇后が高宗の後宮に入内したことを準える。

II　劉禹錫（772〜842）[11]の「更衣曲」

劉禹錫は字は夢得、若くして進士に合格した。詩がうまく文章も巧みである。白楽天と仲が良く二人の応酬は『劉白唱和集』にまとめられる。劉白の唱和集は日本にも伝わり、『菅家文草』（900年）、『菅原後集』（903年成立）に影響を与えた。『和漢朗詠集』に収められる詩句もあり[12]、源氏物語の幻巻[13]、葵巻[14]にもみえる。劉禹錫は781首の詩文を作り、152首が新楽府に属する。そのうちの「更衣曲」が次のとおりである。

博山炯炯吐香霧　　博山香炉が香りの良い煙を炯炯吐く
紅燭引至更衣処　　赤い蠟燭を灯して更衣室に導かれる
夜如何其夜漫々　　夜は漫々と更けていく
隣鶏未鳴寒雁度　　隣の鶏が未だに啼かぬが、雁は空を渡っていく
庭前雪圧松桂叢　　庭の前の雪は降り積もって松や桂の叢を圧し
廊下点々懸紗籠　　廊下には赤い絹で作った提灯があちこち掛かっている

満堂酔客争笑語　大勢の酒に酔った客が争って笑ったり、話し合ったりする
嘈贄琵琶青幕中　青い幕のなかから琵琶を演奏する音が冴え響く

一見して賑やかな結婚の披露宴である。郭茂倩（１０４１〜１０９９）[15]は「漢武帝故事」から、

元朔元年、立二衛子夫一為二皇后一。初、上行二幸平陽公主家一、主置レ酒作レ楽。子夫為二主謳者一、善レ歌、能造レ曲、毎レ歌挑レ上。上意動、起更衣、子夫因侍得レ幸。頭解、上見二其美髪一悦レ之。主遂納二於宮中一[16]。

という部分を抜き出して『楽府詩集』[17]（巻九十四）「題解」にし、劉禹錫は「武帝起更衣」を主題にして作ったと解説している。

「漢武帝故事」は『隋書』（６５６完成）「経籍志」（現存一巻）に記されて、作者は漢の班固[18]とされる。唐の張柬之（６２５〜７０６）は『洞冥記』に「漢武故事王倹造也」と書いているが、後世の人々は相変わらず班固の作と思っている。それはともかく「漢武帝故事」の筆致は円熟してやはり教養のある文人の作と思われる。「漢武帝故事」は正篇と続篇に分かれている。武帝が誕生してから崩御して茂陵に埋葬されるまでの雑事を年代順に書いたものは正篇とされるが、武帝の死後、成帝（B・C33〜7在位）の時代までの出来事を続篇にまとめている。「武帝起更衣」は正篇にあり、「外戚世家」の記述を加工したものである。

「外戚世家」に「謳者進、上望見、独説衛子夫」とあるが、「漢武帝故事」は、

善歌、能造曲、毎歌挑上、上意動。

（衛子夫は）歌がうまく、新曲も作れる。ことごとに武帝の気を引くような歌を聞かせた。
武帝は心を動かせられた。
と書き直し、「外戚世家」に「武帝起更衣、子夫侍尚衣、軒中得幸」とあるが、「漢武帝故事」は、
上意動、起更衣、子夫因侍得幸。
上は心が動いた。起きて更衣に行こうとした。子夫は侍って寵愛を受けた。
と書き直している。そして「外戚世家」にみえない、
頭解、上見其美髪悦之
髪を解くと、武帝はその髪の美しさに見とれて喜んでいた。
という文を書いて情愛の場面を描いている。
劉禹錫はすぐれた文筆を振るって「漢武帝故事」を元にして「更衣曲」という新楽府に綴った。「漢武帝故事」の「主置〻酒作〻楽」を「満堂酔客争笑語」に直し、「上意動、起更衣」を「紅燭引至更衣処」（赤い蠟燭を持って更衣室に導いた）に直し、「子夫因侍得〻幸」を「夜如何其夜漫々、隣鶏未鳴寒雁度」に直している。「武帝起更衣」を主題にした「更衣曲」という創意は巧みである。

Ⅲ　王建の「宮人斜」

唐の詩人王建（?～830?）[19]は『宮詞百首』を作り、そのうち「宮人斜」がある。

未央牆西青草路　未央宮の塀の西側に青草の道がある
宮人斜裏紅粧墓　そこの坂道に宮女（宮に仕える女の人）の墓地がある
一辺載出一辺来　一方では死体が運びだされるが、一方は新人が入る
更衣不減尋常数　更衣の数はいつもと変わらない

宮人斜はまた内人斜と言い、秦の咸陽宮の城壁の内側にある下級女官の墓地である。広い意味で更衣は下級女官を意味するが、この使い方は唐より数百年前の梁に遡り、簡文帝（503～551）の「執筆戯書」に、

夜夜有明月　時時憐更衣
夜々明月があり　常に更衣を憐れむ

という句がある。

右記唐の文学作品はそれぞれ特色があり、更衣の意味も違う。駱賓王の「伐武曌檄」にみえる更衣は衣服を着替えることを意味するが、則天皇后は、高宗の後宮に選ばれた皇后ではなく不正な手段を使って後宮に入ったと言って皮肉る。劉禹錫の「更衣曲」は、「武帝起更衣、衛子夫軒中得幸」にある「更衣」を歌題にするが、更衣がきっかけとなって結ばれたことを際立たせる。王建の「宮人斜」にみえる更衣は、広く一般的下級女官を意味し、桐壺の更衣と同じ

使い方である。

総じて、衛子夫が、武帝の更衣に仕えたことで入内し、地位が低いにもかかわらず、楊貴妃のように眩しい寵愛を受けていた故事は唐に知れわたった。唐の詩文に使われる更衣は衣服を着替える意味もあれば、下級女官も意味する。桐壺巻に登場する更衣は下級女官であり、その物語は何によって語られたのかは問題である。

三　桐壺の更衣と衛子夫

『日本国見在書目録』によって『史記』・『漢書』・「漢武帝故事」が早くも伝来し、『史記』・『漢書』は知識人の必修科目であった。『和漢朗詠集』にそれと関わる詩句もみえる。小野篁[20]（802〜852）の「主家楽」（断序）に次の詩句がある。

李延年之飾族　　李延年一族が栄達した
託一妍以始飛　　それは李夫人の美を託して始まった
衛子夫之待時　　衛子夫は時を待ち
在衆醜而永異　　多くの醜女に一人だけ目立った

「主家楽」という歌題は「漢武帝故事」にみえる（初、上行幸平陽公主家）「主置酒作楽」を利用して作られた可能性がある。「李延年之飾族、託一妍以始飛」にある李延年は、漢武帝時代の音楽家、李夫人の兄である。武帝の前で妹の美しさを褒めるため、その妹は召しだされて寵愛を受け、一族に繁栄をもたらした。「衛子夫之待時、在衆醜而永異」(21)は「漢武帝故事」にあり、衛子夫は入内して一年あまり寵愛を受けることがないことである。よって漢武帝後宮の李夫人や衛子夫の故事がよく知られていたとうかがえる。

1　衛子夫について

衛子夫は武帝の皇后であるので、『史記』「外戚世家」や『漢書』「外戚伝」ともに記されている。『史記』巻四十九「外戚世家」衛子夫の初めは次の記事がみえる。

衛皇后字子夫、生微矣。蓋其家号曰二衛氏一、出二平陽侯邑一、子夫為二平陽主謳者一。武帝初即位、数歳無レ子。平陽主求二良家子女十余人一、飾レ家。武帝祓覇上還、因過二平陽主一。主見二所レ侍美人一、上弗レ説。既飲、謳者進、上望見、独説二衛子夫一。是日、武帝起二更衣一、子夫侍二尚衣軒中一、得レ幸。上還レ坐、驩甚、賜二平陽主金千斤一。主因奏二子夫一送入宮、子夫上レ車、平陽公主拊二其背一曰、行矣、強飯、勉之。即貴、無二相忘一。入レ宮歳余、竟不二復幸一。武帝擇二宮中不レ中レ用者一、斥レ之帰レ之。衛子夫得レ見、涕泣請レ出、上憐レ之、復幸、遂有レ身。尊寵日隆。召二其兄衛長君弟青侍中一。而子夫後大幸、有寵、凡生二三女一男一。男名レ拠。

衛皇后の名は子夫と言い、卑賤の出身である。母衛氏は平陽公主（内親王）家の奴隷であった。子夫は平陽公主家の歌手だった。武帝は即位して数年経っても子どもに恵まれなかった。(武帝の姉)平陽公主は良家の女子十余人を求め、綺麗に着飾らせて家に置いた。武帝は覇水のほとりで祓いをして帰る途中、平陽公主の邸に立ち寄った。公主は家に養う美女を武帝にまみえさせた。武帝は誰も気に入らなかった。酒宴が始まって歌手が進み出た。武帝は子夫にだけ目を注いだ。その間武帝は衣服を着替えようと起ち上がった。衛子夫はそばにつき添って世話し、そこで寵愛を受けた。再び席に戻ると、武帝は甚だ機嫌がよく、平陽公主に千斤の黄金を賜った。公主は子夫を薦め、宮中に送った。子夫が車に乗ると、公主は彼女の背中を撫でながら「お元気で、体を丈夫にしてよくお勤めください。もし貴い身分になっても、わたしのことを忘れないようにね」と言った。衛子夫は、宮中に入って一年余りになったが、ついに二度と寵愛を受けなかった。武帝が宮人のうち役に立たないものを選んで退けようとした。すると、衛子夫は上にまみえ、泣きながら自ら暇を賜りたいと願った。上は子夫を不憫に思って寵愛した。間もなく彼女に懐妊の兆しがみえた。寵愛は日増しに篤くなった。彼女の兄衛長君や弟衛青は相次いで宮中に召し出されて、侍中となった。衛子夫は、寵愛を一身に集め、立て続けに三女一男を産んだ。皇子は東宮に立てられた拠である。

2　衛子夫と桐壺の更衣

王建の「宮人斜」にある「更衣不滅尋常数」の「更衣」は一般的な女宮仕えを意味するが、桐壺の更衣はそれと同じである。更衣をポイントにしたのは劉禹錫の「更衣曲」と同様衛子夫の故事を更衣に凝縮している。

桐壺の更衣というと、①出自が低いにもかかわらず、眩しい寵愛を受けていた、②前世の縁があって若宮を産んだ。若宮が生まれると、帝の寵愛がいっそう厚くなった、③帝の寵愛を受けていながら他の女御、更衣から疎まれて、有形無形の嫌がらせを受けていたというイメージが頭に浮かぶ。

衛子夫の「生微矣」、「後大幸、有寵」という記述は、桐壺更衣の「いとやむごとなき際にはあらぬが、すぐれて時めきたまふありけり」と同じ意味である。衛子夫は皇后であったが、平陽公主の邸で寵愛を受けて武帝について後宮に入った当初は身分がない。そのためか「入㆑宮歳余、竟不㆓復幸㆒」という境遇に置かれた。昔宮中では『周礼注疏』「群妃御見之法」に従って后妃が帝の添い寝をしていた。

> 凡群妃進見之法、月与后其象也。卑者宜先、尊者宜後。女御八十一人当九夕、世婦二十七人当三夕、九嬪当一夕、三夫人当一夕、后当一夕。亦十五日而遍云。自望後反之。

「群妃進見法」とは半月（十五夜）で一廻りするが、地位の低いものは先に当直し、地位の高いものは後に回る。女御（81）は九夜に当たり、世婦（27）は三夜に当たり、嬪（9）

は一夜に当たり、夫人（3）は一夜に当たり、皇后は一夜に当たる。十六日から繰り返す。女御（81）は九夜に当たると言うが、この八十一名はさらに順番で回る。結局、女御、世婦、嬪は九周りに一回当たることになり、四ヶ月半置きに一回帝と添い寝する。夫人は一ヶ月半置きに一回当たり、皇后は一ヶ月に二回当たる。規則はあるが、帝の都合によって変更する時もあり、当たらないときもある。そこで「一生遂向空房宿」（白居易「上陽白髪人」）生涯帝の顔を見たことのない妃がいる。

衛子夫のことについて「漢武帝故事」に「新入」、「在籍末」と書いているが、実際名簿に名前がない、並ぶ資格もなかった。一方、平安朝の添い寝については書いていないが、更衣は天皇日常の御座所となる清涼殿から最も遠く離れた桐壺に住み、添い寝も滅多にないと推測される。しかし、衛子夫も桐壺更衣も子どもを産んだ。「外戚世家」に時おり、

武帝擇二宮中不レ中レ用者一、斥レ之帰レ之。衛子夫得レ見、涕泣請レ出、上憐レ之、復幸、遂有レ身。

武帝は後宮に必要もないものを退けようとした。衛子夫は武帝に拝見でき、涙ながらに帰らせて頂きたいと願った。武帝は不憫に思い、寵愛をした。子夫は身ごもった。

と書いているが、「漢武帝故事」には、

吾昨夜夢二子夫庭生梓樹数株一、豈非レ天意乎。是日幸レ之、有レ娠。

朕昨夜子夫の庭に梓の木が数本生えている夢を見た。神意ではないかと言った。添い寝さ

せて、身ごもった。

と書いている。桐壺巻にはこのような筋の込み入った話は見えないが、「さきの世にも、御契りや深かりけむ、世になくきよらなる玉の男御子さへ生まれた」と、縁が深いと言った。衛子夫の懐妊のことを聞くと、武帝の寵愛は日増しに篤くなった（「尊寵日隆」）。更衣に若宮が生まれると、

おぼえいとやむごとなく、上衆めかしけれど、わりなくまつはさせたまふあまりに、さるべき御遊びのをりをり、何事にもゆゑあるふしぶしには、まづまうのぼらせたまふ。

というのである。

以上更衣の、地位が低いにもかかわらず、寵愛を受けていたこと、前世の縁があって若宮を産んだこと、若宮が生まれると、帝の寵愛がいよいよ篤くなったというイメージは、衛子夫と重なり、衛子夫によって語られたと考えてよい。この結論を補強するように陳皇后とよく似ている弘徽殿の女御が登場している。

陳皇后（阿嬌）は、武帝の父景帝の同腹姉（長公主）の一人娘であり、武帝の従姉に当たる。幼い時に縁談を結び、皇太子時代の武帝と結婚した。皇太子の即位に伴って皇后の位に上った。陳皇后は母の権勢を笠に着て傲慢に振る舞い、武帝を見下げた。しかし結婚して数年子どもを産まないのは不利だった。衛子夫が身ごもって武帝に寵愛されたと聞くと、嫉妬し、巫女を宮中に呼び込み、人形を地中に埋め、呪い殺そうとした。それが発覚すると、武帝は激怒した。

巫女らを死刑にし、陳皇后は「大逆不道」（上に楯突き騒ぎを起こす）という罪名で死刑とするところを叔母の恩義を考慮して赦免、後宮から追放して長門宮に幽閉させた。

一方、弘徽殿の女御は右大臣の娘であり、「人より先に参りたまひて、やむごとなき御思ひなべてならず」、桐壺帝がまだ東宮だった頃入内した妃である。更衣が帝の寝殿に通うと、

あまりうちしきるをりをりは、打橋、渡殿のここかしこの道に、あやしきわざをしつつ、御送り迎への人の衣の裾、堪へがたく、まさなきこともあり。またある時には、えさらぬ馬道の戸をさしこめ、こなたかなた、心をあはせて、はしたなめわづらはせたまふ時も多かり。

ということがある。そのやり方に対しての理解が種々ある。着物を何かでひっかけて裾を切るとか、汚物を撒いて、帝が抱けない体にするとか、子を宿しているなら流産させるとか、呪詛するとか、言われる。

封建社会において帝の寵愛を受ける妃に嫌がらせをする例は珍しい。帝は天子であるから、皇后の廃立も出来る。ゆえに後宮の女性はすべて天子の機嫌を取り、天子に従う。敢えて帝の寵愛を受ける更衣に嫌がらせをした弘徽殿の女御は陳皇后に似通っている。桐壺の帝は、

事にふれて数知らず苦しきことのみまさればいといたう思ひわびたるをいとどあはれと御覧じて後涼殿にもとよりさぶらひたまふ更衣の曹司を他に移させたまひて上局に賜はす。

と、帝のすぐ隣にある皇后、女御用の後涼殿を賜った。後涼殿は、平安京内裏の殿舎で、清涼殿の西隣にある御殿である。陰明門に相対して女御などの住む殿舎として知られる。後涼殿

を更衣に与えるのも異例であり、[22]更衣は女御か皇后になったと思われる。帝の態度に対して日向一雅は、

（桐壺天皇は）単に人間的な天皇が造型されたと言うだけでなく、そこには平安期における天皇の一つの理想像が目指されていたと捉えるべきだろうと思う。（中略）それはもっと強く言えば武帝や玄宗のような専制君主の姿をなぞっていたのかもしれない。[23]

と指摘し、さらに、

具体的に言えば外戚の権力を排除して天皇親政を実現すると言うようなことであったと思う。廷臣や後宮の非難を浴びながら更衣一人を愛しぬいたことがまず弘徽殿女御に代表されるような外戚的権勢を目指す勢力とは手を組まないことの意思表示であった。

と述べている。桐壺天皇が外戚の権力を排除して弱い立場に置かれた更衣を庇護した態度は漢武帝と同じようにみえる。

比較を通じて桐壺更衣の物語に登場する人物のイメージは漢武帝後宮の歴史人物と重なり、衛子夫の境遇によって語られたと考えられる。衛子夫の境遇を語るきっかけと言うと、既述のように紫式部は宮仕えして彰子中宮に白氏文集の所々を読み、楽府二巻を進講した。「長恨歌・伝」を読む際、詩文の意味を説明するだけでなく典拠も説明するはずである。唐の文人は、楊貴妃を書くときにいつも衛子夫を引き合いに出したが、桐壺巻はそれに反して衛子夫の故事を語る際に楊貴妃を引き合いに出した。

結び

桐壺巻は「いづれの御時にか」という不確かな時間で始まり、「京師長吏為之側目」で更衣の物語は楊貴妃に繋がった。実際「長恨歌・伝」に引用している漢楽府によって衛子夫の境遇を語った。物語の題材によって「御時」は漢武帝の時代と分かった。衛子夫は建元二（B・C139）年武帝の後宮に入ったが、陳皇后（阿嬌）は元光五（B・C130）年に廃せられた。「御時」は建元二年から元光五年までの間である。陳皇后が廃せられて二年後衛子夫は皇子劉拠を産んだ。しかし桐壺巻にみえる立太子問題と関係なく再考する必要がある。

注

（1）清水好子『源氏物語論』「第一章いづれの御時にか」塙書房、昭和41年
（2）小西甚一「いづれの御時にか」『国語と国文学』（東大・昭和30年3月）所収
（3）新釈漢文大系『唐代伝奇』明治書院、昭和48年
（4）本書に引用した衛子夫伝は新釈漢文大系『史記』巻四十九「外戚世家」（明治書院）による。
（5）『漢書』巻五十五「衛青」「霍去病」

（6）『資治通鑑』唐紀巻三十一「注釈」
（7）『旧唐書』巻五十一「后妃伝」
（8）王勃・楊炯・盧照隣・駱賓王の四人。
（9）『旧唐書』巻一九〇上「文苑上」に駱賓王伝がある。
（10）①『資治通鑑』巻二〇三、唐紀十九則天光宅元年（684）、②『旧唐書』「列伝」巻一四〇上
（11）『旧唐書』巻一六〇、『新唐書』巻一六六「劉禹錫」
（12）柿村重松『和漢朗詠集考証』（目黒書店、大正十五年）上19・280・下48・98
（13）新間一美「わが国における元白詩・劉白詩の受容」『白居易講座』第四巻所収、勉誠社、平成6年
（14）①岡一男『源氏物語の基礎的研究』東京堂、昭和30年
②丸山キヨ子『源氏物語と白氏文集』東京女子大学学会、昭和39年
（15）『四庫全書総目』に「茂倩為侍読学士郭裒之孫、源中之子、其仕履未詳。本渾州須城（今山東省平県）人、此本曰太原、蓋署郡望也」とある。
（16）明の『呉琯古今逸史』による。
（17）『楽府詩集』は古代から五代までの楽府詩を収集し、100巻ある。
（18）班固（32～92）後漢初期の歴史家・文学者、字は孟堅。父班彪の没後『漢書』の編述完成に努めた。
（19）王建（?～830）字仲初、河南省潁川の出身、大暦十（775）年に進士に及第し、渭南県尉より太府寺丞・秘書丞・侍御史を歴任、文宗の大和年間には陝州司馬に転出した。また、辺境に従軍したこともあるが、帰ってからは長安西北の咸陽に住んだ。『唐王建詩集』九巻がある。『唐才子伝』『唐詩紀事』が詳しい。
（20）通称は野《や》宰相《さいしょう》または野相公と呼ばれる。参議岑守の子であり、遣唐副使となったが、正使藤原常嗣と

仲違いして行かず、一時隠岐島に流された。詩文は『経国集』『和漢朗詠集』『扶桑集』に、和歌は『古今集』以下の勅撰集にみえる。清原夏野らと『令義解』を撰した。後人が『篁物語（集）』を作った。

(21)『小野篁集』・『野相公集』は早く逸して伝わらない。

(22) 小学館日本古典文学全集『源氏物語』桐壺巻九十六ページ頭注十二。

(23) 日向一雅『源氏物語の世界』岩波新書、２００４年

第二章　「母愛者子抱」の物語

前章に続いて、

一の御子は、右大臣の女御の御腹にて、寄せ重く、疑ひなき儲けの君と、世にももてかしづききこゆれど、この御にほひには並びたまふべくもあらざりければ、おほかたのやむごとなき御思ひにて、この君をば、私物に思ほしかしづきたまふこと限りなし。（中略）この御子生まれたまひてのちは、いと心ことに思ほしおきてたれば、坊にも、ようせずは、この御子の居たまふべきなめりと、一の御子の女御はおぼし疑へり。

という部分がみえる。第一皇子は右大臣の娘の女御に生まれたので、後見がしっかりとしていて当然のように皇太子になられる。しかし若宮は玉のように美しく可愛い。帝は更衣を愛し、更衣が産んだ若宮を可愛がる。この寵愛ぶりを目にした女御は、悪くすると、若宮が東宮に立てられるのではないだろうかと疑念を抱く。

この部分は漢高祖・戚夫人の故事によって書かれたと池田勉が指摘し[1]、通説となる。確かに漢の高祖は戚夫人を寵愛し、戚夫人に生まれた如意を可愛がり、呂皇后に生まれた皇太子と入れ替えようとした。しかし「長恨伝」の「京師長吏為之側目」と関わりのある衛子夫の境遇によって語られた物語に突然漢高祖・戚夫人の故事を挿入するのは不自然に感じる。もしかすると漢高祖戚夫人の故事と「長恨歌・伝」との間に何らかの繋がりがあるのではないかと思って「長恨歌・伝」を読み、漢高祖の後宮、唐玄宗の後宮を徹底的に調べてみた。結局、『旧唐書』「玄宗諸子」の巻末に「母愛者子抱」（愛する妃に生まれた子を寵愛し、皇太子にしよう）を以て漢高祖との繋がりが見つかった。それゆえ本章は先ず「長恨伝」と「長恨歌」の相違と一致を説明し、唐玄宗と漢高祖が後継を決める態度を桐壺巻にみえる立太子問題と比較してみたい。

一　「長恨伝」について

1　「長恨伝」について

唐代伝奇小説が流行している時期に「一歌一伝」、つまり詩で「歌」を作り、散文で「伝」を作るという組にする作品のスタイルがあった。元稹（779～831）は「鶯鶯伝」（804?）[2]を綴り、李公垂（772～846）は「鶯鶯歌」を執筆した。それから二年ほど経て白居易（772～846）は「長恨歌」（806）を執筆し、陳鴻（生没年不詳）は「長恨伝」を綴った。日本では「長恨歌」と「長恨伝」とで一作品と見なされているので、源氏物語と「長恨歌」の関係についての研究が多く、「長恨伝」との関係についての論証はあまり見られない。実際、陳鴻と白居易は専攻が違うので、同じ史実を利用して作り上げた作品は特色

がある。白楽天は王質夫が言ったように、

深㆓於詩㆒、多㆓於情㆒者也

詩を作るのに長じ、情に厚い男である

というが、陳鴻は「少学乎史氏、志在編年」と言いふらし、貞元二十一（805）年進士に及第し、歴史を検討、整理することに専念できるようになった。七年間かかって『大統記』三十巻を完成し、大志を遂げた。[3] 魯迅は次のように陳鴻を評している。

陳鴻為㆑文㆑則㆓辞意慷慨㆒、長㆔於弔㆑古、追懐㆓往事㆒[4]。

陳鴻は強烈な感情をこめて文章を書き、まるで感情の高ぶりを抑えきれない風情がある。とりわけ昔のことを偲び、往事を追憶して描くことに長ける。

専攻が異なり特技が違う「長恨伝」と「長恨歌」の作者はたとえ同じ玄宗・楊貴妃の愛情物語を題材にしても作り上げた作品が異なる。「長恨伝」は、「開元中」で起筆し、「其年四月南宮宴（一説晏）駕」（その年の四月南宮で崩御）で結び、玄宗五十年間の私生活をまとめた「外伝」と思われる。

「長恨伝」は「長恨歌」と相互補完して流行し、後世文学に影響を与えている。宋の楽史は「長恨伝」より取材して「楊太真外伝」を作り、元の白樸（1226〜1306）は「唐明皇秋夜梧桐雨」（元曲）を作り、清の洪昇（1645〜1704）は「長生殿」を書いている。平安朝の学者大江匡衡（952〜1012）は「長恨伝」にある、

開元中、泰皆平、四海無事。玄宗在レ位歳久、倦二于旰食宵衣一、政無二大小一、始委二於右丞相一、稍深居游宴、以二声色一自娯。

開元年間、天下は太平無事だった。玄宗は帝位にあること久しく朝夕の政治に励むことに厭き、政治のことは大事も小事も右丞相にゆだねるようになり、ご自身は次第に奥に閉じこもりがちで、宴会を催し、音楽や美女を楽しむようになった。

という冒頭文を利用して「暮秋泛大井河各言所懐和歌序」（以下「和歌序」と称する）に翻案したと見られる。説明するために「和歌序」を見てみよう。

寛弘之歳秋九月、蓬壷侍臣二十輩、合二宴亀山之下、大井河之上一。或高談艶語、或糸竹觴詠。沙鴎与二鴛鸞一狎近、紅葉与二紈綺一紛揉。於戯、今日之興、今日之情、不三偏好二遊泛一、誇二四海之無事一也（後略）[5]。（新日本古典文学大系『本朝文粋』巻十一）

寛弘の歳、秋九月、蓬壷（内裏）侍臣二十名が宴を亀山下、大井河の上に開き、声高らかに愛情物語を語るものもあるし、管弦を奏で酔っぱらって詠うものもある。沙鴎は鴛鸞と馴れ近づき、紅葉は華やかな衣装に紛れて見分けがつかない。遊宴して今日のような興や情趣に浸るのは偏に船遊びを好むのみならず、四海の無事を誇るためである。

「長恨伝」は「開元中」から起筆するが、「和歌序」は「寛弘之歳秋九月」と書いて対応している。

「長恨伝」は（開元中）「泰皆平、四海無事」なので、（玄宗は）「倦于旰食宵衣、政無大小、始委於右丞相。稍深居游宴、以声色自娯」と書いているが、それに対して「和歌序」は、「寛弘之歳秋九月」「四海之無事」を誇って「蓬壺侍臣二十輩、合宴亀山之下、大井河之上。或高談艶語、或糸竹觴詠」と書いている。大江匡衡は「長恨伝」を利用して「和歌序」を綴ったとうかがえる。

2　「先是元献皇后、武淑妃皆有レ寵、相次即レ世」

「長恨伝」は冒頭文に続いて「先是元献皇后、武淑妃皆有レ寵、相次即レ世」と書いて玄宗の後宮、愛情を紹介している。元献皇后も武淑妃（「后妃伝」に武恵妃と称する）も『旧唐書』「后妃伝」に記されている。元献皇后のことについては「后妃伝」（下）に書いている。

　玄宗元献皇后姓レ楊、弘農華陰人、天授中、以二則天母族一、追封二士達一為二鄭王一、贈二太尉一。父知慶、左千牛将軍、贈二太尉、鄭国公一。后景云元年八月、選入二太子宮一。（中略）開元十七年、后薨。（略）二十四年忠王立為皇太子。至徳元年、粛宗即位于霊武。

元献皇后（?~729）は弘農華陰県（現河南省・陝西省の境）の出身である。父は楊知慶と言い、楊士達（楊達とも言う）[6]の孫である。楊士達は則天皇后の外祖父であり、元献皇后は則天皇后の母方の孫娘に当たる。

　六九〇年則天皇后は、即位して周の聖神皇帝となる。楊士達を鄭王に追封し、太尉号を賜った。従兄の楊知慶を左千牛将軍に追封し、太尉号を賜り、鄭国公に追封した。

　景雲元年（710）楊氏（のちの元献皇后）は太子李隆基（のちの玄宗）に入内し、翌年

（711）皇太子だった玄宗の第三子李亨を産んだ。開元十五（727）年李亨は忠王に封じられたが、その二年後開元十七（729）年楊氏は（貴嬪正二位）死去、細柳原に埋葬された。開元二十四（736）年楊氏の子である李亨（忠王）は東宮に立ち、至徳元年（756）霊武にて即位し、粛宗となる。顧みれば、楊氏の死後十年ほど経て息子は東宮に立ち、死後二十七年後即位した。息子の粛宗によって「元献皇后」号を賜ったので、立太子問題とまったく関わりがない。

武淑（恵）妃のことも『旧唐書』「后妃伝」に記しているが、死後入内した楊貴妃と並んでいる。

玄宗以㆓恵妃之愛㆒、擯斥㆓椒宮㆒、継以㆓太真㆒、幾喪㆓天下㆒。

玄宗は恵妃を愛して後宮のすべてを押しのけ、その後楊貴妃を愛して危うく国を滅ぼすところであった。

楊貴妃が入内する前、武恵妃（699～737）は寵愛を一身に集めた。彼女について「后妃伝」に、

玄宗貞順皇后武氏、則天従兄子恒安王攸止之女也。攸止卒後、后尚幼、随㆑例入㆑宮。上即位、漸承㆓恩寵㆒。及㆓王庶人廃後㆒、特賜㆑号為㆓恵妃㆒。宮中礼秩、一同㆓皇后㆒。（中略）恵妃開元初産㆓夏悼王及懐哀王、上仙公主㆒、並襁褓不㆑育、上特垂㆓傷悼㆒。及㆑生㆓寿王瑁㆒、不㆔敢養㆓於宮中㆒、命㆓寧王憲㆒於㆑外養㆑之。又生㆓盛王琦、咸宜、太華二公主㆒。恵妃以㆓開元二十五年十二月㆒薨、年四十余。

と記している。「玄宗諸子」を結びつけて紹介してみよう。
貞順皇后武氏は則天皇后の従兄の子である恒安王武攸止の娘である。父武攸止の死後武恵妃は幼いので、慣例に従って宮中に入れて育てられた。十二、三歳で幼馴染みの太子李隆基（のちの玄宗）と結婚し、次第に寵愛を一身に集めるようになった。武恵妃は立て続けに四男三女を産んだが、初めに産んだ夏悼王、懐哀王、上仙公主とも育たなかった。玄宗は、大変悲しんだ。その後寿王瑁が生まれると、大事にしつつも宮中において育てるのが不安となり、寧王府に預けた。その後武恵妃はまた盛王琦、咸宜、太華公主を産んだが、そのなかでも寿王は「非諸子所比」、異常に可愛がられていた。[7]
武恵妃は寿王を東宮にと玄宗にねだり、玄宗もそう思った。しかし当時趙麗妃（693〜726）の子、李瑛が既に東宮に立っていた。趙麗妃とは、臨淄王だった玄宗が地方に行った時に巡り会った容姿が美しく歌舞が巧みな地方官の娘である。景雲元年（710）趙氏が長子瑛を産んだ。玄宗は即位する（712）と、趙氏と瑛を都に迎え、麗妃に冊し、趙麗妃の父兄とも地方から京職に転任させた。瑛が六歳（715）になると、王皇后の養子として太子に立てられた。
武恵妃を愛し、寿王を皇太子に立てるなら、皇太子の後見人となる王皇后を廃して武恵妃を皇后に立てる必要がある。開元十二（724）年王皇后を廃し、武恵妃を皇后に立てようとしたが、武恵妃は、唐という国号を周に変えた則天皇后の孫娘に当たるゆえに、周囲の反対がとりわけ強かった。やむを得ず、玄宗は、武恵妃の立后を取りやめ、「宮中礼秩一如皇后」（宮中での序列待遇はすべて皇后に準ずる）と命じた。

武恵妃は、相変わらず寿王を皇太子に立てたいので、東宮に立っている太子瑛の廃位を企んだ。開元二十四（７３６）年のある日、皇太子瑛は他の皇子と密かに父の愛が衰えていると憂い嘆いた。その話は武恵妃の耳に入った。武恵妃は瑛が他の皇子と謀反の意があると告げ口し、玄宗はそれを信じて一日に瑛を含めての三皇子に自殺を命じた。この悲惨な事件は『旧唐書』「列伝」巻五十七「玄宗諸子」に記している。その巻末に史家は、

前史有レ云……「母愛者子抱」、太子瑛之廃、有レ由然矣。

史記に記録がみえる……「母が寵愛を受ければその子は可愛がられる」、太子瑛の廃位は自然のことである。

と綴って「母愛者子抱」を以て漢高祖に繋いだ。

二　「母愛者子抱」の出典とその物語

1　「母愛者子抱」の出典とその物語

「母愛者子抱」は『史記』巻五十五「留侯世家」にみえるが、『韓非子』を出典とする。韓非（約B・C２８０〜B・C２３３）は人間社会における夫婦関係を冷徹に観察し、次のように

述べている。

夫妻者非レ有二骨肉之恩一也、愛則親、不レ愛則疎。語曰其母好者其子抱。然則其為二之反一也、其母悪者其子釈。丈夫年五十、而好レ色未レ解也、婦人年三十、而美色衰也。以二衰美之婦人一事二好色之丈夫一、則身見二疏賤一、而子疑レ不レ為レ後。(8)

夫婦はもともと肉親ではない。愛し合えば親しみ、愛さなければ疎ましくなる。そこで世の言い草にも、妻を愛すればその子を可愛がるが、これと反対に、妻を嫌うならばその妻が産んだ子を可愛いと思わない。さて、男は五十歳になっても色を好むのに、女は三十になると、その美しさが衰える。美しさが衰えた身で色好みの夫に仕えるのだから、近づくと疎まれ、軽んぜられる。その妻は自分の子が後継になれないのではないかと疑うようになる。

漢の情況はまったくそのとおりである。劉邦は政権を手にすると、

呂娥姁、為二高祖正后一、男為二太子一。(9)

呂娥姁を皇后に、呂皇后の子を皇太子に立てた。

しかし呂皇后は、

及二晩節一色衰愛弛、而戚夫人有レ寵、其子如意幾代二太子一者数矣（同上注）。

年を取ると、美しさが衰え、疎まれるようになった。一方（若くて美しい）戚夫人が寵愛を受け、その子如意が危うく皇太子に入れ替わることは数回あった。

大臣は幾度か諫めたが、効き目はいっこうになかった。呂皇后はたいへん心配しているところへ、

人或謂二呂后一曰留侯善二画計策一、上信二用之一。呂后乃使三建成侯呂澤劫二留侯一（同上注）。

あるものが、張良はよく謀り事を策し、上も信用しています、と進言した。その進言を聞いて呂后は建成侯呂澤を張良に協力するように行かせた。

とある。呂澤が留侯を訪れて、

君常為二上謀臣一、今上欲レ易二太子一、君安得二高レ枕而臥一乎。[10]

君はいつも上の謀臣だったが、いま上は太子を替えようとしているのに、君はどうして枕を高くして寝ていられるのでしょうか。

と協力を強いた。張良は答えた。

始上数在二困急之中一、幸用二臣策一。今天下安定、以レ愛欲レ易二太子一。骨肉之間、雖二臣等百余人一何益。臣聞母愛者子抱。今戚夫人日夜侍レ御、趙王如意常抱居レ前、上曰終不レ使三不肖之子居二愛子之上一。明乎、其代二太子之位一必矣（『史記』巻五十五「留侯世家」）。

その始め、上がしばしば困窮のなかにいたときは、幸いにも臣の策を用いました。いま天下は安定し、愛情によって太子を替えようとしています。これは骨肉の間のことに臣のような者が百余人いたとしても、何の益もないよ。臣は「母が愛されれば、その子が抱かれる」と聞いていています。いま戚夫人が日夜分かたず侍御しており、趙王如意はいつも

（陛下の前で）抱かれています。上は「最後には、不肖の子を愛子の上に置かせはしない」と言った。（趙王如意が）太子の位に代わることは明らかなことです。

既述のように桐壺巻には漢武帝衛子夫の故事によって語られた更衣の物語がみえる。衛子夫も身ごもってから武帝の寵愛が厚くなったが、初めて皇女を産んだ。陳皇后が廃せられてから劉拠が生まれたので、立太子問題はなかった。桐壺巻にみえる若宮が生まれると母子とも、

ある時には大殿籠りすぐして、やがてさぶらはせたまひなど、あながちに御前去らずもてなさせたまひしほどに、おのづから軽きかたにも見えしを、この御子生まれたまひてのちは、いと心ことに思ほしおきてたれば（後略）

という描写は「留侯世家」に記している、

戚夫人日夜侍〻御、趙王如意常抱居〻前（「留侯世家」）

と一致する。そこで、弘徽殿の女御は呂皇后のように、

坊にも、ようせずは、この御子の居たまふべきなめりと一の御子の女御はおぼし疑へり。人より先に参りたまひて、やむごとなき御思ひなべてならず、御子たちなどもおはしませば、この御方の御いさめをのみぞ、なほわづらはしう、心苦しう思ひきこえさせたまひける。

と思った。それに続く、

一の御子は、右大臣の女御の御腹にて、寄せ重く、疑ひなき儲けの君と、世にもてかしづききこゆれど、この御にほひには並びたまふべくもあらざりければ、おほかたのやむごと

なき御思ひにて、この君をば、私物に思ほしかしづきたまふこと限りなし。

という内容も漢高祖の後宮の事情と似通っている。この部分に関して池田勉は、

これらの事がらは、呂后が高祖の最も古参の后であったこと、この呂后の息子の孝恵を越えて戚夫人の子の如意を太子に代えたいと、高祖がしばしば考えたという史実に近似したものを感じさせる。つまり、桐壺帝と弘徽殿女御、桐壺更衣という三人の人間関係の設定には、高祖と呂后、戚夫人の史実が、その原型として踏まえられているのではあるまいか（同先掲注釈1）。

と指摘した。桐壺巻にみえる「母愛者子抱」を主旨とする物語は漢高祖戚夫人の史話に似ているが、唐玄宗武恵妃の故事とも近似する。それゆえ桐壺巻にみえる立太子問題は漢高祖の故事を語ったところもあれば、玄宗の故事を語ったところもある。鍵は立太子問題の結末にある。

2　立太子の結末

漢では高祖が戚夫人腹の如意を皇太子に入れ替えようとしたので、呂后は心配して呂澤を派遣して留侯張良に協力を求めた。張良は次の策をめぐらしてあげた。

此難下以二口舌一争上也。顧上有二不レ能レ致者一、天下有二四人一。四人者年老矣、皆以為上慢侮レ人、故逃二匿山中一。義不レ為二漢臣一、然上高二此四人一。今公誠能無レ愛二金玉璧帛一、令二太子為一レ書、卑レ辞安一レ車、因使二辯士一固請、宜レ来。来、以為レ客、時々従入レ朝、

令二上見一レ之、則必異而問レ之。問レ之、上知二此四人賢一、則一助也（『史記』「留侯世家」）。

これは口舌によって争っても困難です。今までに上でも招けぬ人が四人います。四人とも年寄りで、上が傲慢不遜だと思って山中に隠れています。義によって漢に仕えない。上は四人を敬重しています。いま、公が金玉璧帛を惜しまず、太子に書翰をしたためさせて丁寧に話して、立派な車を備えて、弁舌の士を派遣して懇ろに要請すれば、その四人は来てくれるかも知れない。もし来られたら、賓客として遇し、時折り従えて入朝します。上に彼らを見せれば、上は必ず不思議に思って、質問するでしょう。質問されたら、上はこの四人の賢を知るので一助となるはずです。

呂后は張良が言ったとおりに働いた。

呂澤使レ人奉二太子書一、卑レ辞厚レ礼、迎二此四人一。四人至、客二建成侯所一（明治書院新釈漢文大系『史記』「留侯世家」）。

呂澤は、ある人に太子の親書を持参させて謙虚な言葉を操り、礼を厚くして四人を迎えさせた。四人が来ると建成侯の邸の客として招待した。

その間高祖は病気がちでよく休んだ。しかし心の中では相変わらず太子を替えようと思っていた。ある日、酒宴を開いて高祖は臨んだ。

太子侍、四人従二太子一。年皆八十余、鬚眉皓白、衣冠甚偉。上怪レ之、問曰彼何為者。四人前対、各言二名姓一、曰二東園公、角里先生、綺里季、夏黄公一。上乃大驚、曰吾求レ公数歳、公辟逃レ我、今公何自従二吾児一游乎。四人皆曰陛下軽レ士善レ罵、臣等義不レ受レ辱、故恐而亡匿。窃聞太子仁孝、恭敬愛レ士、天下莫レ不レ延レ頸、欲下為二太子一死上者、故臣等来耳。上曰煩レ公幸卒調二護太子一。四人為レ寿已畢、趨去。上目送レ之、召二戚夫人一指二示四人者一曰、我欲レ易レ之、彼四人補レ之。羽翼已成、難レ動矣。呂后真而主矣。（中略）竟不レ易二太子一者、留侯本招二此四人一之力也（明治書院新釈漢文大系『史記』「留侯世家」）。

太子が同席し、四人の老人が太子に従っていた。四人とも八十余歳、ひげも眉も真っ白になって衣服や冠は甚だ見事であった。上は不思議に思って「彼等は何者だ」と尋ねた。四人は進み出て東園公、角里先生、綺里季、夏黄公とそれぞれ名乗った。上は驚いて「わしは数年公等を求めてきたが、臣等はわしを避けて逃走した。いまなぜわが子に従っているのか」と尋ねた。

四人は口を揃えて答えた。「陛下は士を軽んじ、よく人を罵倒します。臣等は義によって辱を受けるわけにはいかないので、恐れて亡匿しました。しかし、皇太子の為人は仁孝で、恭敬な態度で士を愛しており、天下の士はみな首を伸ばして太子のために死んでも辞さない。ゆえに臣等も出てきました」。

高祖は「公等にはこれからも太子のしつけをお願いします」と頼んだ。四人は祝杯を挙げてから小走りで去った。上は目で老人らを送ってから戚夫人を招いて四人を指さして「わしは太子を替えたかったが、あの四人が補佐しているので、『羽翼已成』これを動かすのは難しい。呂后が汝の主になるのは確実だ」と言った。

張良の教えに従って「四皓」を補佐してもらって太子は危機を乗り越えて即位された。一方、玄宗は武恵妃の讒言を信じ、太子瑛を含めての三皇子に自殺を賜った。その後、寿王の立太子は正念場にさしかかったが、その大切な時に武恵妃が病死した。玄宗には三十七名の皇子があり、寿王は十八子である。武恵妃が世を去ると、寿王は皇后の子として他の皇子を越えて東宮に立つ特権を失い、順次で帝位を継ぐことになった。

玄宗は寿王を皇太子に立てるか否かを悩んだ。(11) 側近の高力士は玄宗の心情の機微を見抜いて「必ずしもこのように虚しく聖心を労されなくてよろしいでしょう。年長者を立てるなら誰も敢えて争うことは致しません」と進言した。玄宗は、高力士の進言を聞き入れて、翌年(738)仁孝かつ恭謙、勉強好きな第三子である忠王(李亨)を皇太子に立て、寿王を臣下にした。

それに対して桐壺巻には、

帝、かしこき御心に、倭相をおほせて、おぼしよりにける筋なれば、今までこの君を、親王にもなさせたまはざりけるを、相人はまことにかしこかりけり、とおぼして、無品の親王の外戚の寄せなきにてはただよはさじ、わが御世もいと定めなきを、ただ人にて朝廷の御後見をするなむ、行く先も頼もしげなめることとおぼし定めて、いよいよ道々の才をならはさせたまふ。きはことにかしこくて、ただ人にはいとあたらしけれど、親王となりたまひなば、世の疑ひ負ひたまひぬべくものしたまへば、宿曜かしこき道の人に、勘へさせたまふにも、同じさまに申せば、源氏になしたてまつるべくおぼしおきてたり。

ということがあった。生母が死去したことによって帝は若宮に源氏を賜り、臣下に降した。この成り行きは漢高祖と違い、唐玄宗と一致する。

結び

皇位継承は王権国家にとって極めて大切なことである。中国の歴史上皇位継承を巡っては数々の紛争が生じたが、漢高祖は典型とされる。一方、玄宗は武恵妃を愛して寿王を可愛がり、太子に立てようと思った。讒言を信じて一日に東宮を含めての三皇子に自殺を賜った悲劇を演じさせた。史家は、『旧唐書』「玄宗諸子」に「母愛者子抱」を引用し、漢高祖のまねをしたと仄めかした。

桐壺巻に「母愛者子抱」の物語が語られたのは、桐壺更衣の物語を語ると同様、作者は「長恨伝」に見える、「先是元献皇后・武淑妃皆有寵、相次即世」を説明する際に玄宗後宮の故事を語り、漢の「母愛者子抱」の史話に及んだと推測したい。

注

（1）池田勉『源氏物語試論』「源氏物語における史記・呂太后本紀の映像について」古川書房、１９７４年
（2）古来貞元十八（８０２）年と貞元二十（８０４）年の二説がある。『大平広記』巻四八八に収録し、清朝陳世煕編『唐代叢書』は「会真記」と書いている。
（3）『大統記』「序」によるが、原作は伝わらず、『全唐文』に3篇ある。
（4）魯迅『中国小説史略』第八篇「唐代伝奇小説」（上）、人民文学出版社
今村与志雄訳『中国小説史略』（上）ちくま学芸文庫、１９９７年
（5）新日本古典文学大系27『本朝文粋』（巻十一）
（6）『隋書』巻四十三、「列伝」第八「楊達」、隋の皇族。字は叔莊。楊雄の弟である。武則天の外祖父、曾孫楊知慶の娘は唐粛宗の生母元献皇后である。
（7）『旧唐書』巻一七〇、「列伝」第五十七「玄宗諸子」
（8）新釈漢文大系『韓非子』「備内」十七、明治書院
（9）新釈漢文大系『史記』「外戚世家」、明治書院
（10）新釈漢文大系『史記』「留侯世家」、明治書院
（11）続国釈漢文大成『資治通鑑』（巻二一四、唐紀三十、玄宗開元二十六年）国民文庫刊行会

第三章　「此恨綿綿無絶期」

桐壺巻の半ばに、

御前の壺前栽の、いとおもしろき盛りなるを、御覧ずるやうにて、忍びやかに、心にくき限りの女房四五人さぶらはせたまひて、御物語せさせたまふなりけり。

という部分から始まって、

そこらの人のそしり恨みをも憚らせたまはず、この御ことに触れたることをば、道理をも失はせたまひ、今はた、かく、世の中のことをも、思ほし捨てたるやうになりゆくは、いとたいだいしきわざなりと、人の朝廷の例まで引き出で、ささめき嘆きけり。

という段で終わる部分がある。この部分は「長恨歌」の詩句を織り込みつつ、「天長地久有時尽、此恨綿綿無絶期」を主題とする短篇であり、長恨歌物語の一部分と言われる。[1]「此恨」とは心残り、未練、悲しみ、嘆きという複雑な気持ちであり、帝が亡き妃へ未練があり、深い悲しみが尽きることはない（以下「帝の思念」と称する）。「帝の思念」という部分の構成構想を分析してみると、

御前の壺前栽の、いとおもしろき盛りなるを、御覧ずるやうにて、忍びやかに、心にくき

限りの女房四五人さぶらはせたまひて、御物語せさせたまふなりけり

という部分は元稹の「行宮」の翻案と思われるし、「長恨歌」の詩句を織り込みながら語られた「帝の思念」は恰も玄宗の亡き楊貴妃への思念と近似する。それゆえ本章はまず「長恨歌」の詩句を読んでみて元稹の「行宮」との関係を説明する。そのうえで「帝の思念」の生成と性質を検討してみたい。

一　「長恨歌」と「行宮」

1　「長恨歌」の詩句について

周知のとおり「長恨歌」は玄宗・楊貴妃の史実に基づいて書かれた七言百二十句、八百四十字に及ぶ長篇叙事詩である。その内容によって三段に分かれる。「漢皇重色思傾国」から「驚破霓裳羽衣曲」までの三十二句は楊貴妃が入内して無比の寵愛を受けること、楊氏一族に繁栄をもたらしたこと、国政を怠ることで安史の乱が起こったことを描いている。「九重城闕烟塵生」から「旌旗無光日色薄」までの十三句は馬嵬で軍隊の反乱が起こり、楊貴妃を死に追いやったこと、「蜀江水碧蜀山青」から「此恨綿綿無絶期」までの七十四句は楊貴妃の死後玄宗の思念と悲嘆を書いていて、玄宗が長安に戻る前、行軍道中、長安に戻ってからに分けられる。行軍道中での悲嘆は「蜀江水碧蜀山青」から、「帰来池苑皆依旧」までの十一句で描いている。

47　蜀江水碧蜀山青　　48　聖主朝朝暮暮情　　49　行宮見レ月傷レ心色
50　夜雨聞レ鈴腸断声　　51　天旋日転廻二龍馭一　　52　到レ此躊躇不レ能レ去
53　馬嵬坡下泥土中　　54　不レ見二玉顔一空死処　　55　君臣相顧尽霑レ衣
56　東望二都門一信レ馬帰　　57　帰来池苑皆依レ旧

亡き楊貴妃を後に残して行軍を続けた玄宗は、道中の情景に接して感無量になり、心を痛める。そのうち「行宮見レ月傷レ心色、夜雨聞レ鈴腸断レ声」は、『和漢朗詠集』「恋」に収められて平安朝によく知られた秀句である。「行宮見レ月傷レ心色」にある「行宮」は、行軍道中に設けられた仮宮であり、宮の名は明らかでない。白楽天の親友元稹は「行宮」を歌題にして五言絶句を作った。

「帝の思念」に「長恨歌」の詩句が多く織り込まれているが、「長恨歌」の後半に集中し、句順を追って写すと次のものである。

58　太液芙蓉未央柳　　59　芙蓉如レ面柳如レ眉　　68　孤灯挑尽未レ成レ眠
75　臨邛道士鴻都客　　76　能以二精誠一致二霊魂一　　107　惟将二旧物一表二深情一
108　鈿合金釵寄将去　　117　在レ天願作二比翼鳥一　　118　在レ地願為二連理枝一
120　此恨綿綿無二絶期一

一見して分かるが、玄宗が長安に戻ってからの亡き楊貴妃への思念を描いた句である。「太液芙蓉未央柳」は玄宗が宮中に帰り着いた時の悲嘆であり、「此恨綿綿無絶期」で結ぶ。

2　元稹とその「行宮」

元稹（779－831）[2]は字微之、後魏昭成帝の子孫である。『旧唐書』巻一六六「列伝」第一一六に伝がみえる。二十八歳で皇帝の親試に及第し、才名を響かせた。詩人としての誉れが高く『元氏長慶集』六十巻がある。白居易との唱和の作が多く、平易な口語を取り入れて、「元和体」と呼ばれる。伝奇小説が盛んな時期に「鶯鶯伝」（804）を綴り、唐から宋に流行し、後世の戯曲に多大な影響を与えた。「鶯鶯伝」は『伊勢物語』に影響を与え[3]、源氏物語にも影響を与えたと思われる[4]。

「鶯鶯歌・伝」に次いで「長恨歌・伝」（806）が綴られて、「鶯鶯伝」に負けないほど流行していた。「長恨歌」が大いに流行していた元和四（809）年元稹はまた「行宮」を作った。

寥落古（一説故）行宮　荒れ果てて静かな古い離宮
宮花寂寞紅　離宮の庭に植えている花がひっそりと咲く
白頭宮女在　白髪頭の女官がおり
閑坐説二玄宗一　玄宗の故事を語って暇をつぶす

この「行宮」は二十字しかないが、『全唐詩』に収められており評判が高い[5]。宋の洪邁（1123～1202）[6]は「語少意足、有二無窮之味一[7]」（言葉が少ないが、無窮の味がある）と評し、清の舒位[8]は、

元九才情遜二楽天一　元九は文才も感情も楽天に劣っている

夢遊春曲太纏綿　　夢遊春曲は纏綿過ぎる
白頭宮女閑能説　　白髪の宮女が暇つぶしに語ることができれば
何必連昌又一篇[9]　　連昌宮詞を書く必要はあるまい

とからかい、明の瞿佑（1347〜1427）[10]は、

楽天長恨歌凡一百二十句、読者不レ厭二其長一、元微之行宮詩四句、読者不レ覚二其短一、文章之妙也[11]。

楽天の長恨歌は全部で百二十句もあるが、読者は長いと思わない。元微之の行宮は四句しかないが、読者は短いとは言わない。詩文がうまいからだ。

と評している。後世の研究者は「行宮」の巧みな表現に注目するのみならず、行宮の所在地にも注意を払った。元稹に「連昌宮詞」があるから連昌宮[12]だろうと推測し、上陽宮[13]や、華清宮も候補に上げる[14]。いずれにしても推測のみで、定説はない。私見によれば、この「行宮」は「長恨歌」の「行宮見レ月傷レ心色」から借用した一語であり、特定の場所はない。白居易の「県西郊秋寄贈馬造」（『白氏文集』巻十三）を読めばためになる。

紫閣峰西清渭東　　紫閣峰の西、清らかな渭水の東に
野煙深処夕陽中　　靄が深く立ちこめる夕日のなかで
風荷老葉蕭条緑　　蓮の枯れ葉は風に揺れ残る緑はもの寂しく
水蓼残花寂寞紅　　散り残る水蓼の花、寂しく咲いている

我厭二官遊一君失レ意　私は地方の務めを嫌い　君は失意
可レ憐秋思両心同[15]　同じく秋の愁いを抱く二人を憐れむ（新釈漢文大系『白氏文集』三）

右記「県西郊秋寄贈馬造」の1、2、4、6句の「東、中、紅、同」は「ong」で韻を踏むが、元稹の「行宮」の1、2、4句の「宮・紅・宗」も「ong」で韻を踏んでいる。これは元稹が言った「戯排二旧韻一」（面白半分に旧韻を配する）ではないか、と私は考える。

「行宮」はまた「県西郊秋寄贈二馬造一」にある「寂寞紅」を借用し、「白頭宮女」（白髪になった宮仕えの女性）を用い、白居易の「上陽白髪人」と呼応している。[16]「風荷老葉蕭条緑、水蓼残花寂寞紅」は『和漢朗詠集』「秋」に収められた秀句であり、元稹は、

惟有牆花満樹紅[17]　塀から頭を出している木だけは赤い花で覆われている

に書き換えて「艶詩」（恋歌）に用いる。

まとめていうと、「行宮」は「長恨歌」の「行宮見レ月傷レ心色」より借用した歌題であり、白居易の「県西郊秋寄贈二馬造一」に和して作られたものである。

二　「行宮」に拠る構想

1　「行宮」の翻案

桐壺巻には、

御前の壺前栽の、いとおもしろきさかりなるを、御覧ずるやうにて、忍びやかに、心にくき限りの女房四五人さぶらはせたまひて、御物語せさせたまふなりけり。

という部分があり、元稹の「行宮」の翻案と思われる。「行宮」を再度引用して説明してみよう。

寥落古行宮　宮花寂寞紅　白頭宮女在　閑坐説玄宗

Ⅰ「御前」と「行宮」

「御前」とは神仏や貴人の前、「行宮」とは「天子行所止[18]」である。ここでは天子の居場所なので、文脈上の意味は同じである。

Ⅱ「壺前栽」と「宮花」

「壺前栽」は宮の庭に植えられる植物や植え込みであり、「宮花」はまったく同じ意味である。「壺前栽」は「宮花」の日本語と言ってよい。

Ⅲ「いとおもしろきさかりなる」と「寂寞紅」

「いとおもしろきさかりなる」は草花が趣深く咲いている頃合いと思われるが[19]、「寂寞紅」は赤い花が咲いている頃合いが、憂いを感じると理解される。

Ⅳ「女房四五人さぶらはせたまひて」と「白頭宮女在」

「宮女」は中国の宮廷に仕える女性であり、「女房」は平安朝の宮中に仕える女性である。宮女と女房は同じ宮仕えであり、「さぶらはせたまひて」の原型「さぶらふ」は文脈上「在」の同義語である。

V　「御物語せさせたまふなりけり」と「閑坐説玄宗」

「語る」は「説」の同義語であり、「閑坐説玄宗」は暇つぶしに玄宗の故事を語る。「御物語せさせたまふ」は最高敬語であり、「御物語」は玄宗の故事と理解される。

「長恨伝」によれば、白居易、陳鴻、王質夫の三人が仙遊寺に集まり、玄宗と楊貴妃のエピソードを語り合い、感嘆した。王質夫に「この世に稀な出来事は、一代の傑出した才人の手で潤色されるのでなければ、時と共に消えてしまい、世の中に伝わらなくなってしまう。楽天は詩に造詣が深く、情に豊かな人だ。試みにこの出来事で歌を作って見てはどうだ」と言われたことがきっかけとなって「長恨歌・伝」が書かれた。「長恨歌・伝」は大いに流行したが、宋になって唐の興亡から教訓を汲み取る雰囲気に溢れて玄宗と楊貴妃の愛情物語に感動するより、世に禍いを及ぼしかねない絶世の美女を懲らしめ、世の中の乱れを未然に防止し、将来に向けて戒めを示そうという空気があった。

2　回想式思い出

「長恨歌・伝」は年月順を追って史実を題材にして作られたが、元和年間（８０６〜８２０）になると、回想式を取って玄宗の開元（７１３〜７４１）、天宝年間（７４２〜７５６）のことを綴った詩文が現れた。[20]元稹は「行宮」だけでなくまた「長恨歌」に合わせるように[21]「詩中

最為得意者[22]」「連昌宮詞」（818か817年[23]）を作った。「連昌宮詞」の初めは、

連昌宮中満宮竹　　連昌宮には竹がいっぱい生えている
歳久無㆑人森似（一作自）束　　長年来、誰もいなくてこんもりと茂っている
又有㆓牆頭千葉桃㆒　　桃の木の枝は塀を越して頭を出して
風動落花紅簌々　　風に吹かれると赤い花びらがはらはらと散り落ちる
宮邊老人為㆑余泣（後略）　　（連昌）宮の塀の外に住んでいる老人が涙ながらに訴えてくれた。

と書いている。宋の洪邁は、

（「連昌宮詞」は長恨歌と同じく）皆会㆓釈人口㆒、使㆓読者之性情蕩揺㆒、如㆘身生㆓其時㆒、親見㆗其事㆖、殆末㆘易以㆓優劣㆒論㆖也。（『容斎随筆』）

と評している。そのころ昔のことを思い出すという形式の詩文が多かった。白居易の「梨園弟子[24]」は「白頭垂㆑涙話㆓梨園㆒」（白髪頭の宮女が涙ぐんで梨園のことを話す）から始まり、「江南遇㆓天寶楽叟㆒」は「白頭老（一作病）叟泣（一作涙）且言」（白髪頭の老人が涙ぐんで語る）から始まり、鄭嵎[25]の「津陽門詩」は「主翁年且艾、自言㆑事㆓明皇㆒」（年老いて白髪まじりの主翁は玄宗に仕えたことがあると語っている）から始まる。『和漢朗詠集』は公乗億の「連昌宮賦[26]」を収めることを見ると、元稹の「連昌宮詞」も知られていたと推測される。

　さて、「閑坐説玄宗」は「行宮」の結句であり、暇つぶしに何を語ったのかを言わず、想像

に任せる。ここが「行宮」の妙所と言われるが、「帝の思念」の作者もこの妙所に気づいたらしく、ここから着想を得て、

このごろ、明け暮れ御覧ずる長恨歌の御絵、亭子院の描かせたまひて、伊勢貫之に詠ませたまへる、大和言の葉をも、唐土の詩をも、ただその筋をぞ、枕言にせさせたまふ。

と、帝の側に奥ゆかしい女房がおり、密かに「その筋」、つまり長恨歌、その「御物語」、玄宗の故事を語る場面を構想したと思われる。

三　「争奈嬌波不顧人」

玄宗は蜀から長安に戻ると、宮殿の池や美しい庭園は昔のままであるのに、楊貴妃だけはいない。それを思うと、悲しくて堪えられず、何を見ても楊貴妃のことを思い出す。既述のように女房四、五人が暇つぶしに「御物語」を語る。

絵にかける楊貴妃の容貌は、いみじき絵師といへども、筆限りありければ、いとにほひ少なし。太液の芙蓉、未央の柳も、げに通ひたりし容貌を、唐めいたるよそひはうるはしうこそありけめ、なつかしうらうたげなりしをおぼしいづるに、花鳥の色にも音にもよそふべきかたぞなき。朝夕の言種に、翼をならべ、枝をかはさむと契らせたまひしに、かなはざりける命のほどぞ、つきせずうらめしき。

「絵にかける楊貴妃の容貌は、いみじき絵師といへども、筆限りありければ、いとにほひ少なし」と似ている詩句が「長恨歌・伝」に見えないが、これは史実であり、『旧唐書』「后妃伝」に記している。

上自レ蜀還、令二中使祭奠一、詔令二改葬一。礼部侍郎李揆曰龍武将士誅二国忠一、以其負二国一兆二乱一。今令三改葬二故妃一、恐二将士疑懼一、葬礼未レ可レ行。乃止。上皇密令三中使改葬二於他所一。初瘞時以二紫褥一裹レ之、肌膚已壊、而香嚢仍在。内官以献、上皇視レ之悽惋、乃令レ図二其形於別殿一、朝夕視レ之而欷歔焉。

「列伝」に合わせて紹介してみよう。至徳二（757）年十二月玄宗は蜀から長安に戻った。中使に貴妃の冥福を祈らせ、改葬させるようにと命じた。礼部侍郎李揆は「龍武将士は楊国忠が謀反を起こしたという理由で彼を殺した。いま貴妃を改葬したら将士が不安を抱くことになるでしょう」と述べた。上は李揆の話を聞くと、公式の行事を止めて密かに人に知られない場所に改葬した。死去した当初紫の褥で貴妃の遺体を包んでいたが、改葬するときにみると肉は腐乱していた。しかし胸の上につけていた香嚢がまだ残っているのであった。中使は改葬を済ませて香嚢を上に献じた。上はそれをみると、悲しみに堪えない様子が顕わになった。その後絵師に「令図其形於別殿」（別の宮殿の壁に貴妃の絵を描くようにと命じた）、描き上げた絵を見ると賛嘆し、「王文郁画二貴妃像一賛」を綴った。その賛文は『全唐文』（巻三）に収められている。

万物去来　陰陽反復　百歳光陰、宛如㆓轉轂㆒
悲楽疾苦　横夭相続　盛衰栄悴、倶為㆑不㆑足
憶㆓昔宮中㆒　爾顔類㆑玉　助内躬蚕、傾輸素服
有㆓是徳美㆒　独無㆓五福㆒　生平雅容、清練半幅[27]

賛文は十六句からなり、日本語に訳すと、概ね次の意味であろう。

年月の移り変わりが速く、瞬く間に百年（人生）が過ぎてしまう。世中の興亡盛衰、富貴栄枯はみな取るに足らぬものである。昔宮中にいたあなたは容姿が美しく、内助の功を尽くし極めて質素だった。天賦、天性を備え、すぐれた能力の持ち主である。ただ五福が足りなかったのだ。[28]優美で上品な人はきめの細かい絹の半幅に化してしまった。

上は亡き楊貴妃の画像を眺めて思わず「世の中のすべてのものは常に生滅流転して永遠不変のものはない」と感嘆し、一種の無常感が滲み出た。

桐壺巻にみえる「絵にかける楊貴妃の容貌は、いみじき絵師といへども、筆限りありければ、いとにほひ少なし」という気持ちを描く言葉は「王文郁画貴妃像賛」に見えないが、それは玄宗の感想であり、『全唐詩』（巻三）に収められている。ただし、楊貴妃の画像を見るときに言ったのではなく梅妃の画像を見た時に流露した感想である。

梅妃の存否及び北宋大中祥符二（１００９）年に出来た「梅妃伝」の作者に関しては議論がある。一方『旧唐書』・『新唐書』・『資治通鑑』に梅妃の名が見えず、梅妃は実在の人物ではな

く架空の人物である。[29] それに対して清朝陳蓮塘は『唐人説薈』に曹鄴（816〜875？）作と言っており、魯迅は『唐宋伝奇集』（1927）に宋人の作と言っている。『史記』を初めとする中国の歴史書を読めば分かるが、帝の後宮には皇后以下百二十名の側室を設けているが、「后妃伝」には四、五名しか記せない。「后妃伝」に梅妃が記されなくても不思議ではない。ただし『全唐文』（巻九十八）に「楼東賦」（江妃）があり、[30]『全唐詩』（巻三）に「題梅妃画眞」が収められているし、『全唐詩』（巻五）にまた「謝珍珠」（江妃）が収められている。[31] 全唐詩や全唐文を合わせ考えると、梅妃は江采蘋と言い、文才があり、詩作に長け、自分を謝女（王羲之の妻謝道韞）に準える実在の才女である。

「梅妃伝」によれば、彼女は開元の初め（712）に宮中に召し入れられた、武恵妃と同年代の人である。才女であるがゆえに寵愛を受けていたが、楊貴妃より遥かに年上であるので、若くて美しい楊貴妃が入内すると、玄宗の寵愛を独占し、押しのけられた。安史の乱を逃れる際に玄宗は楊貴妃だけを連れていって梅妃は残された。長安に戻った玄宗は梅妃を捜させたが、結局、梅妃は死去、絵像しか残っていない。玄宗はその絵像を見て「題梅妃画真」を綴った。

憶㆑昔嬌妃在㆓紫宸㆒　昔艶めかしい妃が宮中にいた
鉛華不㆑御得㆓天真㆒　化粧しなくても美しかった
霜綃雖㆑似㆓当時態㆒　白絹に描かれた絵は昔と変わらないが
争奈嬌波不㆑顧㆑人　こちらを見てくれないのは残念だ

「梅妃伝」の著者は、玄宗の「霜綃雖似当時態、争奈嬌波不顧人」を「上言㆓似甚㆒、但不㆑活耳」という口語に書き直した。桐壺巻の「いみじき絵師といへども、筆限りありければ、いとにほひ少なし」と同じ意味である。本章に取り上げないが、源氏物語に「梅妃伝」か宋の楽史（930～1007）の「楊太真外伝」によって書かれたと覚しき場面がいくつかあり、伝来した可能性が十分ある。

要するに「長恨歌・伝」に楊貴妃の絵像を見て嘆いた詩句が見えないにもかかわらず『旧唐書』「后妃伝」より史実を取り上げて、「長恨歌」の詩句を用いて叙述することは巧みである。

四　「聞霓裳羽衣一声、則天顔不悦」

「帝の思念」に、

> 風の音、虫の音につけて、もののみ悲しうおぼさるるに、弘徽殿には、久しく上の御局にもまうのぼりたまはず、月のおもしろきに、夜ふくるまで遊びをぞしたまふなる。いとすさまじう、ものしときこしめす。このごろの御けしきを見たてまつる上人、女房などは、かたはらいたしと聞きけり。いとおし立ちかどかどしきところものしたまふ御方にて、ことにもあらずおぼし消ちてもてなしたまふなるべし。

という管弦の演奏を聞くことを主旨とする場面がみえる。各出版社のテキストとも「弘徽殿には」を「弘徽殿の女御は（が）」と解釈し、新潮日本古典集成『源氏物語』は「弘徽殿には、久しく上の御局にもまうのぼりたまはず」を「弘徽殿の女御がずっと帝の寝室に参らぬ」と解されているが、日本古典文学全集『源氏物語』（小学館）は次のように訳されている。

風の音や虫の音につけても、ただわけもなく悲しくお思いあそばすのに、弘徽殿女御は、久しい間上の御局にも参上なさらず、月が美しいとて、夜の更けるまで管弦の遊びをなさっているようである。帝は、まことにおもしろくなく、不愉快なこととお聞きあそばす。このころ帝のご様子を拝見している殿上人や女房などは、はらはらする思いでこれを聞いていたのだった。弘徽殿女御は、まったく我が強く、角のあるところがおありのお方で、更衣に対する帝のお嘆きなどに何ほどのこともないと無視なさって、こういう振る舞いをなさるのであろう。

この訳によれば、弘徽殿の女御は帝を相手にせず、わがままに振る舞うとなる。普通なら封建社会においては后妃が絶対帝に従う。特別な事情がなければ、不可能と言ってよい。それならなぜこのようなことがあったのかと疑うが、弘徽殿の意味を改めてみたい。

弘徽殿は平安御所の後宮の七殿五舎のうちの一つである。人物を表す時に「女御」をつけて「弘徽殿の女御」と表記する。賢木巻に「后は里がちにおはしまいて、参りたまふ時の御局には梅壺をしたれば、弘徽殿には尚侍の君住みたまふ」とあり、花宴巻に「弘徽殿の女御、中宮のかくておはするを、をりふしごとにやすからず思せど、物見にはえ過ぐしたまはで、参りたまふ」や「弘徽殿の細殿に立ち寄りたまへれば、三の口開きたり」とある。人物を示す時に「弘徽殿の女御」と明記している。

もし桐壺巻にみえる「弘徽殿には」の「弘徽殿」を殿舎と理解できるならば、「弘徽殿には、久しく上の御局にもまうのぼりたまはず」の主語は「我が強く角のある」女御ではなく、上に変わる。そこでこの部分は、「上は久しぶりに弘徽殿に上った。管弦の演奏を耳にすると、喜ばなくなった」と理解される。こうすれば、玄宗の故事と近似する。

開元之盛を現出させた玄宗は、歌舞や音曲好きで、多才多芸である。最愛の武恵妃を失った四、五年後、楊貴妃が召し入られた。楊貴妃は絶世の美人であり、歌舞もうまい。玄宗は宮廷の歌舞団として宜春、梨園二つの教坊を設けて自ら教授に当たった。時々楊貴妃が磬（打楽器）を打ち、爽やかな音を出して玄宗は笛を吹いて合わせて楽しんだ。楊貴妃の死後そのすべてが玄宗の思念をそそる材料となる。

玄宗には管絃を聞くと楊貴妃を思い起こし、悲嘆に暮れる故事がかなり多い。作曲が玄宗と楊貴妃の愛情物語にまつわるものとしては「霓裳羽衣曲」・「雨霖鈴」・「涼州詞」が広く知られている。三曲にまつわる故事を紹介しながら桐壺巻の場面と比べてみよう。

Ⅰ　涼州詞（『明皇雑録』855年成立）

上皇既居㆓南内㆒、夜闌、登㆓勤政楼㆒、憑㆑欄南望、煙月満㆑目。上因自歌曰庭前琪樹已堪レ攀、塞外征人殊未レ還」。歌歇、聞里中隠隠如レ有二歌声者一。顧二力士一曰「得非二梨園旧人一乎。遅明、為二我訪来一」。翌日、力士潜求二於里中一、因召与レ同去。果梨園弟子也。其夜、上復与乗レ月登レ楼、唯力士与貴妃侍者紅桃在焉。遂命歌二《涼州》之詞一、貴妃所レ製。上親御二玉笛一、為レ之倚レ曲。曲罷相視、無レ不二掩泣一。（鄭処誨）

玄宗は既に南宮に落ち着いた。夜深くして勤政楼に上がった。欄干に凭れて南を眺めると、雲がおぼろにかかっている。上は「庭の前にある琪の樹はもう登るに堪えるが、塞外へ行った征人は未だに戻ってこない(32)」という句を口ずさみ、楊貴妃を征人に準えた。ちょうどその時、巷から歌声が微かに聞こえてきた。上は高力士に「まさか梨園の弟子ではなかろうか、明日捜して連れてきて」と命じた。翌日高力士はこっそりと巷の中を捜し求め、そのものを見つけて連れてきた。果たして梨園の弟子だった。その月夜、上はまたみなと楼に登った。力士と、貴妃に仕えた侍女は紅桃だけがいた。上は貴妃が作った涼州詞を歌わせ、自ら玉笛を吹いて合わせた。演奏が終わると、みんなは目を合わせ、顔を覆って泣いた。

II　雨霖鈴（『明皇雑録』）

雨霖鈴は安史の乱を逃れる道中で作られた曲である。安史の乱を平定して玄宗は都に戻った。至徳中、復幸二華清宮一。従官嬪御、多非二旧人一。上於望京楼下命二張野狐一奏二雨霖鈴曲一。曲半、上顧凄涼、不レ覚流涕。左右歔欷。

至徳二（757）年再び華清宮に行幸した。つき添いに昔の人はほとんどいなかった。上は張野狐に望京楼の下で「雨霖鈴」を演奏させた。演奏の半ばで昔のことを思い出して悲しみを堪えきれず思わず涙を流した。周りの人々も感動し、すすり泣いた。

Ⅲ　霓裳羽衣曲（「長恨伝」、新釈漢文大系『唐代伝奇』）

霓裳羽衣曲は玄宗が作った名曲である。「長恨歌・伝」に、

（楊貴妃）進見之日、奏二霓裳羽衣曲一以導レ之

正式に後宮に迎えられた日、この曲を演奏して楊貴妃を導いた

とあり、

漁陽鞞鼓動レ地来、驚破霓裳羽衣曲

漁陽（安禄山）陣太鼓が地を揺るがし迫り来て、人々は驚きに霓裳羽衣曲を止めた。

とある。そして、

自二南宮一遷二于西内一。時移事去、楽尽悲来。毎レ至二春之日、冬之夜、池蓮夏開、宮槐秋落一、梨園弟子、玉琯發レ音、聞二霓裳羽衣一声一、則天顔不レ悦、左右歔欷。三載一意、其念不レ衰。

（上は）南宮から西宮に移られた。時間が過ぎ情勢も変わった、歓楽が尽きて哀傷が起きる。春の日、冬の夜、池の蓮の花が咲く夏、庭の槐の葉の落ちる秋につけて梨園の楽人が

笛で演奏する霓裳羽衣曲を耳にすると、上は喜ばず、側近もすすり泣きをした。三年の間というもの（楊貴妃への）思念は衰えることがなかった。

とあり、「長恨歌」にも、

風吹二仙袂一飄々挙、猶似二霓裳羽衣舞一

（楊貴妃の）袖がそよ風に吹かれてひらひらと揺れ動くあたかも霓裳羽衣舞のようだ

と書いている。何れも上は側近と某の宮殿に上り、演奏した曲を耳にすると、喜ばなくなる。

この場面の三要素を表にまとめて比較してみよう。

作品名	場所	登場人物	時間	場面描写
帝の思念	弘徽殿	上と女房など	月夜	いとすさまじう、ものしときこしめす。このころの御けしきを見たてまつる上人、女房などは、かたはらいたしと聞きけり。
涼州詞	勤政楼	玄宗・力士・紅桃	月夜	曲罷相視、無不掩泣。
雨霖鈴	望京楼	玄宗・張野狐など		曲半、上顧凄涼、不覚流涕。左右歔欷。
霓裳羽衣曲	西宮	玄宗・側近	年中	聞霓裳羽衣一声、則天顔不悦、左右歔欷。

Ⅰ　場所
「帝の思念」は弘徽殿、涼州詞は勤政楼、雨霖鈴は望京楼、霓裳羽衣曲は西宮、いずれも宮中にある宮殿である。弘徽殿は内裏の西にあるので、霓裳羽衣曲の西宮と一致する。
Ⅱ　登場人物
「帝の思念」は上と女房、涼州詞は玄宗・高力士・紅桃、雨霖鈴は玄宗・張野狐など、霓裳羽衣曲は玄宗・側近、いずれも上が側近と宮殿に上る。
Ⅲ　場面
「帝の思念」は「いとすさまじう、ものしときこしめす。このころの御けしきを見たてまつる上人、女房などは、かたはらいたしと聞きけり」と書いているが、涼州詞は「曲罷相視、無不掩泣」、雨霖鈴は「曲半、上顧凄涼、不覚流涕。左右歔欷」、霓裳羽衣曲は「聞霓裳羽衣一声、則天顔不悦、左右歔欷」と書いている、どれも演奏を聴くと上は気持ちが高ぶり、周りも心が痛むという場面である。

涼州詞・雨霖鈴・霓裳羽衣曲は、楊貴妃の死後玄宗は宮殿に上って管絃の演奏や歌を聞くと、亡き貴妃を思い出し、無比の思念の情にとらわれたことを描くのである、「帝の思念」を三曲と比較してみると、場所だけは霓裳羽衣曲と一致するが、ほかは大差がない。

霓裳羽衣曲は奈良時代に日本に伝わってきて「青海波」と呼ばれて広く伝わっている。(33) 紅葉賀巻にも「青海波」の演奏場面がみえる。併せて考えれば、音楽遊興の場面は霓裳羽衣曲を想定して語られたと考えた方が無難である。

五　「行宮見月傷心色」

「帝の思念」にまた、

月も入りぬ。

雲のうへも涙にくるる秋の月いかですむらむ浅茅生の宿

おぼしめしやりつつ、灯火をかかげ尽くして起きおはします。右近の司の宿直奏の声聞こゆるは、丑になりぬるなるべし。人目をおぼして、夜の御殿に入らせたまひても、まどろませたまふことかたし。

という部分がみえる。「おぼしめしやりつつ、灯火をかかげ尽くして起きおはします」は「長恨歌」の「孤灯挑尽未㆑成㆑眠」の翻案であることは古注より知られている。

月も入りぬ。

雲のうへも涙にくるる秋の月いかですむらむ浅茅生の宿（以下「月も入りぬ」と称する）

という歌は小学館日本古典全集『源氏物語』桐壺巻には、

雲の上と呼ぶ宮中でさえ、涙にくもってよく見えぬ秋の月は、ましてあの荒れ果てた宿では、どうして澄んで見えることがあろう

という訳があり、新潮日本古典集成『源氏物語』桐壺巻には、

宮中でさえ涙に曇って暗く見える月が、どうして草深い宿に住んでいるのであろう

という訳がみえる。「雲のうへ」は「宮中」であり、「浅茅生の宿」は「荒れ果てた宿」また は「草深い宿」である。『岷江入楚』（1598）「箋」は「浅茅生」を荒れ果てた墓地と解してい る。この解に従えば、歌は「長恨歌」の「行宮見月傷心色」を踏まえて描かれたと考えられる。

安禄山の反乱軍の勢いに動揺した玄宗は楊貴妃を連れて、長安から蜀に逃亡した。極度に疲 労困憊した将兵は楊貴妃こそが混乱の原因だと言って楊貴妃の処刑を求めた。楊貴妃は自分の 運命を受け入れ、絹織物で首を吊った。上は後髪を引かれる思いで馬嵬を離れて行軍を続けた。 離宮に着いて、荒れ果てた所に埋葬している貴妃を思いだし、涙を流した。涙眼で月を眺める と雲がおぼろにかかっているのであった。

源氏物語を書き写した藤原定家（1162〜1241）は「行宮見月」を作った。

浅茅生ややどる涙のくれなゐに
己もあらぬ月の色かな（『拾遺愚草』1216〜1233成立）

「行宮見月」という歌題を見るだけで、「長恨歌」の「行宮見月傷心色」よりつけられたと分 かるが、定家の歌と「帝の思念」にある「雲のうへも涙にくるる秋の月いかですむらむ浅茅生 の宿」との類似は明らかである。「帝の思念」にある「月も入りぬ」は定家の「行宮見月」と 同じく玄宗が亡き楊貴妃への思念を描く「行宮見月傷心色」によって描かれたと考えられる。

六　「辟穀服気」（絶食）

帝は亡き妃を朝な夕なに悲しく思い、つい、

ものなどもきこしめさず、朝餉のけしきばかり触れさせたまひて、大床子の御膳などは、いと遙かにおぼしめしたれば、陪膳にさぶらふ限りは、心苦しき御けしきを見たてまつり嘆く。

となった。「長恨歌・伝」に類似描写はないが、史実として『資治通鑑』（巻二二一）に記している。

上皇日以不レ懌、因不レ如レ葷、辟穀、浸以成レ疾。

玄宗は毎日飲食に興味がない。肉や魚類に手をつけず、穀物も食べないので病に倒れた。
小説「楊太眞外伝」はなお詳細に描いている。

及レ至三移入二大内甘露殿一、悲悼二妃子一、無レ日レ無レ之。遂辟レ穀服レ気、張皇后進二桜桃蔗漿一、聖皇並不レ食。

上は内裏の甘露殿に移されてからも貴妃を思わないときはなかった。つい「辟穀服気」（道教の修業法）、何も食べずに調息するのみであった。張皇后（粛宗皇后）がサクランボのジュースやシロップを勧めても手をつけようとしなかった。

「帝の思念」にみえる帝が亡き妃を思念しつづけ、食事にも手をつけなくなったことは史実に

拠って書いたと考えられる。

結び

「帝の思念」は白楽天の「長恨歌」と元稹の「行宮」を巧みに利用して作られた着想の奇抜な物語である。「長恨歌」には「行宮見月傷心色」があり、玄宗が、楊貴妃の遺体を残して行軍を続け、仮宮につくと無念がる様子を描いた。元稹は「行宮見月傷心色」より「行宮」を取って歌題にし、宮女が暇つぶしに玄宗在位の開元・天宝年間の逸事を語り合う場面を作った。語った内容は言わなかった。

「帝の思念」の作者は、元稹の「行宮」を翻案し、宮女が開元・天宝年間の逸事を語り合う場面を借りて「帝の思念」という物語を作った。題材は『旧唐書』、『全唐詩』、『全唐文』、「梅妃伝」、「楊太真外伝」から幅広く取り上げ、「長恨歌」の詩句を織り込みつつ物語を語った。

さて、構想と巻名に関して『奥入』(1233頃成立)に、

桐壺このまき一の名　つほせんさい　或本分奥端有此名謬説也　一巻之二名也

とある。つまり「現在桐壺と呼ばれている巻は壺前栽という異名がある。そして現在の桐壺に相当するものが『壺前栽』と桐壺という二つの巻に分かれている『或本』があった」[34]。ほかに肥前島原松平文庫蔵本でのみ知られる祐倫なる尼が室町時代後期に著したとされる『光源

氏一部謌』の桐壺巻にみえる、

命婦は、「まだ大殿籠もらせたまはざりける」と、あはれに見たてまつる。御前の壺前栽のいとおもしろき盛りなるを御覧ずるやうにて、忍びやかに心にくき限りの女房四五人さぶらはせたまひて、御物語せさせたまふなりけり。

という部分について「源氏物語を六十巻と数えるときにはここから先を壺前栽という別の巻としているという注釈が加えられていることが発見されている」[35]と書いてある。

諸説を本章の構想構成は更衣の物語や立太子問題と繋がらないことと併せ考えれば、「帝の思念」という部分は、元々独立構想した壺前栽だった可能性があり、『更級日記』に言及した「長恨歌の物語」の一部分だった可能性もある。

注

(1) ①桑原岩雄「源氏成立論」『日本文化教室』、昭和26年6月
②岡一男『源氏物語の基礎的研究』「執筆順序欠巻・擬作の問題」東京堂、昭和30年
(2)『旧唐書』巻一六六「元稹」
(3) ①田辺爵「伊勢竹取に於ける伝奇小説の影響」『國學院雜誌』第四十巻、昭和9年12月

②上野理「伊勢物語『狩の使』考」『国文学研究』（早大）第41号、昭和44年12月
③片桐洋一『伊勢物語の新研究』「第二章伊勢物語の始発―第六九段をめぐって―」明治書院、昭和62年

（4）今井源衛『源氏物語』の形成――帚木巻頭をめぐって」（『国文学解釈と鑑賞』平成6年3月号）

（5）『全唐詩』巻四一〇「元稹十五」に収められている。玄宗皇帝の盛時から約五十年ほど経過した約816〜819年の作品である。題の下に「一作王建詩」という注がみえるが、元稹が自ら編集した『元氏長慶集』（巻十五）に収めているので、宋建安劉麟の刻本『元氏長慶集』が宣和甲辰年（1121）にでき上がってから元稹の作とされる。

（6）洪邁（1123〜1202）は字景廬、南宋第一級の学者。『宋史』（巻三七三）に伝があり、時代見聞を収録した『夷堅志』（420巻）を作ったが、一部しか残っていない。

（7）『容斎随筆』巻二「古行宮」

（8）舒位（生年不詳）は大興人、字立人、号鉄雲、小字犀禅、乾隆年間の挙人、詩集『瓶水斎詩集』がある。

（9）『瓶水斎詩集』（巻七）「又題元白長慶集後」

（10）瞿佑は字宗吉、号存斎、「瞿祐」とも書く。各県の訓導を歴任し、永楽年間周王府右長史となったが、詩禍のため十八年間陝西北辺に流された。『存楽斎全集』『帰田詩話』『剪灯新話』がある。

（11）瞿佑『帰田詩話』四則

（12）前野直彬編『漢詩の解釈と鑑賞事典』旺文社、1983年

（13）①陶今雁『唐詩三百首詳注』江西人民出版社、1981年
②陳新『唐人絶句選』中華書局、1982年

（14）姚奠中主編『唐宋絶句選注析』中国山西人民出版社、1980年

(15)『白氏文集』(巻十三)、『和漢朗詠集』(巻上・秋)に「風荷老葉蕭條緑、水蓼殘花寂寞紅」が収められている。
(16)陳寅恪撰『元白詩箋証稿』第五章「上陽白髪人」上海古籍出版社、1978年3月
(17)『元氏長慶集』・「外集巻第一古艶詩二首」
(18)『文選』「呉都賦」
(19)日本古典文学全集『源氏物語』(小学館)桐壺巻
(20)竹村則行「『長恨歌』から『長生殿』に至る――楊貴妃故事の変遷(上)」『中国文学論集』(九州大学)第24号、1995年
(21)陳寅恪撰『元白詩箋証稿』上海古籍出版社、1978年3月
(22)南宋張戒(生卒不詳)「歳寒堂詩話」『説郛』所収
(23)『全唐詩』四一九、『元稹集』巻二十四
(24)「梨園弟子」:白頭垂涙話梨園、五十年前雨露恩。莫問華清今日事、満山紅葉鎖宮門。
(25)生卒年不詳、字賓光、宣宗大中五年(851)進士に合格。詩作は『全唐詩』(巻六十二)、『唐才子伝』巻七。
(26)『和漢朗詠集』に収められた晩唐の公乗億の長句は元稹の「連昌宮詞」を踏まえて書かれたのである。
(27)『全唐文』巻三「王文郁画貴妃像賛」
(28)五福とは寿命の長いこと、財力の豊かなこと、無病なこと、徳を好むこと、自然に生涯を終えることである。楊貴妃は、三十代の後半で不慮の死を遂げたので五福は足りなかったという。
(29)①新日本古典文学大系『源氏物語』(岩波書店)「桐壺」頭注一〇
②今井源衛『文学・語学』「講演特集」(全国大学国語国文学会編)第一五一号、1996年6月

③藤井貞和『源氏物語論』「長恨歌、李夫人、桐壺の巻」、岩波書店、2003年3月
④竹村則行「『梅妃伝』の作者とその成書時期」、東書国語三一三号、1991年
(30)『全唐文』巻九十八「楼東賦」（江妃）に「解説」がつけられている。
(31)『全唐詩』（巻五）「謝珍珠」（江妃）に「上在花護萼楼。封珍珠一斛。密賜妃。妃不受」という「解説」があり、「桂葉双眉久不描、残妝和涙汚紅綃。長門尽日無梳洗、何必珍珠慰寂寥」（謝珍珠）が収められている。
(32)南北朝盧思道「従軍行」
(33)遠藤実夫の『長恨歌研究』（建設社刊行、昭和9年）に「拂霓裳転踏」・「舞霓裳」が詳しい。
(34)池田亀鑑『源氏物語大成　第十三冊　資料篇』中央公論新社、1985年10月、61～133頁
(35)①伊井春樹編『源氏物語　注釈書・享受史事典』東京堂出版、2001年、441～442頁
②今井源衛「島原松平文庫蔵『光源氏一部歌』解題」『祐倫光源氏一部歌』桜楓社、1979年
『今井源衛著作集　第四巻　源氏物語文献考』所収、笠間書院、2003年、166～202頁

第四章　「金屋粧成嬌侍夜」と源氏の元服・結婚

桐壺巻の後半に源氏の元服（髪を結い上げる成人式）と結婚（葵上の添い伏し）からなる物語がみえる。源氏の元服も葵上の添い伏しも平安朝では異例であり、常識外れと言われている。元服については、源氏が賜姓した臣下であるにもかかわらず、いつも東宮と比べ、しかも東宮より盛大な元服の儀が行われた。結婚については、

　引入の大臣の皇女腹にただひとりかしづきたまふ御女、春宮よりも御けしきあるを、おぼしわづらふことありける、この君にたてまつらむの御心なりけり。

という。引き入れの大臣と内親王は、大切な一人娘のために東宮を選ばず、ただの皇子を選んだのは不可思議である。一方、その時源氏はただの皇子だったが、立太子また帝になる可能性がある。源氏が即位すると内親王の娘は皇后となったという見解もある(1)。

このような異例な婚姻は漢景帝（B・C157〜B・C141在位）の後宮にあった。景帝の同腹姉長公主と陳午侯は即位する可能性もない側室の王夫人に生まれた膠東王（のちの武帝）を一人娘（阿嬌）の婿に決めた。結局、側室に生まれた膠東王は皇太子になり、即位し、それに伴って内親王の娘は皇后となった。

ところで桐壺巻になぜ突然漢武帝の故事を語ったのかと思われるが、「長恨歌」を読んでみたら漢武帝と阿嬌の逸話が秘められている「金屋粧成嬌侍夜」が見つかった。源氏の元服・結婚との関係を検討するためにまず詩句の意味を改めてみたい。

一　「金屋粧成嬌侍夜」をめぐって

「長恨歌」に「金屋粧成嬌侍夜、玉楼宴罷酔和春」という対句がある。これは李白の「宮中行楽詞(2)」の「玉楼翡翠巣、金殿鎖鴛鴦」を踏まえて作られたと考えられる。

1　「金屋粧成嬌侍夜」の出典

「長恨歌」にみえる「金屋粧成嬌侍夜」は玄宗と楊貴妃の愛情を描く詩句であり「漢武帝故事」を出典とする。『太平御覧』巻八十一と八十八に収められているが、巻八十八から引用してみよう。

漢武故事曰漢景帝皇后妊身、夢三日入二其懐一。景帝又夢見二高祖一謂レ己曰「王美人生レ子、可レ為レ彘」。及二生レ男日一、因名レ之焉。武帝生二於猗蘭殿一、年四歳、立二膠東王一。数歳、長公主抱二着其膝上一、問曰「児欲レ得レ婦不」。長主指二左右長御百余人一、皆云レ不レ用。末指二其女一、問曰「阿嬌好不」。於レ是乃笑對曰「好、若得二阿嬌一作レ婦、当下作二金屋㆒貯㆖之也」。乃苦要㆑上、遂定㆑婚焉。

漢武故事曰く景帝の皇后は身ごもったが、太陽が懐に落ちた夢を見た。景帝もまた高祖が自分に「王美人が男子を産んだら、彘と名づけよ」と言ってくれた夢を見た。男子が生まれたので彘と名づけた。

武帝は猗蘭殿で生まれた。四歳の時に膠東王に封ぜられた。五、六歳時のある日、長公主は、膠東王を抱いて膝に坐らせた。そして「坊や、お嫁がほしいか」と尋ねた。（「ほしい」と答えたので）いつもそばに仕えている百余人の宮仕えの女子を一々指さして尋ねた。膠東王は「どちらもいらない」と答えた。最後はわが娘を指さして「阿嬌はどうだ」と尋ねた。膠東王はにこにこして「それがいい。阿嬌をお嫁にもらうなら、黄金で家を作って住まわせるよ」と答えた。長公主は（景帝）に懇願し、縁談を決めた。

この逸話が伝えられるうちに金屋・阿嬌・金屋蔵嬌・金屋貯阿嬌が成語となって使われるようになった。南北朝の柳惲（４６５～５１７）は「長門怨[3]」に、

無㆑復㆓金屋念㆒　　金屋を作って（阿嬌を）住まわせる気持ちはもうない
豈照㆓長門心㆒　　長門宮に幽閉している人（陳皇后）の心を照らすことがありましょうか

と使われて、沈炯（５０３～５６１）の「八音詩[4]」に、

金屋貯㆓阿嬌㆒　　金屋に阿嬌を住まわせるために
楼閣起迢迢　　楼閣が高だかと建てられる

と使われている。唐になると、金屋、阿嬌を典拠として作られた詩文も多くある。李白の詩には、

漢帝寵二阿嬌一　　漢武帝が阿嬌を寵愛し
貯二之黄金屋一(5)　　黄金の屋敷に貯える

とあり、元稹の詩には、

卓女白頭吟　　卓文君に白頭吟があり
阿嬌金屋賦(6)　　阿嬌には金屋賦がある

とあり、李商隠の詩には、

玉桃偸得憐二方朔一　　金屋修（一作妝）成貯二阿嬌一(7)

とある。史記・漢書・「漢武帝故事」が伝来し、『和漢朗詠集』（巻下雑・謝観）にも、

厳粧金屋之中青蛾正画　　立派な宮殿のなかでしなやかな眉を引いている
罷レ宴瓊筵之上紅燭空余　　豪華な宴席が終わり、赤い蠟燭が残っている

とある。「縉緄貴媛が、嬉しきにつけ悲しきにつけ、または遊興に際し、時の感興に伴へる詩句を朗唱(8)」していたので、漢武帝の逸話も広く知られていたと推測される。

2　「金屋粧成嬌侍夜」の意味

「金屋粧成嬌侍夜」は「金屋粧成」と「嬌侍夜」に分けられるが、遠藤実夫は、

黄金で美しく飾り立てた部屋の内に於いて化粧も立派に、あらんかぎりの愛嬌をたたえて夜の相手に侍り[9]

と解説し、近藤春雄は、

黄金造りの御殿の中で化粧をこらすと、なまめかしい姿で夜宴の席にはべり[10]

と解説している。近藤氏は、さらに「校異」を作って『歌行諺解』（貞享元年〈1684〉成立）[11]に収録された清原宣賢[12]の、

貴妃ヲ置クタメニ黄金ヲモテ宮殿ヲ作ル、コレヲ金屋ト云、其宮殿ガ悉ク調テ結構ナルヲ粧成ト云。

という注釈は適切でないと指摘している。遠藤氏も近藤氏も「粧」を「化粧」と解しているが、清原宣賢は「作ル」と解している。清原は「粧成」を「宮殿ヲ作ル」と解したが、「金屋粧成嬌侍夜」にある「粧」は借用字、つまり同音の既成の漢字の転用と思われたからである。実際、昔から「金屋粧成」を「金屋妝成」に、「金屋装成」に書いた「長恨歌」があり、「粧成」を「妝成」にしても、「装成」にしても、造り上げることを意味し、「金屋粧成」は黄金の家か、立派な宮殿を造り上げるという意味になる。

「嬌」については両氏とも「コビテ」、「ヲゴリテ」と注し、遠藤氏は「あらん限りの愛嬌をたゝえたるさまにいふ」に解し、近藤氏は「なまめかしい姿」と解している。「嬌侍夜」にある「侍夜」は身分の低い人が身分の高い人に添い寝することを意味し、「同衾」の類義語であ

る。「嬌」は名詞であり、美女をさし示す。南朝の梁の蕭子顕は、

光照㆓窓中婦㆒、絶世同阿嬌[13]

光が部屋にいる女性を照らし、その美しさは阿嬌の如く

と綴り、「嬌侍夜」は美女が添い寝すると理解される。

「金屋粧成」は玄宗は楊貴妃のために立派な宮殿を造り、「嬌侍夜」は楊貴妃が玄宗に添い寝していることを意味する。「金屋粧成嬌侍夜」は、美しい楊貴妃が立派な宮殿で玄宗に添い寝する春画となる。

「金屋粧成嬌侍夜」に「玉楼宴罷酔和春」が続く。玉楼が金屋に、宴罷が粧成に、酔和春が嬌侍夜に、とそれぞれ対応し、同じことを表現する。遠藤氏は、

玉をちりばめた美しい高楼の里で酒宴が終わると、酔ひ心地よく春風訪れ、和気堂中に満つ、実に歓楽の極みである。

と解し、「和春」を「酔ひ心地よく春風訪れ、和気堂中に満つ」と解釈している。近藤氏は、

玉を鏤めた美しい高殿での宴会が終わるころには、うっとり酔うて春の気分にとけいるようであった。

と解している。春は、季節の春を意味するが、男女の愛欲、性欲をも意味する。春画・春機・春情・売春などはみな性と関係する。(玉楼宴罷)「酔和春」は元々元稹の「襄陽為盧竇紀事」(『全唐詩』巻四百二十二)の詩句である。「襄陽為盧竇紀事」に、

酔和春睡倚香懐　酔って眠りに落ち、美女の胸に凭れかかる

という句があり、「酔和春」とは酒が回って情交する意味がある。白楽天は「酔和春」を借りて玄宗が酒色に浸って楊貴妃との情愛を暗示するのである。

元稹と白楽天はこのような性愛を赤裸々に描く詩を作ったため、宋の蘇軾（１０３７〜１１０１）は「祭柳子玉文」で「元軽白俗」（軽薄で卑俗）と批評している。

二　源氏の元服・結婚と「金屋粧成嬌侍夜」

「金屋粧成嬌侍夜」は意味から「金屋粧成」と「嬌侍夜」に分けられる。桐壺巻に、

内裏にはもとの淑景舎を御曹司にて、母御息所の御方の人々、まかで散らずさぶらはせたまふ。里の殿は、修理職、内匠寮に宣旨くだりて、二なう改め造らせたまふ。もとの木立、山のたたずまひ、おもしろき所なりけるを、池の心広くしなして、めでたく造りののしる。かかる所に、思ふやうならむ人をすゑて住まばやとのみ、嘆かしうおぼしわたる。

という部分がある。一般的に桐壺帝が源氏のために住居を用意したと読まれているが、物語の繋がりを考えると、「金屋粧成」の翻案と考えられる。

葵上の添い伏しは平安朝の「嬌侍夜」である。葵上の添い伏しは源氏の元服から始まるが、出典を説明するために縁談から進みたい。

桐壺巻に、

引き入れの大臣の皇女腹に、ただひとりかしづきたまふ御女、春宮よりも御けしきあるを、おぼしわづらふことありける、この君にたてまつらむの御心なりけり。

という部分がみえる。東宮からも内々ご所望があったが、考えあぐねていたのは、源氏に差し上げようと思った。平安朝において東宮を選ばず、源氏を選んだのは異常である。加納重文は、

劣り腹の皇子が左大臣家の婿になることは、ありふれたことではない。いまかりに、醍醐帝から一条の御代に至る十二人の左大臣の女子について見ても、正嫡の女子はほとんど皇子と結婚しているけれど、それも、その皇子がいづれ即位して、その女子も后妃になるような皇子である。皇子のその可能性も結局、皇子の母方がどのような家であるかにかかっているのだから、左大臣家を背景に持つ東宮（第一皇子）への入内が、どこからみても正当である。(14)

と言い、さらに十二人の左大臣の嫡女の結婚情況に結びつけてつけ加える。

藤原氏の左大臣は帝位の可能性ある皇子を、源氏の左大臣は強権の帰属の貴公子をという傾向は顕著である。父桐壺院によって帝位の可能性をとりあげられ、高級貴族の権勢にも無縁の皇子を敢えて婿にした左大臣の選択は、歴史的には明瞭に異例なものであり常識的ならざるものであった（前注同著）。

既述したように平安朝では異例と思われる事例が漢景帝の後宮にあった。比較するために登

場人物を書いてみよう。

1　人物設定

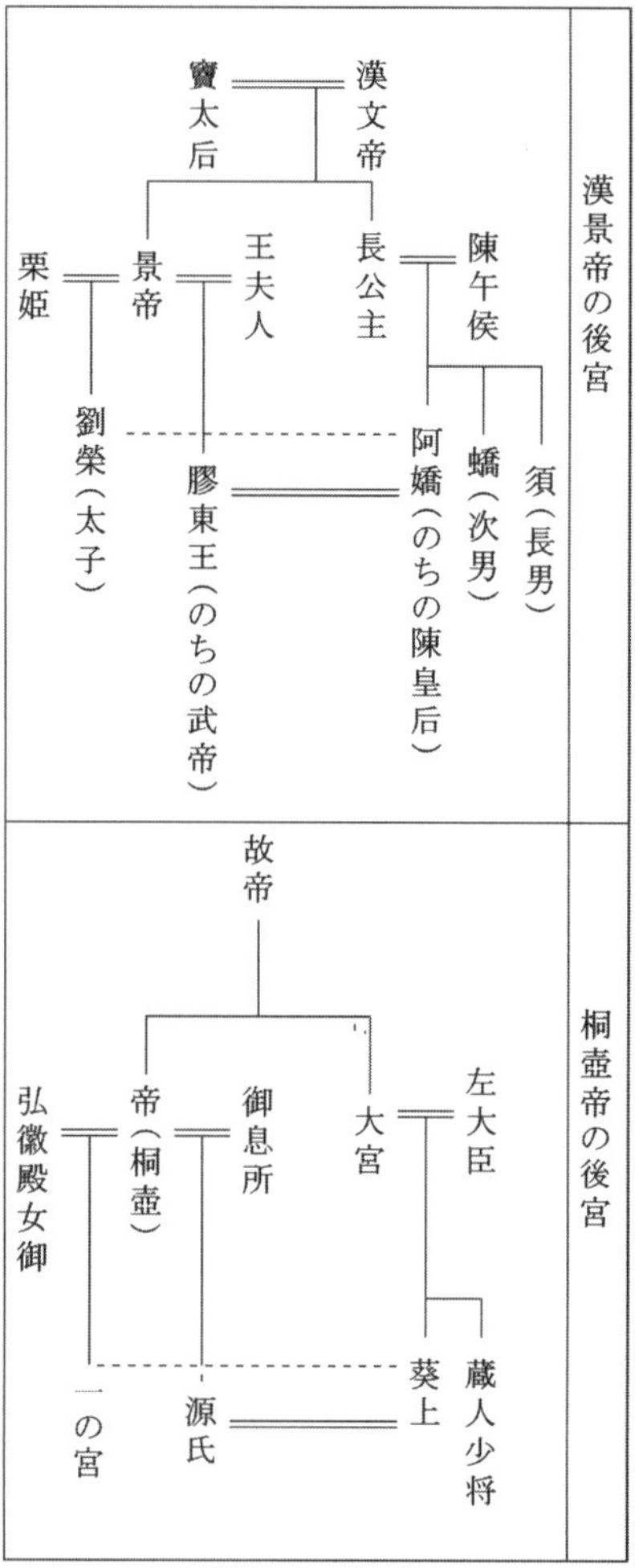

漢文帝と竇太后の間に長公主と景帝がいる。景帝の同腹姉長公主は、陳午侯に降嫁して二男一女を儲けた。阿嬌は長公主と陳午侯の間に生まれた一人娘である。側室の栗姫は劉栄を産んだが、薄皇后の養子となって東宮に立つ。膠東王は側室の王夫人に生まれたが、長公主腹の阿嬌より四、五歳若い。葵上は大宮と左大臣の間に生まれた「ただひとりかしづきたまふ

御女」であり、源氏より四、五歳年上、「すこし過ぐしたまへるほどに、いと若うおはすれば、似げなうはづかし」と感じる。

桐壺帝を景帝に対応させると、大宮は長公主と対応し、葵上は阿嬌と対応し、源氏は膠東王と対応し、一の宮は皇太子劉栄と対応し、桐壺巻の登場人物は漢景帝後宮の歴史人物とうまく対応している。葵上の添い伏し物語に登場した人物は漢景帝の後宮に拠って設定したと考えてよい。

2　皇太子時代の結婚

漢武帝と阿嬌の婚姻は『史記』「外戚世家」、『漢書』「外戚伝」ともに記されている。『史記』「外戚世家」から引用してみよう。

　長公主嫖有㆑女、欲㆓予為㆒㆑妃。栗姫妬、而景帝諸美人皆因㆓長公主㆒見㆓景帝㆒、得㆓貴幸㆒、皆過㆓栗姫㆒、栗姫日怨怒、謝㆓長公主㆒、不㆑許。

長公主（嫖）は娘がおり、皇太子の嫁にしようとした。栗姫は、嫉妬深く景帝の後宮にいる数名の美女が長公主の口利きで、景帝の寵愛を受けるようになって、自分を凌いで恨む。栗姫は日に日に（長公主を）恨むようになるところへ、（長公主が申し入れた）長公主の申し入れを婉曲に断り、許さなかった。[15]

栗姫に断られた長公主はがっかりした。ちょうどその頃長公主が膠東王にお嫁のことを聞いた。無邪気な幼児膠東王が「若得二阿嬌一作レ婦、当下作二金屋一貯上之」と言った。長公主は、その答えを聞くと、たいそう喜び、景帝に強請し、膠東王との縁談を決めた。

その頃景帝は気に入らない薄皇后を廃して新しい皇后を立てようと思った。栗姫は側室であるが、太子の生母なので、「母以レ子貴」という常識で考えれば、最も有力な候補者である。しかし栗姫は嫉妬深い気性があだとなった。自分は皇后になれずに息子も巻き添えにあって東宮から降ろされた。栗姫が皇后になれなかった理由は主に三つあった。

Ⅰ　姉長公主はいつも弟である景帝の前で栗姫の悪口を言い、王夫人とその子膠東王を褒め続けた。

Ⅱ　景帝は、体調が悪く自分が死んだ後、側室に生まれた皇子、皇女のことを心配して栗姫にちゃんと面倒を見てやってくれと言いつけた。皇后としては当然なすべきことであるが、栗姫は、ほかの女が産んだ子の世話なんて、と突き返した。景帝は不愉快に思い、栗姫が楯突いたことをなかなか忘れられなかった。

Ⅲ　決定的なことは大行令（渉外担当官）の諫言であった。ある日、大行令が職務につき奏上した後、「子は母の故に貴し、母は子の故に貴し。いま太子の母には称号がありません。よろしく皇后にお立てになるべきでございます」と奏上した。景帝はこの余計な進言を耳にすると激怒した。大行令を死刑、王夫人の皇后の擁立を断行し、栗姫の子劉栄を皇太子の位から降ろした。その話を耳にすると、栗姫は、驚いて度を失った。景帝に会って釈明したかったが、会うこともできず、怒りと恨みのあまり急死した[16]。その後すべてが長公主の思いどおりに進み、王夫人は皇后になり、膠東王が皇太子に立てられた。

『史記』「孝景本紀」に皇太子の廃立をはっきり記している。

四年夏、立二太子一。立二皇子徹一為二膠東王一。（中略）七年冬、廃二栗太子一為二臨江王一（中略）四月乙巳、立二膠東王太后一為二皇后一。丁巳、立二膠東王一為二太子一、名レ徹。

景帝四（B・C153）年の夏、長子劉栄は太子に立てられた。第九皇子、四歳になった徹は膠東王に封ぜられた。（中略）景帝七年の冬、栗姫腹の太子は廃せられて、臨江王に降格した。翌年の四月に膠東王の母は皇后に立てられて、丁巳、七歳になった膠東王が太子に、徹と名づけられた。

膠東王は東宮に立ち、皇太子時代に阿嬌と結婚した。『史記』「外戚世家」には、

初、上為二太子一時娶二長公主女一為レ妃。立為レ帝、妃立為二皇后一。

初め、上は皇太子時代に長公主の娘を妃として迎えた。即位してから妃は皇后になった。

と記し、『漢書』「外戚伝」には、

武帝得三立為二太子一、長主有レ力、取二主女一為レ妃。及二帝即位一、立為二皇后一。

武帝が皇太子になったことは長公主の力があったので、長公主の娘を娶って妃にした。即位に伴ってその娘は皇后に立てられた。

と記している。膠東王は七歳で太子になり、十六歳で即位した。皇太子時代に結婚したと言うが、何歳で結婚したのかはどの史書にも記していない。中国では古くから成人と認められる「元服」また「冠礼」の儀があった。男子は冠をつける儀を行えば社会から成人と認められ結婚してもよい。元服後初婚の夫婦は「結髪夫妻」と呼ぶ。武帝は元服の儀を行って阿嬌と結婚したと考えられる。

　古代の日本は中国の影響を受けて元服の儀が行われた。天武天皇十一（６８２）年に定められて平安中期に完成した。桐壺巻には「この君の御童姿、いと変へま憂くおぼせど、十二にて元服したまふ」と書いているが、『河海抄』には「天子之子十二而冠」と注し、山中裕、清水好子は詳細且つ周到な考証をして、源氏は『西宮記』にある東宮元服の儀に従って行われたので「東宮源氏の御元服[17]」という結論を下した。これによって元服した皇太子は平安朝の風俗に従って結婚する。

　大臣御里に、源氏の君まかでさせたまふ。作法世にめづらしきまで、もてかしづききこえためへり。いときびはにておはしたるを、ゆゆしううつくしと思ひきこえたまへり。

『史記』「外戚世家」にある「上為㆓太子㆒時娶㆓長公主女㆒為㆑妃」は「嬌侍夜」と同じ意味の添い伏しに物語化した。「上為太子時」を元服に定めた着想は奇抜であり、『西宮記』に従って元服の儀を行ったことも立派さを感じさせ、左大臣と内親王の娘の結婚らしい。

結び

「長恨歌」に「金屋粧成嬌侍夜」があり漢武帝と阿嬌の逸話を秘めている。その逸話は「漢武帝故事」を出典とする。「金屋粧成嬌侍夜」は「金屋粧成」と「嬌侍夜」に分けられるが、「嬌侍夜」つまり添い伏しに重きを置いて異例の縁談を中心とする葵上の物語が語られる。

武帝と阿嬌の故事と覚しい葵上の物語は桐壺巻のみならず、帚木巻にも葵上が結婚後陳皇后（阿嬌）と似ていて夫婦関係は睦まじくなかったとある。一般的に葵上が「すこし過ぐしたまへるほどに、いと若うおはすれば、似げなくはづかし」ということを理由とする。そのためか源氏は「大殿の君、いとをかしげにかしづかれたる人と見ゆれど、心にもつかずおぼえたまひて」と思い、目には、

おほかたのけしき、人のけはひもけざやかにけ高く、乱れたるところまじらず、なほこれこそは、かの、人々の捨てがたく取り出でしまめ人には頼まれぬべけれ、とおぼすものから、あまりうるはしき御ありさまの、とけがたくはづかしげに思ひしづまりたまへるをさうざうしくて（帚木）

と映っている。葵上のいつも矜持を持って近づきにくい態度について、

平安時代における内親王崇拝の風潮の一端は「若菜」巻の女三の宮の婿選びで如実に描かれているが、今上帝とひとつ后腹の内親王を正室に迎えている左大臣とは、いかに累代の

名門であるかの証明であると同時に、葵の上の気位の高さの背景になっている。葵の上から見れば光源氏といえども従姉弟に過ぎず、劣り腹の皇子に対して身分的にいささかも劣るものではない誇りがある。それも二人の仲を冷たくする一因と考えられる[18]。

と大朝雄二は分析している。大朝氏の分析は漢武帝と陳皇后にも適合する。膠東王だった劉徹の立太子ひいて即位は景帝の姉長公主に負うところが大きかった。長公主は武帝の即位を「帝非レ我、不得レ立」（わたしがいなければ、帝は即位できない）と言いふらし、この母を後盾にした陳皇后は「擅寵驕貴」（寵愛を恃みにしてわがままにする）。長公主と陳皇后の振る舞いは武帝のプライドを深く傷つけ、夫婦関係に暗い影を落とし、結局、陳皇后は廃せられた。

最後に言っておきたいが、ほかに葵上の物語と読まれる内容はまだあるが、漢の史実と合わないため再考する必要がある。

注

（1）高橋和夫『源氏物語の主題と構想』「II構想編六源氏物語における創作意識の進展について」桜楓社、昭和41年

（2）『全唐詩』巻二十八「宮中行楽詞」、原作十首、現存八首。

（3）『楽府詩集』巻四十二
（4）『陳書』巻十九、『南史』巻六十八に沈炯伝がある。
（5）李白「妾薄命」『全唐詩』（上）
（6）『全唐詩』巻四二二元稹「夢遊春七十韻」
（7）李商隠『全唐詩』（巻五四〇）「茂陵詩」
（8）『和漢朗詠集』「序文」
（9）遠藤実夫『長恨歌研究』「長恨歌評釈」建設社、１９３４年
（10）近藤春雄『長恨歌・琵琶行の研究』「第三章」明治書院、昭和56年
（11）神鷹徳治編著『長恨歌伝・長恨歌・琵琶行・野馬台詩注解』（野馬台詩注）勉誠社、１９８８年
（12）清原宣賢（１４７５〜１５５０）は室町後期の儒学者であり、国学者である。
（13）蕭子顕（字景陽、齊高帝孫、豫章文献王第八子）の『輟耕録』「日出東南隅行」に「関中日女児為阿嬌」がある。
（14）加納重文『源氏物語の研究』「第二章葵上」望稜舎、昭和61年
（15）日本語訳は小竹武夫訳『漢書』八「列伝」Ⅴ（ちくま学芸文庫）参照
（16）『史記』巻四十九「外戚世家」
（17）①山中裕『源氏物語の史的研究』「第二章源氏の元服と結婚」思文閣、１９９７年
②清水好子『源氏物語論』「第二章準拠十一世源氏元服準拠」塙書房、昭和41年
（18）大朝雄二「葵の上」『源氏物語必携Ⅱ』学灯社、１９９３年6月

第二部　唐の歴史物語

第一章　「唐高宗之得鍾愛伝古文於七年之風」

桐壺巻の半ばに、

今は内裏にのみさぶらひたまふ。七つになりたまへば、読書始めなどせさせたまひて、世に知らずさとうかしこくおはすれば、あまり恐ろしきまで御覧ず。

という少年源氏の読書始めを語る部分がみえる。この部分は敦康親王の読書始めと関わりがある。敦康親王の読書始めの儀が終わって作文会が行われた。作文会に於いて大江以言は「冬日於飛香舎聴第一皇子初読御注孝経応教」（以下「序」と称する）を綴り、開会式に詠み上げた。「序」に「唐高宗之得鍾愛、伝古文於七年之風」があり、桐壺巻の作者はそれを日本語にして源氏の読書始めを語ったと柳澤良一が指摘した。[1] 柿村重松は「唐高宗之得鍾愛、伝古文於七年之風」は『旧唐書』「高宗本紀」を出典とすると指摘した。[2] 両者の指摘によって桐壺巻にみえる少年源氏は唐高宗を下敷きに作られて、後宮に育てられた物語は唐の歴史によって書かれたとなる。それに従えば桐壺帝は唐太宗に相当し、藤壺は太宗後宮にいる才人武照（のちの則天皇后）に相当する。本章では以言の「唐高宗之得鍾愛、伝古文於七年之風」の由来を明らかにし、桐壺巻と唐の歴史物語の関係を究明してみたい。

一　大江以言の「序」と『貞観政要』「論尊師傅」

以言の「序」に『旧唐書』「高宗本紀」を出典とする「唐高宗之得鍾愛、伝古文於七年之風」があり、「序」は『貞観政要』「論尊師傅第十、第二章」（以下「論尊師傅」と称する）を踏まえて作られた、と私は考える。

1　『貞観政要』「論尊師傅」について

『貞観政要』は、唐の呉競（670〜749）[3]が太宗と大臣、ことに房玄齢・魏徴との問答録を寄せ集めた政論書であり、雑史類に属する。太宗と大臣の問答を通して帝王のあるべき姿を示し、帝王学として広く読まれて、宝典とされている。中国では唐の憲宗（805〜820在位）より清朝までの歴朝、歴代の皇帝が必修科目として学ばれていたし、東南アジア諸国の言語に訳されて、儒教に基づく帝王学として読まれていた。朝鮮半島では高麗王が『貞観政要』を進講させたことがあり、李氏王朝は改めて校正したり、注を作ったりしていた（『李朝実録』）。日本に伝来してきた期日ははっきりしないが、『日本国見在書目録』（891）に登録されているので、それ以前に伝来していたのは違いない。

『貞観政要』には種々の問題が取り上げられているが、「守成」に主眼を置いている。太宗は「創業は難しいが、守成はなお難しい」と考えて政権を守る後継の育成に並々ならぬ苦心を払い、諸国の君主の手本となった。

読書始めが行われるときの敦康親王は東宮に立っていなかったが、「一天下の燈火」(『栄華物語』「かがやく藤壺」)と言われるほど衆望を集め、皇太子と目されるムードが漂っていた。そのためか、大江以言は皇子、ことに皇太子の教育を主旨とする「論尊師傅」を踏まえて「序」を綴ったとみえる。「論尊師傅」は次のように始まっている。

貞観六年詔曰朕比尋二討経史一、明王・聖帝、曷嘗無二師傅一哉。前所レ進令、遂不レ観二三師之位一、意将レ未レ可。何以然。黄帝学二太顛一、顓頊学二録圖篆一、尭学二尹壽一、舜学二務成昭一、禹学二西王国一、湯学二成子伯一、文王学二子期一、武王学二虢叔一。前代聖人、未レ遭二此師一則功業不著二乎天下一、名誉不レ伝二乎千載一。況朕接二百王之末一、智不レ同二聖人一。其無二師傅一、安可三以臨二兆民一者一哉。『詩』不レ云乎……「不レ愆不レ忘、率レ由二旧章一」。夫不レ学不レ明二古道一、而能致二太平一者、未二之有一也、置二三師之位(4)一。

貞観六年太宗が詔書を発した。朕がこの頃経史を調べ尋ねるに昔の明君や聖帝にはみな師傅があった。前に進めた令の中には、三師(太師、太傅、太保(5))の位が見られないのでよろしくないと思う。なぜかと言えば、黄帝は太顛に学び、顓頊は録図篆に学び、尭は尹壽に学び、舜は務成昭に学び、禹は西王国に学び、湯は成子伯に学び、文王は子期に学び、武王は虢叔に学んだ。前代の聖人が、これらの師にめぐり会わなかったならば、功業は天下に顕れず、名誉は後世に伝わらなかった。朕は百王の末席をけがすもので、智も聖人のようではない。師をなくしてどうして万民に面することができようか。『詩経』には「過つことなく、忘れることなく、先王の法度に従う」と言わなかったか、学ばなければ古人の教えが分からず、そうして天下を率いて太平の世を実現するものはない。三師の位を設けよう。

太宗は、発した詔書に三師の位がないことに気づいた。それは良くないと思ってこのように述べた。師がいなければ、素質がよくても役に立つ人間にはなれず、古人の経験を学ばなければ、万民を率いて太平の世を実現することができないと考えて、三師の位を設けるよう命じた。

2　大江以言の「序」と「論尊師傅」

以言の「序」は次のように始まっている。(6)

易曰、君子学以聚レ之、問以弁レ之。蓋乃所以、雖レ有二至徳要道一、非レ学不レ宣、雖レ有二生知幼敏一、非レ教不レ立之故也。夫崑陰之竹凌レ雪、待二聖造一而吹二亀背之音一、嶧陽之桐払レ雲、遇二良工一而張二鶴翼之曲一者歟。

「序」は「易曰、君子学以聚レ之、問以弁レ之」から起筆し、「学」と「問」の効能を述べている。それに続いて「論尊師傅」を手本にして「蓋乃所以、雖レ有二至徳要道一、非レ学不レ宣、雖レ有二生知幼敏一、非レ教不レ立之故也」を書いた。資質がある天才であっても、師に習わなければ、優秀な人材になれない。昔の経験を学ばなければ、教訓を汲み取ることができないから

である。「論尊師傅」に、

黄帝学㆓太顛㆒、顓頊学㆓録圖篆㆒、堯学㆓尹壽㆒、舜学㆓務成昭㆒、禹学㆓西王国㆒、湯学㆓成子伯㆒、文王学㆓子期㆒、武王学㆓虢叔㆒。前代聖人、未㆑遭㆓此師㆒、則功業不著㆓乎天下㆒、名誉不㆑伝㆓乎千載㆒。

とあり、以言はその主旨を踏まえて「序」を綴った。具体的に比較してみよう。

Ⅰ「崑陰之竹」や「嶧陽之桐」を資質の優れた天才や聖人に喩えて「前代聖人」と対応させ

Ⅱ「聖造」や「良工」を素晴らしい師傅に喩えて「此師」と対応させ

Ⅲ「吹亀背之音」と「張鶴翼之曲」は素晴らしい業績を挙げることに準えて「功業著乎天下」「名誉伝乎千載」と対応させて

「夫崑陰之竹凌㆑雪、待㆓聖造㆒而吹㆓亀背之音㆒、嶧陽之桐払㆑雲、遇㆓良工㆒而張㆓鶴翼之曲㆒者歟」という美文を作った。「論尊師傅」を踏まえて書かれた「序」は、

読書始めの儀の作文会にふさわしい典故のある字句や故事をちりばめながら、対句を主軸に組立てていて、実に均整のとれた巧みな構成の駢驪文である（先掲柳澤良一同文）。

と高く評されている。「序」にはまた、

漢代祖之有㆓鼎嗣㆒、慙㆓曩史於十歳之塵㆒、唐高宗之得㆓鐘愛㆒、伝㆓古文於七年之風㆒。在㆑今思㆑古、知㆑有㆑以焉。

後漢の代祖、光武帝が明帝という世継ぎの皇太子を持ち、明帝が十歳にして史書に通じた。唐高宗が七歳で『古文孝経』を学び精通しているので父太宗から非常に可愛がられた。今の世にあって昔のことを顧みるとその道理がよく分かった。

と書いている。「漢代祖之有鼎嗣、慙嚢史於十歳之塵」とは漢の光武帝の世継ぎが十歳になって初めて史書を習った。言外に七歳で『御注孝経』を習う敦康親王に遅れると仄めかしている。「唐高宗之得鍾愛、伝古文於七年之風」とは、唐高宗が七歳で『孝経』を学び、深く理解したため父太宗を大いに喜ばせた。七歳で『御注孝経』を習う敦康親王がまさに高宗と同じく七歳から習い始める。この敦康親王を高宗に準え、一条天皇を太宗に準えた賛美である。以言は最後に、

既而講誦儀畢、觴詠禮成。卿士之侍二温顔一、宜レ承二尭日之長照一、弦管之奏二妙韻一、便添二舜風之近薫一。于時寛弘二年十一月十三日、翰林学士以言、蒙二辟命一叙二事緒一云レ爾。

『御注孝経』の講誦の儀が終わった後、祝宴と作文会が催された。参加した公卿たちは親王の温顔を拝し、大いなる仁徳の恵みを今後とも長く受けるだろう、管弦の妙なる調べが奏でられ、天下は治まり、人々の生活もいっそう豊かになるだろうと思われる。時に寛弘二年十一月十三日、翰林学士以言が天皇の御命を受けて初めに述べた次第は以上である。

という文で「序」を結んだ。

3　平安朝における唐太宗崇拝と唐貞観への憧れ

平安朝の高級貴族は唐太宗を尊び崇め、「貞観之治」に憧れていた。そのため平安朝も「貞観」（８５９～８７７）という年号があり、「貞観格式」や「貞観儀式」という律令を作り、「貞観永宝」という貨幣を造った。菅原・藤原・大江・清原家にはそれぞれ家伝の『貞観政要』の秘本があり、勉学のテキストとして用い、その秘説を奉じて朝廷に進講していた[7]。

以言の「序」は一条天皇を太宗に準えて賛美し、高宗のことを言って敦康親王を励ました。他の高官も同じような気持ちで七言絶句を披露した。藤原公任は、

今日天孫初問レ道　今日敦康親王は初めて『御注孝経』を読み、人としての道を学ばれた

欲下回二聡悟一就中研鑽上　聡明ぶりを発揮し、さらにその才能を磨こうとされている

聖明治迹何相改　名君の治世の功績は非の打ち所がない

貞観遺風触レ眼看　この読書始めで貞観の気風を目の当たりにするようである

と綴っている。「今日天孫初問道」にある「初問道」は初めて講義を受けることを意味するが、これは『貞観政要』「論尊師傅第十」第六章にある「天帝初立為皇太子、尚未尊賢重道」を踏まえて書かれたと思われる。「論尊師傅第十」第六章にある「天帝」は高宗を指すが、公任は敦康親王を天孫と言った。「貞観遺風触眼看」とは見るものも聞くものも貞観の気風を意味するが、具体的に言うと読書始めの儀に使われる教材、一条朝の教育方針はすべて貞観を受

け継いでいることを暗示する。大江匡衡が作った詩は同じ気持ちを表している。

呂望授来二文武風一　呂望は、周の文王と武王の二代に学問を授けた
桓栄独遇二漢明時一　桓栄はただ漢の明帝の御代にだけ恵まれた
幸伝二延喜祖風迹一　幸運にも延喜の聖代以来の先祖の学問の伝統を今に伝え
天子儲皇皇子師　醍醐も寛明親王もまた敦康親王も我が江家を師ということになる

「幸伝延喜祖風迹、天子儲皇皇子師」で貞観を手本にした延喜の御代の伝統を受け継ぐおかげで、自分も先祖を継いで皇子の師になった、と感謝の意を込めている。

高級官僚の詩文には、それなりに時代の好尚なる思考が反映しており、源氏物語が生成する背景を究明するのに無視できないものがある。

二　「唐高宗之得鍾愛、伝古文於七年之風」の出典

敦康親王の読書始めが行われた翌年の三月五日に一条天皇は新居で大江匡衡から『貞観政要』（江家本奥書）の進講を受けた。太宗が自ら編集し、皇太子への訓戒を集めた『帝範』にみえる、

叢蘭欲レ茂秋風破レ之、王事欲レ章讒臣乱レ国。[8]

叢蘭が茂ろうとしても、秋風がそれを吹き散らす。国事を明らかにしようとしても、讒臣

がそれを乱す。

という句を写し、「われ人を得たること延喜・天暦にも越えたり」と自負していた。一条天皇は太宗を尊び崇め、寛弘を唐の貞観のように治めたいという意欲を示した。天皇の抱負を目にした行成は感動し、日記（『権記』長保二〈1000〉年六月二十日）に次の文を書いている。

主上寛仁之君、天暦以来好文之聖皇也、万機予閑、只廻二叡慮一、所レ期澄清也。所二庶幾一、漢文帝唐太宗之旧跡也。

一条天皇は寛大で慈悲深い君主であり、天暦以来の学問好きな天子様である。陛下が一時煩雑な政務をおいて詞章に叡慮を回すのは心を清澄にすることを期するからである。そうして漢文帝や唐太宗の行儀作法を手本にしようと願われているのであろう。

行成が具平親王から『唐暦』を借りたこと、匡衡が行成から『貞観政要』を借りたことは『本朝文粋』に見られる。

1　「高宗本紀」について

「序」にある「唐高宗之得鍾愛、伝古文於七年之風」は「高宗本紀」を出典とする。本紀の初めは、

高宗天皇大聖大弘孝皇帝、諱治、太宗第九子也、母曰二文徳順聖長孫皇后一。以二貞観二年六月一、生二于東宮之麗正殿一。五年、封二晋王一。七年、遙授二并州都督一。幼而岐嶷端審、

寛仁孝友。[9]

と書いてある。高宗の諱、両親を紹介し、続いて貞観二（628）年六月に出生、三歳で晋王に封ぜられて、五歳で并州都督を授けられたことを記している。幼少の頃からしっかりしていて、思いやりがあり、親に孝行を尽くし、兄弟との仲もよい。

桐壺巻には「世になくきよらなる玉の男御子さへ生まれたまひぬ」という出生、「この御子三つになりたまふ年、御袴着のこと、一の宮のたてまつりしに劣らず、内蔵寮納殿の物を尽くして、いみじうせさせたまふ」（略）「御子六つになりたまふ年なれば、このたびはおぼし知りて恋ひ泣きたまふ」（略）「七つになりたまへば、読書始めなどせさせたまひて、世に知らずさとうかしこくおはすれば、あまり恐ろしきまで御覧ず。」という記事があり、「高宗本紀」の初めと概ね対応している。桐壺巻の初めから若宮の年齢で「長恨歌・伝」に拠って語られた物語を貫いたが、後世人が結び合わせた可能性がある。

「七つになりたまへば、読書始めなどせさせたまひて」は「唐高宗之得鍾愛、伝古文於七年之風」の日本語訳であると柳澤良一は指摘したが、それも「高宗本紀」に見られる。

初授二孝経於著作郎蕭徳言一、太宗問曰「此書中何言為レ要」對曰「夫孝、始二於事一レ親、中二於事一レ君、終二於立一レ身。君子之事レ上、進思レ尽レ忠、退思レ補レ過、将二順其美一、匡二救其悪一」太宗大悦曰「行レ此、足下以事二父兄一為中臣子上矣。」

初めて著作郎蕭徳言に孝経を授けられる時、太宗は「この書では何がもっとも重要ですか」

と尋ねた。その問いに対して晋王が「孝は親への孝行から始めるが、次は君主に尽くし、立身に終わります。君子が上に仕えるのには、進み出ては忠を尽くすことを思い、退いては過ちを補うことを思います。その善政に従い、悪を正し、危うきを救います」と答えた。太宗は大喜びして「このようにすれば、父兄に仕え、臣子になるには十分だ」と褒めた。[10]
「唐高宗之得鍾愛、伝古文於七年之風」との関係については柿村重松に詳細な論証があり贅言を要しない。

2 「太宗憐之、不使出閤」

右記に続いて、

及二文徳皇后崩一、晋王時年九歳、哀慕感二動左右一、太宗屢加二慰撫一、由レ是特深二寵異一。尋拝二右侯大将軍一。

文徳皇后崩御の時、晋王は九歳だった。その悲しみ、思慕はまわりを感動させた。太宗はしばしば慰め、寵愛がとりわけ深かった。まもなく右侯大将軍の号を賜った。

と書いてある。唐では皇后に生まれた皇子は元々母と一緒に後宮で暮らしている。母が亡くなると未成年の皇子、皇女は後宮に置いて育てた。『旧唐書』は太宗が九歳の晋王を身辺に置いて養育したことを記せず、『新唐書』(1060成立)は明記している。

文徳皇后崩、晋王最幼、太宗憐レ之、不レ使レ出レ閤。[11]

文徳皇后が崩御した時は晋王がもっとも幼い。太宗は不憫に思って後宮においた。

一方、桐壺巻の後半に「源氏の君は御あたり去りたまはぬを、ましてしげく渡らせたまふ」とあり、桐壺帝は母亡き少年皇子を不憫に思い、身辺に置いて養育していたと理解される。太宗の後宮に関して文徳皇后の死後武照（才人・媚娘・のちの則天皇后）が後宮に選ばれたことは「高宗本紀」に記さず、「則天皇后本紀」に記している。少年源氏の物語に見えるので、ここで先ず系図を書いてみたい。

唐太宗の後宮	桐壺帝の後宮
故文徳皇后（長孫氏） ＝＝┬──晋王（のちの皇太子・高宗） 太宗 ＝＝ - - - - - 武照（才人・媚娘・のちの則天皇后）	故御息所 ＝＝┬──源氏の君 桐壺帝 ＝＝ - - - - - 先帝の四宮（藤壺・輝く日の宮、のちの中宮）

桐壺帝を太宗に対応させると、故御息所は故文徳皇后に対応し、「先帝の四の宮」は武照・才人に対応し、少年源氏は晋王（のちの高宗）に対応することになる。年齢に関して『旧唐書』によって貞観十（６３６）年六月、文徳皇后は三男一女を残して世を去った。その時太宗は三十八歳、文徳皇后の長男、東宮に立った承乾が十七歳、次男泰が十六歳、三男晋王が八か九歳ぐらいであった。

武照が初めて後宮に入った時の年齢をめぐっては二説がある。『旧唐書』には十四歳で太宗の後宮に入ったと書いてあり、承乾より三、四歳年下、次男泰より二、三歳年下、晋王より五歳年上である。太宗とは父と娘ほどの年齢の開きがある。

桐壺巻には桐壺帝も藤壺の年齢も明記せず、藤壺は源氏より四、五歳年上という通説があり、(12)桐壺帝が入内する前の藤壺に「ただわが女御子たちの同じ列に思ひきこえむ」と言った。よって桐壺帝と藤壺の年齢も父と娘ほどの開きがある。

桐壺帝が母亡き少年を身辺に置いて養育したことは、唐の史実と一致し、出場人物も対応する。この部分は「高宗本紀」の記事に拠って語られたと考えてよい。ただし桐壺巻には、

いとよう似給へりと、典侍の聞こえけるを、若き御ここちにいとあはれと思ひきこえたまひて、常に参らまほしく、なづさひ見たてまつらばやとおぼえたまふ。上も、限りなき御思ひどちにて、「な疎みたまひそ。あやしくよそへきこえつべきここちなむする。なめしとおぼさで、らうたくしたまへ。つらつき、まみなどは、いとよう似たりしゆゑ、かよひて見えたまふも、似げなからずなむ。」など聞こえつけたまへれば、をさなごここちにも、はかなき花紅葉につけても心ざしを見えたてまつる。

という話がある。作者は意識的に物語の展開を後宮に転じたと見られる。

三　「太宗又嘗令太子居寝殿之側、絶不往東宮」

「高宗本紀」には、

十七年皇太子承乾廃、魏王泰亦以レ罪黜。太宗与二長孫無忌、房玄齢、李勣等一計議、立二晋王一為二皇太子一。太宗毎度レ視レ朝令レ在側、観レ決二庶政一、或令二参議一、太宗数称二其善一。

貞観十七（643）年皇太子承乾が廃せられて魏王泰もまた罪で罷免された。太宗は長孫無忌、房玄齢、李勣と相談して晋王を皇太子に立てた。太宗は国事を処理する度に皇太子を臨ませ、政策を決めることを見せたり、意見を述べさせたりして、しばしばその意見を褒めた。

と書いてある。承乾は太宗と文徳皇后の間に生まれた長男である。太宗が即位すると（626）承乾は太子に立てられた。承乾は「喜二声色及畋猟一、所レ為奢靡[13]」、音楽や狩猟に夢中で、同性愛者でもあった。いつも贅沢三昧に暮らし、無法の限りを尽くした。太宗は深く憂慮し、太子師に厳しく訓戒するようにと命じた。太子師は太宗の命令に従って厳格に教育を施したが、一向に効きめはなかった。ついに太子を入れ替えようというところへ、父の心の奥を見抜いた承乾は謀反を企てた。早いうちに摘発されて関係者ともども一網打尽となり、承乾は廃位、流罪となった。

その後文徳皇后に生まれた次男泰の番になった。泰は学問もあり、臣下の受けも悪くはなかった。しかし策謀好きな野心家であり、一回デマを飛ばして弟を陥れようとした。兄弟の争いを避けるために太宗は思い切って泰をさしおいて、[14] 十五歳になったばかり、心の優しい晋王を太子に立てた。

　慣例では太子は東宮に住み、師傅に帝王学を習う。太宗は承乾の失敗から教訓を得、今度こそ新しく立てた太子を手元から離さず、監督の目の届くところに置いた。[15] 太宗の教育法に対して劉洎は何度も諫め、建議の書をも呈した。[16] しかし太宗は一切耳を貸そうともせず「令太子居寝殿之側、絶不往東宮」、自分の寝殿の近くに太子専用の殿舎を用意してあげて絶対東宮に行かせなかった。[17] 要するに太宗は太子に立てた晋王を自ら教育するために後宮に住まわせた。

　一方、桐壺巻に「上の常に召しまつはせば、心やすく里住みもえしたはまず」、「内裏にはもとの淑景舎を御曹司にて、母御息所の御かたの人々、まかで散らずさぶらはせたまふ。里の殿は、修理職、内匠寮に宣旨くだりて、二なう改め造らせたまふ。もとの木立、山のたたずまひ、おもしろき所なりけるを、池の心広くしなして、めでたく造りののしる」と書いて、父帝は成人後の源氏を手放さないことを強調する。そのため源氏は「心のうちには、ただ藤壺の御ありさまを、たぐひなしと思ひきこえて、さやうならむ人をこそ見め、似る人なくもおはしけるかな」と思うようになり、「御遊びのをりをり、琴笛の音に聞こえかよひ、ほのかなる御声をなぐさめにて、内裏住みのみこのましうおぼえたまふ」となったのである。

　桐壺帝は成長した源氏の心理変化にもまったく気づかず、ひたすら皇子を手元に引き寄せていたようにみえる。そのため少年源氏の藤壺への好感はいつの間にか恋心に変わった。この書き方をみると、作者は、帝の皇子を教育する苦心ではなく、皇子が後宮にいる間に藤壺と親しくなることを語り、長篇物語のための布石を打った。

結び

敦康親王の読書始めがきっかけとなって唐初期の歴史物語が語られた。晋王だった高宗は七歳で読書始めが行われて九歳で母を失い父太宗の身辺に育てられた。十五歳で太子に立てられて二十二歳で即位した。長い間父太宗の近くで治国を見倣っていた。その間、才人だった武照も太宗に仕えていたが、噂がなかった。

それに拠って書かれた源氏は、七歳で読書始め、その後父帝の近くに暮らし、成人してからも引き寄せられた。母亡き皇子が父帝の身辺に育った大綱は唐と一致するが、源氏は父帝に治国を見倣わず、藤壺に懸想し、長篇愛情物語の伏線を張っておいた。

注

(1) 柳澤良一「『本朝麗藻』を読む―寛弘二(1005)年、敦康親王の読書始の儀について―」『国語国文』（京都大学）第五十九巻第六号、本文は『本朝麗藻を読む会』に収められている。
（2）柿村重松『本朝文粋註釈』内外出版、大正十一年
（3）『旧唐書』巻一二〇、『新唐書』巻一三二「呉競」
（4）新釈漢文大系『貞観政要』（明治書院）より本文引用、訳文参照
（5）三師は太師、太傅、太保の呼称、正一位。周代に初めて設置され、周以後の宰相に相当する絶大な権力を持っていた。皇帝が幼少であるなど、執政をすることができない時、政務を担当した。時代を経るに従って実務のない名誉職となった。隋がそれを廃し、貞観年間で改めて設置した。
（6）本文は新日本古典文学大系『本朝文粋』より引用するが、日本語訳は『本朝麗藻を読む会』（川口久雄）に収録した柳澤良一担当部分を参照。
（7）原田種成訳『貞観政要』（明治書院、平成9年5月）を参照。
（8）『帝範』（唐太宗撰）「杜讒邪第二十三」
（9）中華書局版による。
（10）柿村重松『本朝文粋註釈』内外出版、大正十一年
（11）『新唐書』巻八十二「十一宗諸子」
（12）伊藤博「藤壺中宮」『源氏物語必携Ⅱ』学灯社、昭和61年5月
（13）『旧唐書』巻七十六「太宗諸子・恒山王承乾」
（14）『旧唐書』巻七十六「太宗諸子・濮王泰」
（15）『資治通鑑』巻一九八に「上乃置別院於寝殿側、使太子居之」とある。
（16）『旧唐書』巻七十四「劉洎伝」
（17）『貞観政要』巻第四に「太宗又嘗令太子居寝殿之側、絶不往東宮」とある。

第二章　先帝の四の宮・藤壺・輝く日の宮

「高宗本紀」によって語られた源氏の物語に藤壺も登場したが、読者の目には生気がない、源氏の心情を通して藤壺の存在を感じ取[1]ると映っている。一気呵成に構想したものではないからである。

一　藤壺の入内と「則天皇后本紀」

藤壺の物語は次段から始まる。

年月に添へて、御息所の御ことをおぼし忘るるをりなし。慰むやと、さるべき人々参らせたまへど、なずらひにおぼさるるだにいとかたき世かなと、うとましうのみよろづにおぼしなりぬるに、先帝の四の宮の、御容貌すぐれたまへる聞こえ高くおはします、母后世になくかしづききこえたまふを、上にさぶらふ典侍は、先帝の御時の人にて、かの宮にも親しう参り馴れたりければ、いはけなくおはしましし時より見たてまつり、今もほの見たてまつりて、「亡せたまひにし御息所の御容貌に似たまへる人を、三代の宮仕へに伝はりぬるに、え見たてまつりつけぬを、后の宮の姫宮こそ、いとようおぼえて生ひいでさせたまへりけれ。ありがたき御容貌人になむ」と奏しけるに、まことにやと御心とまりて、ねんごろに聞こえさせたまひけり。母后、あな恐ろしや、春宮の女御のいとさがなくて、桐壺の更衣のあらはにはかなくもてなされにし例もゆゆしうと、おぼしつつみて、すがすがしうもおぼし立たざりけるほどに、后も亡せたまひぬ。心細きさまにておはしますに、「ただ、わが女御子たちの同じ列に思ひきこえむ」と、いとねむごろに聞こえさせたまふ。さぶらふ人々、御後見たち、御兄の兵部卿の親王など、かく心細くておはしまさむよりは、内裏住みせさせたまひて、御心も慰むべくなどおぼしなりて、参らせたてまつりたまへり。

右記部分は主に①藤壺が入内する前の後宮、②典侍が「先帝の四の宮」と呼ぶ、③帝は懇ろに申し入れを命じた、④母后の態度と死、⑤入内、などの構想要素からなる。則天皇后が初めて唐太宗の後宮に入ったことは「則天皇后本紀」に記されている。

則天年十四時、太宗聞㆓其美容止㆒召入㆑宮、立為㆓才人㆒。

則天は十四歳の時、太宗は彼女が美しいと聞いて宮中に召し入れ、才人号（五位）を賜った。「則天皇后本紀」に年齢、後宮に入った理由、入ってからの身分を書いている。それに対して桐壺巻に類似の内容が見られず、典侍は「先帝の四の宮」のことを帝に進言したのである。

1　後宮状況

桐壺巻に御息所が死去して年月が経ても帝は「御息所の御ことをおぼし忘るるをりなし」と書いている。愛妃を亡くして悲嘆に暮れる帝といえば、漢の武帝が先ず上げられる。白楽天は「李夫人」に、

傷心不二独漢武帝一　　悲しい思いに沈むのは漢武帝のみならず
自レ古及レ今皆若レ斯　　昔から今日に至って同じようである

と綴っている。そのとおり、唐太宗にも類似の逸話がある。唐貞観十（636）年人徳、才智を兼ね備え、賢夫人と褒められる文徳皇后は世を去った。心の支えを失った太宗にはショックが大きく悲嘆に暮れた。

上念レ后不レ已、於苑中作二層観一、以望二昭陵一。嘗引二魏徴一同登、使レ視レ之。徴熟二視之一曰「臣昏眊、不レ能レ見」。上指示レ之、徴曰「臣以為陛下望二献陵一、若二昭陵一、則臣固見レ之矣」。上泣、為レ之毀レ観。[2]

上は皇后を思念して止まず昭陵を眺めるために内苑に楼台を造らせた。ある日魏徴をひき連れて楼台に登って眺めさせた。魏徴はしばらく見て「臣は目が悪いので、見えません」と言った。上は指さして教えた。魏徴は「臣は献陵（高祖陵）を眺めると思っていましたが、昭陵なら見えますよ」と答えた。魏徴の話を聞いた上は涙を流し、楼台を取り壊した。桐壺巻にみえる「年月に添へて、御息所の御ことをおぼし忘るるをりなし」は「上念后不已」

と同じ意味である。御息所を失ってから帝は鬱ぎ込んで傷心し、それを目にした典侍は、お心を慰めることができて、お好みに合いそうな女性を探した。母后に大切に育てられた「先帝の四の宮」を思い出し、帝に「御容貌すぐれたまへる聞こえ高くおはします」と申し上げた。この部分は「則天皇后本紀」にみえる「太宗聞其美容止」と同じ意味である。ただし太宗後宮に入る前の武照（のちの則天皇后）は「先帝の四の宮」と呼ばれるのに相応しいか、と疑問を抱く。

2　「先帝」について

「先帝」について『河海抄』は、

此れ先帝は光孝天皇に相当するか。典侍の詞にも三代に宮つかへとあり。光孝、宇多、醍醐たるべきか。醍醐女御和子承香殿女御と号す為子内親王は仁和皇女なり。此れ等の例か。

と注し、探りを入れる。先帝を巡る考証が積み重ねられて諸説紛々あるが、篠原昭二は、日本史上に藤壺が生んだ冷泉帝、つまり内親王に生まれた皇子が即位した事例はない、「諸説は延喜準拠説を考証した上での御都合主義的論議である」[3]と述べている。今西祐一郎は、

後宮において女御の称が用いられるようになった桓武朝以後、『源氏物語』の時代に至るまで、内親王でその称を受けた者は一人もいなかったといってほぼ誤りはないであろう。そしてこの事実は、「先帝の四の宮」という身分をもって入内した『源氏物語』の藤壺を「藤壺女御」と呼ぶことに対する大きな妨げとなるはずである[4]。

と言って準拠説を否定した。結局、先帝は光孝天皇に相当せず、三代の帝も光孝、宇多、醍醐でもない。唐の歴史を調べてみると、武照の父武士彠（５７７〜６３５）は先帝に封ぜられた記録がある。

武士彠のことについて『旧唐書』巻五十八、「列伝」第八に伝があり、「則天皇后本紀」「后妃伝」「外戚伝」にも及ぶ。「列伝」より引用し、他の記事と併せて紹介していきたい。

武士彠、并州文水人也。家富二于財一、頗好レ結レ交。高祖行二軍於汾、晋一、休二止其家一、因蒙二顧接一、及レ為二太守一、引為二行軍司鎧一。時盗賊蜂起、士彠嘗陰勧二高祖挙兵一、自進二兵書及符瑞一、高祖謂曰「幸勿二多言一。兵書禁物、尚能将来、深識二雅意一、当レ同二富貴一耳」（中略）武徳中、累遷二工部尚書一、進二封應国公一、又歴二利州、荊州都督一。貞観九年卒レ官、贈二禮部尚書一、謚曰レ定。顕慶元年、以二后父一累贈二司徒一、改二封周国公一。咸亨中又贈二太尉、太原王一、特詔配二饗高祖廟庭一、列在二功臣之上一。

武士彠は并州文水（現山西省太原）の出身である。若い時は商売に成功し、莫大な財産を蓄えた。隋の大業（６０５〜６１７）末期李淵（のちの唐高祖）が率いる軍隊に入隊し、鷹揚府隊正を務めた。李淵が汾（山西）、晋（陝西）を行軍する毎に武士彠の家に立ち寄って休憩した。李淵は太守を務めると、武士彠を行軍司鎧に抜擢した。その時期社会が不安定で、武装蜂起が多かった。ある日、武士彠は密かに兵を挙げるように李淵に勧め、「兵書」と「符瑞」を差し上げた。李淵は「分かった。兵書などを持参してくれて実にありがたい。将来富貴を共にしよう」と言った。

唐が成立して武士彠は建国の功労者として挙げられた。相前後して工部尚書[5]、利州（現四川省広元）都督、荊州（現湖北省）大都督を務めた。貞観九（635）年高祖は崩じ、訃報が武士彠の任地（荊州）に入った。その訃報を聞くと、武士彠は慟哭し、悲嘆のあまり血を吐いて後を追った。[6]武士彠の霊柩は任地から長安へ運ばれて公事として営まれた。そして「禮部尚書」（正三位）を追贈し、「定」という謚を賜った。

顕慶元年（656）武照は高宗の皇后に立てられた。皇后の父武士彠に「司徒」（正一位）が追贈され、「周国公」号を賜った。咸亨年間（670〜674）また「太尉」（最高の軍事長官）が追贈され、「太原王」号を賜り、唐高祖の廟に位牌を安置して祭らせ、他の建国功労者より厚く扱われた。

高宗が崩じて則天皇后は皇太后となり垂簾聴政していた。数年後自ら即位しようと思った。礼制に従って即位する前七代の先祖を祭る祖廟を設けなければならない。則天皇后は国号を周と決め、七代の先祖を祭る祖廟を立てた。『旧唐書』「外戚伝」に周の七代の先祖が記されている。

周文王為㆓始祖文皇帝㆒、王子武為㆓睿祖康皇帝㆒、云㆓武氏之先㆒也。後五代贈太原靖王居常為㆓厳祖成皇帝㆒、高祖贈㆓粛恭王克己㆒為㆓粛祖章敬皇帝㆒、曽祖父贈㆓魏康王倹㆒為㆓烈祖昭安皇帝㆒、祖贈㆓周安成王華㆒為㆓顕祖文穆皇帝㆒、考忠孝太皇為㆓太祖孝明高皇帝㆒、妣皆随㆓帝号㆒曰㆓皇后㆒。

周の文王を始祖文皇帝と定め、武王を睿祖康皇帝と定め、武周の先祖と決めた。その後は太原靖王居常を厳祖成皇帝に、克己を粛祖章敬皇帝に、倹を烈祖昭安皇帝に、祖父華を顕祖文穆皇帝に、父士護を太祖孝明高皇帝にと定めた。諸先帝の夫人は帝号に従って皇后と称する。

天授元年（６９０）九月九日に則天皇太后は「則天城楼」（城門の上に築かれたやぐら）に上って周を国号にし、自ら即位し、聖神皇帝となることを宣告した。武士護は周の孝明高皇帝、母楊氏は孝明高皇后として祭らせる。周と唐はまったく関係ない王朝であり、系図をみると明らかである。

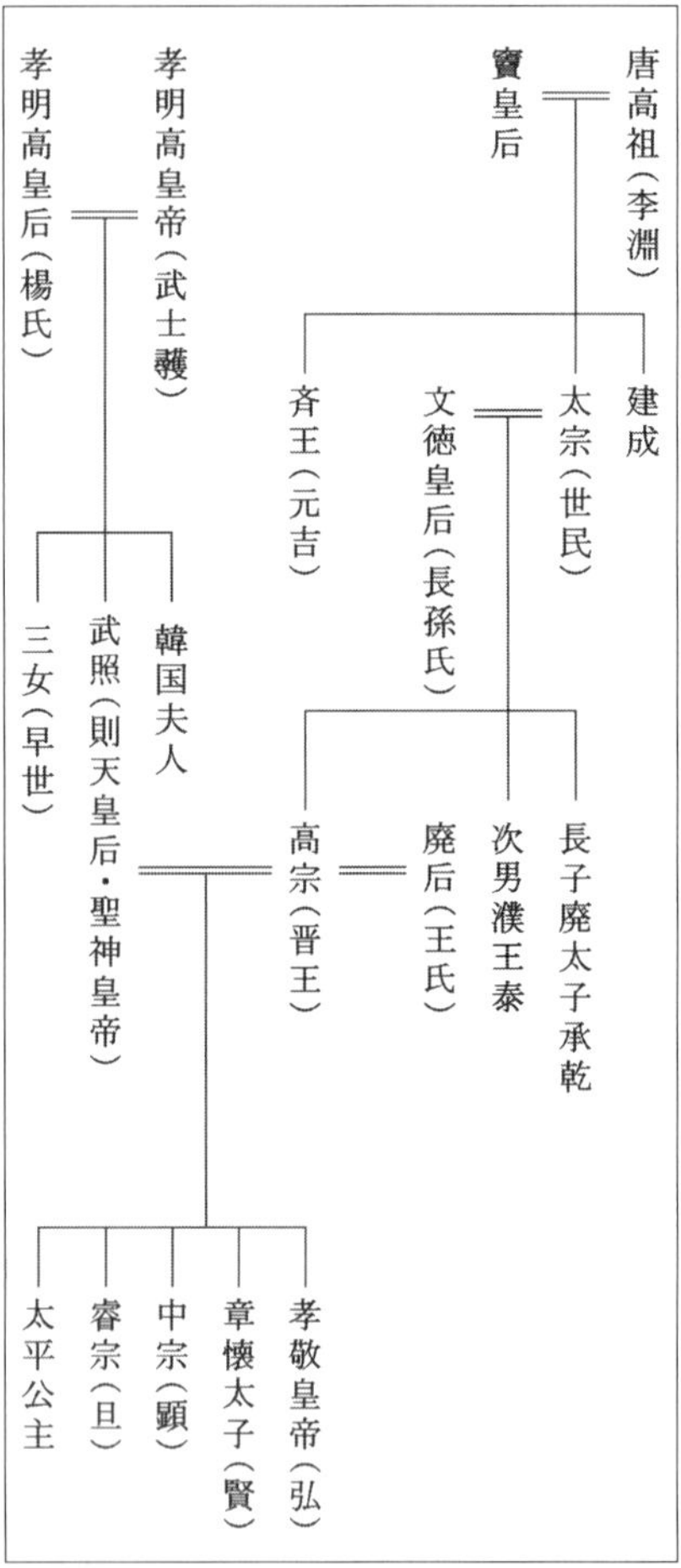

周の聖神皇帝（則天皇后）は唐高宗の皇后でもあるが、血統上繋がりはない。神龍元年（705）李顕が即位し、中宗となる、国号を唐に戻した。同年十一月二十六日聖神皇帝は臨終の際「去二帝号一、称二則天順聖皇后一」（皇帝号を取り則天順聖皇后と称せよ）と遺言し、高宗の乾陵に合葬される。ゆえに『旧唐書』を初めとする史書は周を独立した王朝と扱わず、則天皇后を「本紀」に組み入れている。唐の歴史に詳しい物語の作者は周を視野に入れて武士彠を先帝と呼んだと推測される。

3 「四の宮」について

「宮」とは皇后、中宮、皇子、皇女等の皇族の御殿、またはその方々の尊称である。武士彠を先帝と呼べるならその娘を宮と呼んでよい。ただし「四の宮」と言うと兄弟姉妹のなかで上から数えて四番目でなければならない。

武士彠は二回結婚し、先妻の相里氏は元慶、元爽を残して早世した。後妻の楊氏には三人の娘が生まれたが、武照は次女である。家族内で異母兄の元慶、元爽と順次に数えると四番目と

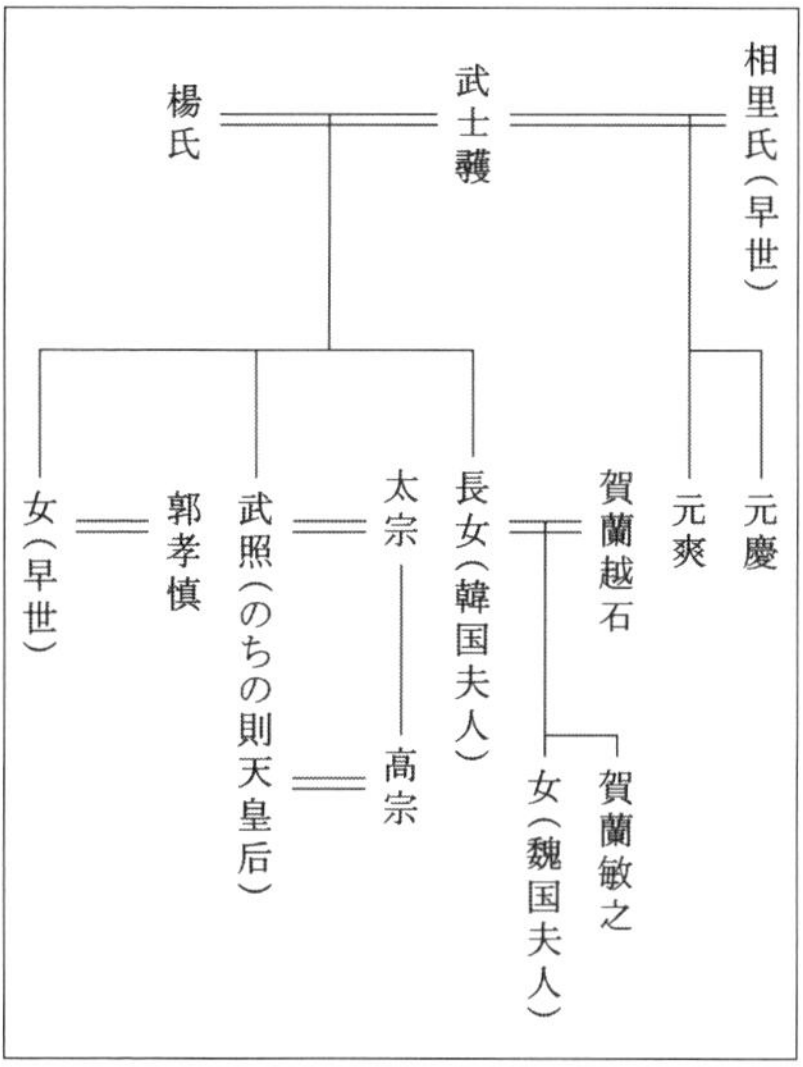

なり、四の宮となる。武士彠の家族構成は系図で示すとおりである。

武照は、十四、五歳の時「美容止」という噂が立ち、後宮に選ばれて、太宗から「媚娘」(可愛い美少女)という愛称を賜った。これと対応するように桐壺の後宮に入内した藤壺は「輝く日の宮」と呼ばれた。

さて、武照を「先帝の四の宮」と呼んでもよいが、典侍が唐太宗に相当する桐壺帝に申し上げるなら、故大臣と言った方がなお適当である。武士彠が死去(６３５)して二、三年後武照は太宗後宮に選ばれたからである。四百年ほど前の故事を語る時にこの敬称を使っても許せるが、作者は則天皇后に相当の敬意を持っていたとうかがえる。

二 「野分だちて」

御息所が亡くなった後、帝は思念を止まず何事につけても厭わしいという気持ちになる。典侍は世に稀な美しい器量を備え、大切に育てられた先帝の四の宮がいると申し上げた。帝は心が動いた。礼を尽くして入内を申し入れるようにと命じた。読者として懇ろに申し入れることを期待するが、思いがけず、母后はその話を聞くと、「あな恐ろしや。春宮の女御のいとさがなくて、桐壺更衣の、あらはにはかなくもてなされにし例もゆゆしう」と思って決心もつかないうちに世を去ってしまった。唐の歴史には類似の記事が見えないし、桐壺巻の前半と関わりない短篇に「春宮の女御」や「桐壺更衣」を言うのは、後世人の書き入れたことは明らかである。

1　故大納言邸の訪問

それなら帝が典侍に「礼を尽くして入内を申し入れるように」と命じて、典侍は懇ろに申し入れたかどうか、どのように申し入れたのか、と思わざるを得ない。桐壺巻を復読すると、懇ろに申し入れたと覚しい話が見つかった。それは「野分だちて、にはかに肌寒き夕暮のほど、常よりもおぼしいづること多くて、靫負の命婦といふをつかはす」から「『夜いたうふけぬれば、今宵過ぐさず、御返り奏せむ』と急ぎ参る」までという部分である（以下この部分を「野分だちて」と称する）。

風が野分めいてきて急に肌寒くなった夕暮れ時分に帝は普段より思い出されることが多く靫負の命婦を故大納言の邸に派遣した。これまでに外祖母の家に預けている母亡き幼い源氏を迎えるために派遣したと読まれているが、常識で考えれば、父帝は外祖母の家に預けている母亡き幼い皇子を宮中に迎えようと思うならいつでも迎えてよい。わざわざ靫負の命婦を相談に派遣する必要はない。私見によれば、幼い皇子を迎えるためではなく、四の宮の入内を申し入れるために命婦を派遣したのである。

帝に命じられた靫負の命婦は夕月夜の美しい時刻に出発した。

命婦、かしこにまかで着きて、門ひき入るるより、けはひあはれなり。やもめずみなれど、人ひとりの御かしづきに、とかくつくろひたてて、めやすきほどにて過ぐし給ひつる、闇にくれてふしたまへるほどに、草も高くなり、野分にいとど荒れたるここちして、月影ばかりぞ、八重葎にもさはらずさし入りたる。

故大納言邸に着いて車が門から中へ引き入れられると、庭には物悲しい雰囲気が漂っている。草が伸びて背が高くなり、野分の風でいっそう荒れた感じがする。

南面におろして、やもめも、とみにえ物ものたまはず。「今までとまりはべるが、いと憂きを、かかる御使の、蓬生の露分け入りたまふにつけても、いと、はづかしうなむ」とて、げにえ堪ふまじく泣いたまふ。

やもめ（以下「北の方」と称する）は、南向きの座敷に命婦を招き入れて「今まで生き長らえておりましただけでも、とても情けないことなのに、このようなお遣いが草深い露をかき分けておいで下さるなんて恥ずかしくてなりません」と挨拶した。預けている皇子に会いに来た命婦にこのように挨拶するものかと疑う。命婦は、

「参りてはいとど心苦しう、心肝も尽くるやうになむ」と典侍の奏したまひしを、もの思うたまへ知らぬここちにも、げにこそ、いと忍びがたうはべりけれ

と応対した。命婦の話によれば、典侍が自分より先に訪れたことがあり、しかもここの様子を帝に報告した。一般的に帝は母亡き幼い皇子を外祖母の家に預けるなら、宮中から草木を剪定する人を派遣したり、皇子と外祖母を世話する女房を遣わしたりして、荒れ果てた家に暮ら

させるわけはない。

この落ちぶれた住居と貧困状態を見ると、武士彠の死後、楊氏が武照と一緒に暮らすことを想到する。既述のように唐の貞観九（635）年武士彠は高祖の後を追って世を去った。先妻の息子元慶・元爽が家を相続し、後妻の楊氏は『儀礼』（前漢）の「三従四徳」(7)に従って身を寄せることになった。武士彠の兄惟良、懐運及び元慶・元爽が楊氏母子につらく当たった（『旧唐書』「外戚伝」）。命婦が訪れた寂れた故大納言宅は唐の史実に基づいて想像し、入内する前の武照の実家を語ったと思われる。

2　懇ろな申し入れ

「野分だちて」には、

しばしは夢かとのみたどられしを、やうやう思ひ静まるにしも、さむべきかたなく堪へがたきは、いかにすべきわざにかとも、問ひあはすべき人だになきを、忍びては参りたまひなむや

という命婦の伝言と読まれる部分がある。私見によれば、命婦が北の方を訪れるのは、皇子を宮中に迎えるためではなく「四の宮」の入内を促すためである。この部分は北の方が命婦に話した感想である。なぜなら、命婦は自分が訪れる前に典侍が帝の意向を伝え、宮の入内を申し入れた。北の方は典侍の伝言を聞くと、大変驚いた。しばらくの間夢ではないかとばかり

思っていた。心が静まるにつれて、どうすればよいのかと迷った。夫に先立たれて相談できる人さえいない。それに続いて「若宮のいとおぼつかなく、露けき中に過ぐしたまふも、心苦しう思さるるを、疾く参りたまへ」という話は帝の言葉と考えてよい。命婦は続けて、

はかばかしうものたまはせやらず、むせかへらせたまひつつ、かつは人も心弱く見たてまつるらむと、おぼしつつまぬにしもあらぬ御けしきの心苦しさに、うけたまはりも果てぬやうにてなむ、まかではべりぬる。

と言って、それから帝の「親書」を差し上げた。帝の手紙を受け取ると、北の方は「目も見え侍らぬに、かくかしこき仰せ言を光にてなむ」と言いながら手紙を読み始めた。

ほど経ばすこしうちまぎるることもやと、待ち過ぐす月日に添へて、いと忍びがたきはわりなきわざになむ。いはけなき人をいかにと思ひやりつつ、もろともにはぐくまぬおぼつかなさを、今はなほ昔のかたみになずらへてものしたまへ。

手紙に帝は外祖母を誘って宮中に入って一緒に母亡き皇子を育てるようにと願ったが、これも異常なことである。唐において父母を失った未成年の皇族は宮中で育てる慣例があり、一条朝も同じである。定子皇后が逝去して中宮彰子は敦康親王を引き取って養育していた。外祖母が宮中に入って母亡き皇子を育てる話を聴いたことはない。現在になっても皇太子妃が結婚してもその親は自由に宮中に出入りできず、宮中に泊まったという話は聴いたことがない。

唐のことに結びつけて考えると、建国功労者である武士䕶は高祖の後を追って死去した。寡

婦の楊氏は娘と苦しい生活を送っていた。その娘を宮中に召し入れることは朝廷の恩恵である。桐壺帝の「ただ、わが女御子たちの同じ列に思ひきこえむ」という言葉は思いやりがある。もし年端のゆかぬお方にはいかがかと思いをかけながら一緒に育てようと言ったら、帝の配慮である。そのため北の方は、

命長さの、いとつらう思うたまへ知らるるに、松の思はむことだに、はづかしう思うたまはれば、百敷に行きかひはべらむことは、ましていと憚り多くなむ。かしこき仰せ言をたびたびうけたまはりながら、自らはえなむ思ひたまへ立つまじき。若宮は、いかに思ほし知るにか、参りたまはむことをのみなむおぼし急ぐめれば、ことわりに悲しう見たてまつりはべるなど、うちうちに思うたまふるさまを奏したまへ。ゆゝしき身にはべれば、かくておはしますも、いまいましう、かたじけなくなむ

と言った。「若宮は、いかに思ほし知るにか」をみると、幼い皇子が宮中に帰るかどうかと思わず、四の宮の入内という思いを強めた。「参りたまはむことをのみなむおぼし急ぐめれば」というところをみると、武照の態度を連想した。娘が宮中に入る前母楊氏は「慟泣与訣」（泣いて別れる）、武照は母に「見天子庸知非福、何児女悲乎」（天子に仕えるのは不幸せとは限らない。なぜ子どものように泣くのですか）と言った。

思うには、帝が「懇ろに申し入れよ」と命じてから典侍は動いた。北の方を訪れて帝の意向を伝えて、帰ってから故大納言宅の貧困状態を帝に申し上げた。間もなく命婦に「親書」を持

たせて宮の入内を促しに遣わした。典侍も命婦も丁寧に挨拶し、帝の親書を持参している。幼い皇子を父帝の手元に迎えるためとは思えない。これは礼を尽くし、四の宮の入内を懇ろに申し入れたことである。

　見たてまつりて、くはしう御ありさまも奏しはべらまほしきを、待ちおはしますらむに、
　夜ふけはべりぬべし

と、命婦は帰りを急ぐ。北の方は、

　くれまどふ心の闇も堪へがたき片端をだに、はるくばかりに聞えまほしうはべるを、わたくしにも、心のどかにまかでたまへ。年ごろ、うれしくおもだたしきついでにて、立ち寄りたまひしものを、かかる御消息にて見たてまつる、かへすがへすつれなき命にもはべるかな。

と挨拶しながら故大納言の遺言を伝えた。

3　故大納言の遺志

　ただ、この人の宮仕への本意、かならずとげさせたてまつれ。われ亡くなりぬとて、くちをしう思ひくづほるな。

大納言の、自分が死んでからも娘を宮に仕えさせるようにという気持ちは武士護とよく似ている。武士護は貞観元年（６２７）から貞観五年までの間利州（四川省広元）の都督を務めていた。ある日、唐の有名な観相家袁天綱[8]が西安に赴く途中都督の家に立ち寄った。武士護は袁

天綱に妻と子どもの人相を見てもらった。袁天綱は、楊氏をみると「奥様の骨相ではきっと貴子をお産みになるでしょう」と言った。先妻の子元慶・元爽を見ると「官は刺史（三位）になれましょう」と言った。長女を見ると「貴人になれますが、ただその夫には不幸でしょう」と予言した。最後は乳母が抱いている幼い武照（のちの則天皇后）を見ると驚いた。目を丸くして「龍睛鳳頸、貴人之極也[9]」（龍の目、鳳凰の首をして最高の貴人だ）と言った。そしてしげしげと子どもを見てから「もし女の子だったら天下の主となられるでしょうが」と残念がった。袁天綱は武照を男の子と見間違えたが、武士彠はそれを釈明せず、次女を宮中に送るつもりで教育に努めた。武士彠は故大納言と同様、わが娘に望みをかけて入内を願った。また大納言と同様、その願いが果たせないうちに世を去ってしまった。

故大納言の娘に望みを託し、実現しないうちに世を去った不幸は武士彠と似ているし、帝が典侍に懇ろに申し入れよと命じたことは、太宗の建国功労者の遺族への思いやりを強調したためである。

三　輝く日の宮

桐壺巻に、

世にたぐひなしと見たてまつりたまひ、名高うおはする宮の御容貌にも、なほ匂はしさはたとへむ方なく、うつくしげなるを、世の人、「光る君」と聞こゆ。藤壺ならびたまひて、御おぼえもとりどりなれば、かかやく日の宮と聞こゆ。

という段がある。そのうち「光る君」と対をなす「かかやく日の宮」（以下「輝く日の宮」と表記する）がある。一般的に美称と思われるが、藤原定家の『奥入』に、

「空蝉」巻は二の並びとあれど、帚木のつぎ也。並びとは見えず

一説には、二かがやく日の宮（この巻なし）並びの一帚木（空蝉は奥に籠めたり）二夕顔

とあり、「輝く日の宮」は巻名だった説もある。それに対して現在の桐壺巻の異名である。元々その巻は存在せず、かつて存在したが失われてしまったと諸説に分かれる。元々あったが、失ってしまったと思う学者や作家は補作を作った。本章の考察を通して「輝く日の宮」巻のほとんどは桐壺にある。典侍が帝に「先帝の四の宮」を申し上げたところから始まり、典侍が故大納言宅を訪れて帝の言葉を伝える。その後命婦は、帝の親書を持参して帝の言葉を伝え、北の方の意向を確かめる。帝が「ただわが女御子たちの同じ列に思ひきこえむ」と述べて、四の宮は入内し、藤壺という住まいを賜ったなどを含んでいる。入内した藤壺は、

げに、御容貌ありさま、あやしきまでぞおぼえたまへる。これは、人の御きはまさりて、思ひなしめでたく、人もえおとしめきこえたまはねば、うけばりて飽かぬことなし。

という容貌も身分にも非の打ち所がなく、

世にたぐひなしと見たてまつりたまひ、名高うおはする宮の御容貌にも、なほ匂はしさは

たとへむ方なく、うつくしげなるを、世の人、「光る君」と聞こゆ。藤壺ならびたまひて、御おぼえもとりどりなれば、かかやく日の宮と聞こゆ。

というようになる。源氏の君は顔立ちが美しく愛らしいので、「光る君」と呼ばれて、藤壺は比類のないほど美しく評判が高く「輝く日の宮」と呼ばれる。「輝く日の宮」は単に美称と思われるが、「光る君」については光り輝くほど美しい[10]という解もある一方、邪悪な光という解もある[11]。漢字の意味から「光」と「輝」を改めて見てみよう。

1　光・輝の意味

『説文』（100年）に、

光、明也。従火在二児上、光明也　光は明である。火が児の上にあり光明である。

とあり、『史記』「司馬相如」に

光耀二于天地一　光が天地を照らす。

とあり、天子が世の中を照らすことを意味する。

『漢書』「元帝」に、

日月光、星辰静　日月が光を放ち、星は静かに瞬いている

とあり、天子の威光で世の中は安定していることを象徴する。

『後漢書』「光武帝」に、

能紹二前業一為レ光　先人の偉業を受け継ぐことが光となる。

とあり、未来の天子を象徴する。要する光は天子を象徴し、源氏の君を「光る君」と呼ぶのは未来の天子を示唆するのである。

『魏志』「管輅」にまた、

朝旦為レ輝、日中為レ光　朝は輝、日中は光である。

とあり、「光る君」と「輝く日の宮」の頭文字を取って組み立てる光輝については『淮南子』「覧冥訓」に、

名声被二後世一、光輝重二万物一　死んでからも名声が後世に残り、輝かしい業績が万物を感化し、永遠に不滅である。

とあり、『後漢書』「班固伝」に、

容貌堂々、国之光輝　容貌が立派で、国の誉れだ

とある。桐壺巻にみえる、

世にたぐひなしと見たてまつりたまひ、名高うおはする宮の御容貌にも、なほ匂はしさはたとへむ方なく、うつくしげなる（後略）。

という文は『淮南子』「覧冥訓」や、『後漢書』「班固伝」の例文と同じことを意味し、「光る君」も「輝く日の宮」も天子に繋がる最高の賛美である。

2 「輝く日の宮」と「輝く藤壺」

源氏物語の影響が色濃く見える『栄花物語』第六巻に「はかなき御具どもゝ、中宮の参らせ給し折こそ、輝く藤壺と世の人申けれ、この御参りまねぶべき方なし」とあり、彰子中宮を「輝く藤壺」と呼んでいる。この件に関して池田亀鑑は、

> 栄花物語の初花の巻に彰子のことを「輝く藤壺」といい、また同名の巻をたてたのは、源氏物語の女主人公藤壺の美称の「輝く日の宮」によるらしいが、それがまた源氏の巻名のように逆に利用されたに過ぎない[12]。

と述べているが、最後に「過ぎない」をみると、たいしたことはないというニュアンスがある。藤壺が則天皇后に相当することを前提にして彰子中宮を則天皇后に準えるなら意味深い。

武照は皇后になった後の、外戚の出世ぶりは『旧唐書』「列伝」第十二「楊恭仁」に記されている。

> 始恭仁父雄在レ隋、以二同姓一寵貴、自二武徳之后一、恭仁兄弟名位尤盛、則天時、又以二外戚一崇寵。一家之内、駙馬三人、王妃五人、贈二皇后一人一、三品已上官二十餘人、遂為二盛族一。

初めの時、楊恭仁（568〜639）の父楊雄（540〜612）は隋の皇族である。高貴で権勢が高い。唐武徳（618〜626）以後恭仁兄弟は重臣となり、輝かしい名声がある。則天皇后の時、外戚がいっそう尊ばれる。楊氏一族に内親王と結婚した男性は三人、帝の妃になる女性は五人、追贈皇后一人、三位以上の高官は二十余人もいる豪族となった。

楊雄は則天皇后の外祖父楊達（５４８～６１２）の兄であり、楊恭仁は叔父にあたる。藤原道長の長女彰子が中宮に立つと、皇后の地位はすべて道長の娘で固められた。威子立后の祝宴は三日にわたって行われて続いて威子のいる土御門邸に後一条天皇の行幸、太皇太后、皇太后、東宮の行啓があり、土御門邸は道長一族の繁栄を祝って沸き返った。行幸啓に供奉した公卿は二十一人にも上り、三后ご対面という盛儀に際して道長は、実資に向かって「この世をばわが世とぞ思ふ　望月の欠けたることもなしと思へば」と詠み、望月（満月）のように何も足りないものはないほどの繁栄ぶりを誇った。『栄華物語』の作者は、彰子中宮が正しく則天皇后と同じよう道長一族に栄華をもたらしたことを目にして意図的に「輝く藤壺」をつけたと私的には受け止めている。

結び

前章の結論を前提にして「先帝の四の宮」として入内、入内してから藤壺を賜り、「世にたぐひなしと見たてまつりたまひ、名高うおはする宮の御容貌にも、なほ匂はしさはたとへむ方なく、うつくしげなる」ので「輝く日の宮」と称される。「則天皇后本紀」の記録を大綱にし、「后妃伝」、「外戚伝」、「列伝」より所々を利用して語られた物語である。

注

（1）清水好子『源氏の女君』三一書房、昭和34年
（2）『資治通鑑』巻一九四、「唐紀」十太宗貞観十（636）年
（3）篠原昭二『源氏物語の論理』「桐壺巻の基盤について」東京大学出版会、1992年
（4）今西祐一郎「かがやくひの宮考」『文学』所収、昭和57年7月号
（5）唐は隋に因って中央は三省六部からなる。工部尚書は日本の国土建設大臣に相当、隋の大納言に相当する。
（6）『文苑英華』巻八四四に（「攀龍台碑」）「奉諱号慟、因以成疾（中略）嘔血而崩」と書いてある。
（7）「三従」とは幼い時は父親に従い、嫁いだ後には夫に従い、年老いたら子どもに従う。「四徳」とは節操を守る婦徳、言葉遣いをいう婦言、身だしなみをいう婦容、家事をいう婦功である。
（8）『旧唐書』巻一八九「方伎」、『新唐書』巻五十七「芸文志」
（9）①『旧唐書』巻一四一「袁天綱」、②『太平広記』巻二二四「武后」
（10）三田村雅子『源氏物語――物語空間を読む』筑摩新書、1997年
（11）①辻和良「冷泉帝の『誕生』」『古代文学研究・第二次』1998年
②小林正明『源氏研究』「夜を往く光源氏」翰林書房、1999年
（12）池田亀鑑『物語文学Ⅰ』「源氏物語の組織と構成」至文堂、昭和43年

第三章　若紫について

桐壺巻の後半に大江以言の「唐高宗之得鍾愛、伝古文於七年之風」を手がかりにして書かれた光源氏の育ちと藤壺の入内を主旨とする物語がみえる。光源氏は藤壺に好意を持ち、その気持ちが段階的に変わって愛情物語の伏線を張っておいた。その後源氏と藤壺の物語を期待するが、実はまったく関係のない空蟬・夕顔の物語が語られている。若紫になると、瘧病をわずらった君が加持を受けるために北山に上り、明石の御方と源氏の巡り合わせの挿曲があり、そぞろ歩いて尼君と美少女を垣間見た場面が展開し、若紫という巻名をかいつまんで示す。若紫から紫の上についての論証が多く積み重ねられているが、若紫と敦成皇子誕生の関係についての論証はほとんど見当たらない。本章では紫式部日記を遡り、若紫と敦成皇子誕生との関係を探って試みたい。

一　若紫の初見と意味

紫式部の日記によれば、寛弘五（1008）年十一月一日で一条天皇の第二皇子、道長の外孫に当たる敦成皇子が生まれて五十日になり、盛大な祝い会が行われた。藤原公任が微酔い機嫌で席を外して紫式部がいる辺りで「あなかしこ、このわたりに若紫やさぶらふ」と尋ねた。それを耳にした紫式部は「源氏にかかるべき人も見えたまはぬに、かの上は、まいていかでものしたまはむ(1)」と思って沈黙を守った。紫式部の態度と若紫の意味が注意を引いた。

1　紫式部の態度について

紫式部の態度について玉上琢彌は、

公任の態度を無視することによって紫式部は、公任の思い上がりを人々の目にさらす。自分を業平に擬し光る君に擬することを思い上がりだと決めつけただけではない。如才なく立ち回る才子として人々の目に止まらせ、これほどの生まれの人が今はこれほど媚びへつらう、それほどの道長方の権勢を誇示したのである。これが、主家の勢力を背負う女房の意地悪さ、また主家への女房の奉公ぶりである(2)。

と述べており、清水好子は、

ここは敦成親王誕生により、道長政権確立の見通しがついたので、いままで向背を決しかねていた公任卿が膝を屈して女房にまで愛想をいっているのであると。私はそうも考える。『源氏物語を拝見しましたよ』とことさら学者の公任がいうのは、物語作者を抜擢した道長の人事への追従になったのだ。それほどの相手のへり下り、つとめぶりを式部は黙殺したのである。公任卿は満座の中で、いかばかり照れくさかったであろうか。この道化ぶりを軽く受け止めなかったため、公任卿の軽薄はことさら人々の目に大きく映ったであろう。彼女の本心はあきらかに（中略）公任卿は物語の主人公のように理想的な男性ではないといっているのである(3)。

と述べている。両者とも紫式部は公任の物語の作者を抜擢した道長の人事への追従と軽薄に対し反感を持つように聞き流したと評している。一方、秋山虔は、

公任の言葉が、かれのいかなる動機からいわれたのかは別として、実際に彼女がまったくこれを黙殺したのかどうかは分からないことである。何らかの応答がなされたのかも知れないが、また仮に黙殺したとしても、黙殺しても構わない相手の、また周囲の乱れかたであった（略）。私は、そうした表面的な事実のどうであったということでなく、そのこととは別に紫式部日記に「源氏に似るべき人も」と録しとどめられていることの重さに注意したいのである。光源氏や紫上の、そこに生きる物語の世界は、この眼前の公任らが生きはたらく実人生とは、別次元に、紫式部の魂の形象そのものではないか。いうまでもなく、そのことは古来くりかえし指摘された準拠の問題とは、別事である。光源氏が、紫式部のやるかたない、魂のなかにはぐくまれ成長した、かけがえのない主人公であると同じく、この光源氏の妻となった紫上も彼女にとって理想を集中する無類のヒロインであったことは、多くいう必要もないだろう(4)。

と述べている。秋山氏は紫式部が「源氏にかかるべき人も見えたまはぬに、かの上は、まいていかでものしたまはむ」という考えに着目し、源氏と若紫は尊い存在であり、かけがえのない物語の主人公であると指摘している。要するに公任は親しみを込めて若紫が身近な存在という気持ちで言ったが、紫式部はそうでもないと思ったようである。

双方の評を読んで思うに、若紫は遠く尊い存在の人物だったし、物語の主人公でもある。公任が道長の機嫌を取るために尋ねたので、若紫は道長または敦成親王の誕生と何らかの関係がある。

2　若紫の意味

源氏物語研究界において若紫と言うと若紫巻に登場した美少女を示し、

「若紫」とは、春芽生えた紫草。紫草は、この巻では、藤の花の色の縁で、藤壺その人を意味し、若紫とは、その藤壺の姪で、しかも藤壺に生き写しの少女を意味する。[5]

と想定して若紫と藤壺の関係を同定する。この想定の是非を評せず紫が持つイメージを見てみたい。

『論語』に「惡二紫之奪一レ朱也[6]」(紫が朱を奪うのを悪む)とある。五行思想における青・赤・黄・白・黒は正色とし、上位につける。紫は中間色とし、下位につけた。しかし道教を第一宗教とした唐は紫を高貴な色とし、天帝が住む紫宮や神仙が住む紫閣に繋いだ。『唐六典』巻七

「大明宮」に、

宣政北曰㆓紫宸門㆒、其内曰㆓紫宸殿㆒。

宣政院の北は紫宸門と称し、その内は紫宸殿と称する。

とあり、『唐会要』巻三十「大明宮」に、

龍朔三年四月、始御㆓紫宸殿㆒聴㆑政、百寮奉賀。

龍朔三（663）年四月（則天皇后は）初めて紫宸殿に出御して、国政の報告を聞き、百官が祝賀を受けた。

とある。弘道元年（683）から、

旗幟改従㆓金色㆒、飾㆓以㆑紫㆒、画以㆓雑文[7]㆒。

旗は金色に改め、紫で飾り、雑多な文様を描く。

と定めた。唐は紫をシンボルカラーとし、長安大明宮にある三大宮殿の一つを「紫宸殿」と名付けた。紫宸殿は、臣下が参内して君主に政務を上奏し、君主が出御して政務を執る最高の官庁とされる。他にも紫闕・紫闈・紫煙・紫宮・紫微・紫閣・紫宸・紫府・紫禁城など、神仙に因んで宮中と関係するものを表す。

唐の影響下にある古代の日本は大化三（647）年の七色十三階冠以降の服色規定では、紫を最も高貴な色に定め、皇族やそれに連なるものにしか使えないようにした。元々紫宸殿は天皇の私的な在所である内裏の殿舎だったが、次第に即位の礼や大嘗祭など重要行事が行われるようになった。それと関連して紫の雲・紫の雲路・紫の袖・紫の塵・紫の庭・紫の星・紫の宮・紫微星・紫微宮・紫苑などの和語が生じている。

唐弘道元年（683）高宗が崩じ、皇太子李顕が即位して中宗となる、則天皇后は皇太后となり、光宅元年（684）から、

常御㆓紫宸殿㆒、施㆓惨紫帳㆒以視朝[8]。

いつも紫宸殿に出御し、惨紫の帳を施して、政務を取る。

という。『資治通鑑』は「施惨紫帳」の横に「紫色之淺者為惨紫」と注し、淺とは淡、薄を意味し、淺紫は淡紫、薄紫である。それで皇太后になった則天皇后は紫宸殿に出御し、薄紫の垂れ幕を掛けて聴政していたとうかがえる。薄紫の垂れ幕は玉座を囲んで皇帝より格下げを示す一方、皇太后の独特の存在を引き立てる。則天皇后は薄紫をシンボルカラーとし、薄紫は皇太后の存在を象徴する。

日本国語大辞典では「淺」を「色が濃くない」と解し、薄紫は淡紫、若紫と解している。辞典の解に従えば、若紫は「惨紫」と同じ色であり、則天皇后をモデルにした藤壺と同じ人物となり、源氏が北山の頂上で垣間見たのは少女時代の則天皇后となる。少女時代の則天皇后の物語は敦成親王の誕生と何の関係があるのかは問題となる。

二　敦成皇子の誕生と御嶽の霊験談

公任が祝宴で若紫を尋ねた理由を究明するために敦成皇子が生まれる前後の背景を調べてみた。その結果、御嶽の霊験談が広がり、道長の心に法悦をもたらしたと分かった。そのことについては『栄花物語』巻八「初花」に綴られている。

聞えさすれば、とのゝ御前何となく御目に涙のうかせ給にも、御心のうちには、「御嶽の御験にや」と、あはれに嬉しそうおぼさるべし。司召などいひて、この月も立たぬれば、

この御事まことになり果てぬ（日本古典文学大系『栄花物語』昭和40年）。

「御嶽の御験」とは道長が金峯山に参詣し、かけた願が叶い、待望の敦成皇子が誕生したことである。本来、長徳四（９９８）年左大臣になったばかりの時、道長は金峯山への参詣を計画したが、病悩事のため中止せざるをえなかった。十年ほど経って寛弘四（１００７）年、道長は公卿の首座について朝廷における地位が不動のものとなったが、娘の彰子に皇子が生まれないことは満月に欠けると思った。そこで道長は極楽浄土への往生を主願に、娘彰子に御子の誕生を複願にかけるつもりで金峯山に上がった。

金峯山への参詣は重要な宗教行為であった。金峯山は役行者が天智天皇の白鳳時代(9)に開いた霊地であり、苦行の末に金剛蔵王大権現を感得したと伝えられている。延喜五（９０５）年宇多天皇の参詣を始めとして十世紀以後御嶽の信仰がますます篤くなった。

金峯山に霊験があることは日本国内だけでなく中国にも知られていた。顕徳元年（954）成立した、仏教の経典から用語を集めた『義楚六帖』[10]に収められている。義楚は生卒不詳、宋太祖開保年間（968〜976）死去、享年七十四歳、五代から宋初期に活躍していた学問僧である。『義楚六帖』は五代後晋の出帝開運二（945）年から編纂を始め、十年ほどかって後周世宗顕徳元年（954）に完成し、献上した。中国においては北宋の『崇文総目』（1041年成立）の釈書類及び南宋の尤袤（1127〜1194）の個人蔵書目録『遂初堂書目』（1174〜1189）釈家類に著録される。南宋刊本『義楚六帖』の後記によれば、完成後、北宋の開宝六（973）年に刊行され、南宋崇寧二（1103）年に再刊した。中国では既に散逸してしまい、日本の東福寺所蔵の南宋刊本が現存最古である。『義楚六帖』の編纂動機について義楚は次のように書いている。

概三儒家為レ教之文、而多二誤解一。解既歟、事レ多二誤用一。擬二白楽天六帖一、纂二釈氏義理文章。庶事群品一、以レ類相従、建二其門目一。総括大綱、計五十部。随レ時別列、四百四十門。始従二法王利見部一、終二師子獣類部一[11]。

儒者が作った仏教の文章に誤解が多いことに憤る。誤った解説の多くはそのまま使われている。というわけで、自分が白楽天の『六帖』を模して釈迦の義理文章を収集、整理した。寄せ集めた諸事を部類に分け、項目を建てた。総括すると大綱は五十部になる。必要に応じてまた四百四十門に分ける。法王利見部から始め、獅子獣類部で終わる。

その巻二十一「国城州市部・第四十三」に「日本」という文章がある。

（有日本国傳瑜伽大教弘順大師）賜紫寛輔又云本国都城南五百余里有二金峯山一、頂上有二金剛蔵王菩薩一、第一霊異、山有二松檜名花軟草一、大小寺数百一、節行高道者居レ之。不三曾有二女人得一レ上。至レ今男子欲レ上、三月断二酒肉欲色一、所レ求者皆遂。云三菩薩是弥勒化身、如二五台文殊一。

本国都南の五百余里に金峯山があり、頂上に金剛蔵王菩薩が居られ、第一の霊異という。山に松・檜・名花・軟草があり、大小の寺が数百あり、節行高道の僧が居る。これまでに女人は上がることを許されない。この頃では上がろうとする男の人が酒・肉・欲・色を三ヶ月間断絶すれば、その願いはすべて叶えられる。菩薩は弥勒の化身であると言われて五台山の文殊菩薩のようである。

東福寺所蔵の『義楚六帖』は南宋（1127〜1279）のものと思われるが、[12]もっと早い時期に伝来してきたかも知れないともいう。[13]平安朝の貴族は「日本」という文章を知り、「金峯山の声望を誇示していた」[14]。そのうち「云三菩薩是弥勒化身、如二五台文殊一」によれば、弥勒は平安朝の貴族に篤く信仰されていたとうかがわれる。釈迦が西方浄土に旅だった過去仏であるのに対して弥勒は未来の仏である。未来仏の弥勒経は「上生経」と「下生経」があり、「下生経」は六世紀の初めから人々の心を強く捉えるようになり、釈尊入滅後56億7000万年経ってこの世に下り、龍華樹下で三度法会を開いて釈尊の救いに漏れた衆生を悉く済度するという。それで苦難に耐えている人々は弥勒の下生に強く憧れ、待ち望んでいた。

平安朝では永承七（１０５２）年から釈迦入滅後二千年目の末法の世に入るという計算があり、自然災害の頻発、疫病の横行に伴って末法の危機感がいよいよ高まった。藤原道長を初めとした高級貴族を含める仏教徒は法華経を篤く信仰し、真剣に求道の道を模索していた。

寛弘四年八月二日、藤原道長は、前もって書写した「法華経」を金銅の経筒に納めて僧侶や一般人若干を連れて金峯山に上った。その経緯は『御堂関白記』にも綴られているが、２００７年５月京都国立博物館が主催した『藤原道長金峯山埋経一千年記念特別展覧会』でその実物が展示された。数多くの金峯山埋経塚の出土品や『御堂関白記』及び他の高級貴族の日記、北宋の版画・仏典・陶磁器など貴重な史料と文物を揃えているが、そのうち藤原道長の金銅経筒はとくに注目を集めた。その経筒は通常より二回り大きく、表面には「南瞻部州大日本国左大臣正二位藤原朝臣道長、百日潔斎、率二信心道俗若干人一、以二寛弘四年秋八月一上二金峯山一」から始まる釈迦や蔵王権現に捧げた願文５００余字が24行にわたって丁寧に蹴彫りされている。[15]『御堂関白記』にも、

早旦着二湯屋一、浴水十勺、解除、立二御物前一。参上二小守三所一、献二金銀五色絹幣、紙御幣等、紙米等護法一。

と綴られている。「小守三所」とは子守の神・子授けの神を祭る神社であり、いまの吉野の水分神社である。彰子中宮に皇子が生まれることを祈るため道長は早朝湯屋に辿り着いて浴水

を十匂浴びて穢れをはらい除いてからご本尊と対面した。「小守三所」にも参詣し、金銀五色の絹幣等護法の品を捧げた。

その半年後の寛弘五年の初め、彰子中宮は天皇に「去年の十二月に例のこともなかりし。この月も二十日ばかりにもなりぬるは、心地も例ならず」(『栄花物語』)と言って懐妊が明らかになった。忽ち「御嶽の御験はあらたかだ」という噂が広がり、藤原時代の貴重な資料と見なされる『権記』に、

此夜夢在陣辺、諸僧宿徳多参入、申中宮御懐妊之慶、自問男女、答男也云々(16)

この夜の夢で産屋の辺りにいると、僧侶や有徳の老人がたくさん入ってきて中宮のご懐妊を祝った。男か女かと尋ねると、男と答えた。

という霊夢が綴られている。

要するに当時御嶽は霊験のある山である。頂上に金剛蔵王が居るから「所求者皆遂」。敦成皇子が生まれることによって蔵王権現信仰に基づいて極楽往生と釈迦に次いで仏となる弥勒(慈氏、慈尊ともいう)の信仰もいっそう篤くなったと推測される。弥勒下生を言うと、弥勒仏がいかなる姿で降りるのかは話題となろうが、平安朝にも広く知られる『大雲経』には綴られている。

三　弥勒下生説

1　『大雲経』と弥勒下生説

『大雲経』はそもそも北涼の仏経訳師の曇無讖（385〜433）によって『大方等大雲（無想）経』[17]六巻として訳されたものである。そのなかに次の段がみえる。

佛告㆓浄光天女㆒大精進龍王即是汝身、汝于彼佛暫得㆑聞㆓大涅槃経㆒、以㆓是因縁㆒今得㆓天身㆒、値㆓我出㆒㆑世復聞㆓深義㆒、舎是無形、即以㆓女身㆒当㆓王国土㆒、得㆔転輪王所㆑統領除㆓四分之一㆒。

佛は浄光天女に次のことを教えた。「大精進龍王が君の本体だ。君はその佛の元にしばらくいて大涅槃経を聞いたので神の体を得た。私が世に出たら再び深い教義を教わり無形を捨て、女の姿で国王となり、転輪聖王の領地の四分の一を持つことになる」。

浄光天女がこの世に降りて女の身で国王になったこととは、唐の則天皇后が即位したことである。高宗が崩じて則天皇后は皇太后となり垂簾聴政していたが、間もなくそれに満足せず、自ら即位しようと思った。女性が即位することは空前のことであり、その正当性を主張するために支持者は『大雲経』にある予言を借用して則天皇太后は浄光天女の化身であると噂した。

六九〇年七月、僧薛懐義・法朗・法明・宣政などは『大雲経』を改めて訳し[18]、その注釈書となる『大雲経疏』を作った。同年九月九日仏典を根拠に則天皇太后は浄光天女の化身として則天門の楼に上って即位を宣言した。国号、年号、帝名については『旧唐書』「則天皇后本紀」に記されている。

（載初元年）九月九日壬午、革二唐命一、改二国号一為レ周。改元為二天授一。大赦二天下一、賜二酺七日一。乙酉、加二尊号一曰二聖神皇帝一、降二皇帝一為二皇嗣一。

（長寿二年）秋九月、上加二金輪聖神皇帝号一、大赦二天下一、大酺七日。

（長寿三年）五月上加二尊号一為二越古金輪聖神皇帝一、大赦二天下一、改元為二延載一、大酺七日。

『大雲経』と『大雲経疏』は一躍仏教界における最も有名な経典となった。同年十月に、

勅二両京諸州一各置二大雲寺一区一、蔵二大雲経一、使下僧升二高座一講解上、其撰疏僧雲宣等九人皆賜二爵県公一、仍賜二紫袈裟、銀亀袋一[19]。

両京（長安・洛陽）及び各州に大雲寺を設け『大雲経』を蔵せしめ、高僧が高座に上がって講釈するようにし、さらに『大雲経疏』を執筆した雲宣以下九名の僧侶に「県公」爵を授け、紫色の袈裟と銀亀袋を賜った。

という。興福寺の僧侶永超が編集して寛治八（１０９４）年青蓮院に献上した『東域伝灯目録』[20]に『大雲経神皇授記義疏』（一巻）が記されているので、『大雲経疏』の写本は早くも日本に伝わってきたと見られる。『大雲経』、『大雲経疏』ひいては武周革命は平城・平安朝に多大な影響を与えた。矢吹慶輝著の『大雲経と武周革命』[21]、角田文衛著の『国分寺の研究』[22]に詳細な考証があり、中国の学者アントニーノ・フォルテが執筆した「『大雲経疏』をめぐって」[23]

は諸説の一部分を改めた。武周革命が平安朝に及ぼす影響は想像以上に大きく、日本列島にあまねく建てられた「国分寺」、「国分尼寺」は有力な証拠となる。

御嶽の霊験談が盛んに取り沙汰される時に弥勒下生説が話題となり、唐の浄光天女の化身説やそれと関わりのある伝説も多く語られた可能性がある。『大雲経疏』にしか見えない「神皇幼小時已被緇服」いわゆる聖神皇帝（則天皇太后）は幼い頃から仏に親しんでいたという伝説が語られたと推測される。

2 『大雲経疏』にみえる「神皇幼小時已被緇服」

「神皇幼小時已被緇服」にある「幼小時」は子どもの頃を示し、「被緇服」は黒い服を着用する。僧、尼とも黒い服を着用するから「被緇服」は在家信者を含める信者が仏教に近づく、信仰すると理解される。

「則天皇后本紀」は武照が十四歳で入内したことから記し、幼い頃のことはみえない。ゆえに「則天皇后本紀」を追って語られた物語とは繋がらず、別構想となる。

「神皇幼小時已被緇服」は『大雲経疏』のほかに見られないが、『太平広記』（巻２２４・相四）、『旧唐書』巻五十八「武士彠」によって推算される。唐貞観元年（６２７）の初め、利州（四川省）燕郡王李藝が謀反して部下に殺された。李孝常がそれと入れ替わったが、同年十二月に李孝常もまた反旗を翻した。その次太宗は頼りになる武士彠を都督に任命した。その年末か翌年（628）の初め武士彠は家族を連れて任地の利州に赴いた。

利州は太白山脈にあり、蜀に入る道の要衝である。その道の険しさは有名であり、李白は「蜀道難、難于上青天」を書いて喩える。「長恨歌」にも、

蜀江水碧蜀山青　蜀江水は緑にして蜀山は青く
聖主朝朝暮暮情　天子は朝に夕に思いに耽る
行宮見月傷心色　行宮に月を見れば、心を傷ましむる色
夜雨聞鈴断腸声　夜雨に鈴の音を聞けば断腸の音

という句がある。「行宮見月傷心色」は、秀句として『和漢朗詠集』に収められているし、定家の『拾遺愚草』にそれを踏まえて作った、

浅茅生ややどる涙の
　くれなゐに己もあらぬ月の色かな（「行宮見月傷心色」）。

という歌がある。『拾遺集』[24]に、

九重のうちだに明き月影に
　荒れたる宿を思ひやるこそやれ。[25]

とあり、桐壺巻に帝が亡き妃への思念を中心とする部分にも見られる。

さて、蜀の難路を辿って利州に入る直前に千佛崖がある。崖石に北魏（386〜534）から唐に至るまで彫り続けられた仏像が二万体ほどあり、敦煌の莫高窟や洛陽の龍門にも劣らぬ

仏教芸術の傑作と評される。その千佛崖の近くに皇澤寺があり、寺の域内には五仏亭・小南海・呂祖閣・則天殿（五代建立）が入り交じって独特の趣がある。皇澤寺のまわりには険しい山々が聳えたち、見晴らしの利く場所から嘉陵江の清流を見下ろすことができる。嘉陵江の向こうに広元の町が広がり、都督武士彠の邸宅はそこにあった。

皇澤寺は中国で唯一則天皇后を祀る則天廟のある寺である。北魏（386～534）の晩期に立てられたが、北周、隋を経て唐になって真っ盛りになった。天授元年（690）聖神皇帝になった則天皇太后はその寺に「皇澤」を賜り、以後「皇澤寺」と呼ばれる。一九五四年皇澤寺の調査が行われた。寺域にある呂祖閣の地下から後蜀広政二十二（959）年に作られた「大蜀利州都督皇澤寺唐則天皇后武氏新廟記」という表題をつけた石碑が発見された。石碑に「貞観時父士彠為都督於是生□□」という碑文が蹴彫られて武士彠が都督を務める時に則天皇后が生まれたという。昔地方の人々が則天皇后の年齢を知っていたかどうかは判断しかねるが、李商隠（約813～858）の「利州江潭作」（感孕金輪所）を見れば、唐中期に則天皇后が利州に生まれたという伝説があったと思われる。『旧唐書』によれば、則天皇后は武徳六（623）年に生まれて、父武士彠について赴任した。その時四、五歳から十歳ぐらいだった。夫の赴任について行った仏教に信心深い楊氏（579～670）は、時々子どもを連れて皇澤寺及び蜀の有名な寺へ参詣した。「神皇幼小時已被緇服」はあたかもその時期のことである。

四　御嶽の霊験談

若紫巻は次のように始まる。

瘧病にわづらひたまひて、よろづにまじなひ加持など参らせたまへど、験なくて、あまたたびおこりたまひければ、ある人、「北山になむ、なにがし寺といふ所に、かしこき行ひ人はべる。去年の夏も世におこりて、人々まじなひわづらひしを、やがてとどむるたぐひ、あまたはべりき。ししこらかしつる時はうたてはべるを、とくこそこころみさせたまはめ」など聞こゆれば、召しにつかはしたるに、「老いかがまりて室の外にもまかでず」と申したれば、「いかがはせむ、いと忍びてものせむ」とのたまひて、御供にむつましき四、五人ばかりして、まだ暁におはす。

1　北山と金峰山

「御供にむつましき四、五人ばかりして、まだ暁におはす」をみると、思わず道長が御嶽参詣に埋納した経筒に刻んだ「率信心道俗若干人、以寛弘四年秋八月、上金峯山」という願文、または『御堂関白記』にみえる記述を思いだし、道長の金峯山参詣と覚しく思える。その後に、

やや深く入る所なりけり。三月の晦日なれば、京の花ざかりはみな過ぎにけり。山の桜はまだきさかりにて、入りもておはするままに、霞のたたずまひもをかしう見ゆれば、かか

るありさまもならひたまはず、所狭き御身にて、めづらしうおぼされけり。寺のさまもいとあはれなり。峰高く、深き巌の中にぞ、聖入りゐたりける。

という風景描写が続いて桜の名所として知られる金峯山の所在地奈良の吉野を想到する。この部分は道長の金峯山参詣を元にして語られたのではないかと疑う。その前の夕顔巻に、

明けがたも近うなりにけり。鶏の声などは聞こえで、御嶽精進にやあらむ、ただ翁びたる声にぬかづくぞ聞こゆる。起ち居のけはひ、堪へがたげに行ふ。いとあはれに、朝の露に異ならぬ世を、何を貪る身の祈りにかと、聞きたまふ。「南無当来導師」とぞ拝むなる。

とあり、金剛蔵王に願いをかけるための千日精進潔斎の話も道長の金峯山参詣と同じことで、若紫巻の初めとの関係をいっそう検討する必要がある。(26)

2　尼と美少女の原型

若紫巻に、

日もいと長きにつれづれなれば、夕暮れのいたう霞みたるにまぎれて、かの小柴垣のもとに立ち出でたまふ。人々は帰したまひて、惟光朝臣とのぞきたまへば、ただこの西面にしも、持仏するゑたてまつりて行ふ尼なりけり。簾少し上げて、花たてまつるめり。中の柱に寄りゐて、脇息の上に経を置きて、いとなやましげに誦みゐたる尼君、ただ人と見えず。四十余ばかりにて、いと白うあてに痩せたれど、つらつきふくらかに、まみのほど、髪の

うつくしげにそがれたる末も、なかなか長きよりもこよなう今めかしきものかなと、あはれに見たまふ。

とある。修験者の加持を受ける暇に源氏は惟光と僧庵の周囲を散策して上品な尼君を垣間見た。尼の①上品で美しく「ただ人と見えず」、②「経を誦みゐたる」、③「四十余ばかりにて」という人物像は利州に赴任している都督の夫人楊氏に拠って書かれたようにみえる。

楊氏は隋の皇族の出身で、父楊達（５４８〜６１２）は楊紹（４９８〜５７２）[27]の次男、観徳王楊雄[28]（５４０〜６１２）の弟である。このような環境に育った楊氏はそれに相応しい教養があり、「ただ人と見えず」と言ってよい。信心深い仏教徒であるので、いつも熱心に「経を誦みゐたる」はずである。楊氏は40歳ぐらいで唐の建国功労者、大臣だった武士彠と結婚し、利州に行った時は五十歳前であった。楊氏は美しいという記録がみえないが、次女の則天皇后は美しいという噂が立ち、宮中に選ばれた。長女（韓国夫人）と娘（魏国夫人）とも絶世の美人である。それほど美しい娘の母も美人に違いない。右記に続いて、

清げなる大人二人ばかり、さては童女ぞ出で入り遊ぶ。中に十ばかりにやあらむと見えて、白き衣、山吹などのなれたる着て、走り来たる女子、あまた見えつる子どもに似るべうもあらず、いみじくおひさき見えて、うつくしげなる容貌なり。髪は扇を広げたるやうにゆらゆらとして、顔はいと赤くすりなして立てり。

とある。美しい女房二人ばかりいて、童女は出入りして遊んでいる所をみると誦経している

人は出家した尼ではなく一般人か在家信者である。「十ばかりにやあらむと見え」る少女は利州にいた頃の武照（のちの則天皇后）とまったく同じと言えないが、同じぐらいと言ってよい。そして「尼君の見上げたるに、すこしおぼえたるところあれば、『子なめり』と見たまふ」は楊氏と武照の関係にも符合する。

以上、尼君の人物像は楊氏と重なり、若紫の人物像は想像上の少女武照と近似する。北山の頂上に四十余歳ぐらいの尼君が誦経、女房と子どもが遊んでいる場面は、仏教に信心深い楊氏が家族を連れて皇澤寺か他の寺へ参詣に行ったことを元にして作られたと考えられる。

物語の構想構成を考えると、二つの可能性がある。一つは、元々道長の、金峯山参詣、かけた願が叶い、彰子中宮が懐妊したという霊験あらたかという伝説がある。御嶽の御験を語る雰囲気の中で『義楚六帖』にある「菩薩是弥勒化身、如五台文殊」や、『大雲経疏』にある「神皇幼少時已被緇服」も物語として語られていた。後世人は別々の短篇を一つに繋ぎ合わせた可能性がある。もう一つは、初めから金峯山参詣を元にして君が霊験のある山寺へ加持を受けるために北山に上り、そこで「幼少時已被緇服」の則天皇后の化身を垣間見たという神話を構想した。このような構想だったとすれば、神話である。

結び

源氏物語の執筆順序に関して和辻哲郎は、

とにかく現存の源氏物語が桐壺より初めて現在の順序のままに序を追うて書かれたものではないことだけは明らかだと思う。(29)

と述べている。池田亀鑑、阿部秋生、玉上琢彌、武田宗俊は若紫巻から執筆したと唱えた。(30)その理由をいうと、阿部氏は、

別にこれという客観的な証左があっていう訳ではない。唯次に述べてゆく点がこの作品を読んでゆく時問題になった結果として、それを説明するのには前述したような執筆順序を想定してみるのがまず合理的であろうという所に落着しただけの事である。(31)

と述べている。本書第一部の考察によれば、桐壺巻は寛弘二（1005）年十一月十三日に行われた敦康親王の読書始めの儀がきっかけとなって語られた。紫式部日記に追憶した寛弘四（1007）年「宮の、御前にて、文集のところどころ読ませたまひなど(32)」頃である。「若紫」は寛弘五（1008）年十一月一日敦成皇子誕生五十日の祝宴で初めてみたので、その物語は早くも彰子中宮の懐妊が判明した寛弘五年の初めから語り始めた。この間の出来事を結びつけて見れば、桐壺巻は若紫より二年ほど早く語られたと考えた方が妥当である。

いずれにせよ、一条天皇の第一皇子敦康親王の読書始めがきっかけで桐壺巻にある「長恨

歌・伝」の物語や唐の歴史物語を語り始め、第二皇子敦成親王の誕生がきっかけで若紫の物語が語られた。源氏物語が語られたきっかけとしては信頼度が高い。

注

(1)『紫式部日記』「御五十日の祝い——十一月一日」小学館、昭和59年
(2) 玉上琢彌『源氏物語評釈』「若紫」角川書店、昭和41年
(3)『日本文学』「紫式部論」昭和35年7月号
(4) 秋山虔「源氏物語と紫式部日記」『国文学解釈と鑑賞』(第33巻第6号) 至文堂、昭和43年5月号
(5) 日本古典集成『源氏物語』「若紫巻の解説」新潮社、昭和61年
(6)『論語』「陽貨第十七」
(7)『旧唐書』巻六「本紀」第六「則天皇后」
(8) 胡三省音注『資治通鑑』巻二〇三
(9) 白雉の異称、孝徳天皇の年号。穴戸国司の白雉献上による改元（650〜654）。
(10)『義楚六帖』はまた『釈氏纂要六帖』という。計二十四巻、七十余万言。現行本は二種ある。
1、『義楚六帖附索引』(日本寛文九年・1669、飯田忠兵衛刻本の影印本) 朋友書店、平成2年
2、『釈氏六帖』(1944年刊普慧大蔵経本の影印本) 浙江古籍出版社、1990年
(11) 宋『高僧伝』巻七「宋済州開元寺義楚伝」

（12）天下の孤本として東福寺に残されている最古の『釈氏六帖』刊本は、開寶版（９７３）にもとづいて崇寧二（１１０３）年後のものである。『禅学典籍叢刊』第六巻下（柳田聖山・椎名宏雄）臨川書店、２００１年

（13）東福寺に蔵される『義楚六帖』に付属した「後陽成天皇（１５８６〜１６１１在位）宸翰御添状」には「這義楚六帖者、慧日之開山入唐之時、巻而懐之帰朝云々充澆季之亀鑑、千歳之珍奇也、故臨終写之功畢慶長十七稔秋誌之」とあり、具体的時期は確定しがたい。

（14）首藤善樹『金峯山』第二章「５義楚六帖と平安中期の金峯山」金峯山寺、昭和60年

（15）願文は京都国立博物館出版『藤原道長』（２００７年４月）により、記号を改めたところがある。

南瞻部州大日本国左大臣正二位藤原道長、百日潔斎、率信心道俗若干人、以寛弘四年秋八月、上金峯山、以手自奉書写妙法蓮華経一部八巻、無量義経、観普賢経各一巻、阿弥陀経一巻、弥勒経上生下生成仏各一巻、般若心経一巻合十五巻、納之銅篋、埋于金峯、其上立金銅灯籠、奉常灯、始自今日、期龍華之晨、於是弟子焚香、合掌白蔵王而言、法華経者、是為奉報釈尊恩、為値遇弥勒、親近蔵王、為弟子無上菩提、先年奉書欲齎参之間、依世間病悩、事与願違、為恐浮生之不定、且於京洛供養先了、今猶所以埋於茲者、蓋償初心、復始願之志也、阿弥陀経者、此度奉書、是為臨終時、身心不散乱、念弥陀尊、往極楽世界也、弥勒経者、又此度奉書是為除九十億劫生死之罪、証無生忍、遇慈尊之出世也。仰願、当慈尊成仏之時、自極楽界、往詣佛所、為法華会聴聞、受成佛記其庭、此所奉埋之経巻自然涌出、令会衆成随喜矣、弟子得宿命、通知今日事、如智者之記霊山於前会、文殊之識往劫須臾者歟、嗚乎、発菩提心、懺無量罪、運東閣之匪石、加南山之不騫、埋法身之舎利、仰釈尊之哀愍、蔵信心之手迹、憑竜神之守護、願根已固、我望已足、抑憩一樹之陰、飲一水之流。猶不是小縁、呪此之道俗若干人、或有以香花手足与此善者、或有以翰墨工芸従此事者、南無教主釈迦蔵王権現、知見証明、願与神

力円満弟子、願法界衆生依此律梁、皆結見仏聞法之縁、弟子道長敬白、

寛弘四年　　　　丁未　八月十一日

日本語は次のとおりである。

南瞻部州大日本国左大臣正二位藤原道長は、百日潔斎して、信心の道俗若干人を率い、寛弘四年秋八月を以て金峯山に上り、手づから書写し奉る妙法蓮華経一部八巻、無量義経、観普賢経各一巻、阿弥陀経一巻、弥勒経上生・下生・成仏経各一巻、般若心経一巻の合わせて十五巻をこの銅篋（経筒）に納め、金峯に埋め、その上に金銅灯籠を立て常灯を奉り、今日より始めて龍華の晨（弥勒下生の時）を期す。是に於いて弟子（道長）香を焚き、合掌して蔵王にもうしていう。法華経はこれ釈尊の恩に報い奉らんがため、弥勒に知遇し、蔵王に親近せがんため、弟子無上菩提のためなり。先年（長徳四）書し奉りて（金峯山に）もち参らんと欲するの間、世間病悩（疫病の流行）により、こと願いと違う。浮生の不定を恐れ、しばらく京洛に於いて供養を先ずおはんぬ。今なおここに埋めんとす所以は、蓋し初心を償い、始願の志を復せんがためなり。

阿弥陀経はこの度（寛弘四年）書し奉る。是は臨終の時、身心散乱せず、弥陀尊を念じ、極楽世界に往生せんがためである。

弥勒経はまたこのたび書し奉る。これ九十億劫生死の罪を除き、無生忍を証し、慈尊の出世に遇わんがためなり。仰ぎ願はくば、慈尊成仏の時にあたり、極楽界より仏所に往詣して、法華会の聴聞をなし、成仏の記をその庭に受け、ここに埋め奉りし経巻が自然に涌出し、会衆をして随喜成さしめんことを。弟子、宿命通を得て、今日の事を知る。智者の霊山を前会において記し、文殊の往劫を於須において識るが如きものか。

嗚呼、菩提心を発し、無量の罪を懺ゆ。東閣（道長）の匪石を運び、南山（金峯山）の不騫を加う。

法身の舎利を埋め、釈尊の哀愍を仰ぐ。信心の手迹（書写経巻）を蔵し、龍神の守護をたのむ。願根すでに固く、我が望みせでに足る。

そもそも一樹の陰に憩い、一水の流れを飲むもなおこれ小縁ならずいわんやこの道俗若干人、あるいは香花手足を以てこの善にあずかる者あり、あるいは翰墨工芸を以てこの事に従う者あり。

南無教主釈迦、蔵王権現、知見証明せられ、願はくば神力に与り弟子の願を円満ならしめ、法界の衆生はこの律梁（案内）に依りてみな仏を見仏法の縁を結ばん。弟子道長敬ってもうす。

(16) 平安中期権大納言藤原行成の日記。正暦二（991）年から寛弘八（1011）年までの分が残っているが、ほかに若干の逸文がある。

(17)『大正蔵』巻十二、p387

(18)『旧唐書』巻一八三、「列伝」第七十に「懐義与法明等造大雲経、陳符命言則天是弥勒下生」とある。

(19)『資治通鑑』巻二〇四（「唐紀」二十）

(20)『東域伝灯目録』一巻

(21) 矢吹慶輝『三階教之研究』（第三部附篇二）岩波書店、昭和2年

(22) 角田文衛『国分寺の研究』考古学研究会、昭和13年

(23) 中国新疆出身のアントニーノ・フォルテ「『大雲経疏』をめぐって」『講座敦煌』通号7（1984、12）

(24) 平安中期の三番目の勅撰集。二〇巻。撰者、成立ともに未詳。

(25)『拾遺集』（善滋為政）巻十七雑秋、『日本古典文学全集』（小学館）『源氏物語』桐壺巻に指摘がある。

(26) 日本古典集成『源氏物語』「夕顔」頭注九、142頁

(27)『周書』巻二十九「楊紹伝」

(28)『隋書』巻四十三「列伝」第八「観徳王雄伝」

（29）和辻哲郎『日本精神史研究』「源氏物語について」岩波書店、大正15年
（30）『源氏物語入門新版』（現代教養文庫）社会思想社、２００１年
（31）青柳秋生「源氏物語執筆の順序」上「若紫の巻前後の諸帖について」『国語と国文学』第16巻第８号
（32）中野幸一校注・訳『紫式部日記』（小学館日本古典文学全集）１４５頁、注24

第四章　若紫巻にみえる密通事件を再考

若紫巻に敦成親王の誕生と関わりのある御嶽の御験談などいくつか独立の短篇がある。そのうち藤壺と源氏の密通事件があり注意を引く。その部分は、

藤壺の宮、なやみたまふことありて、まかでたまへり。上の、おぼつかながり嘆ききこえたまふ御気色も、いといとほしう見たてまつりながら、かかるをりだにと、心もあくがれまどひて、何処にも何処にも、まうでたまはず、内裏にても里にても、昼はつれづれとながめ暮らして、暮るれば、王命婦を責めありきたまふ。

という。一般的に日本古典文学全集『源氏物語』（小学館）が訳したように理解している。

藤壺宮が、御不例のことがあって、お里に下がりになられた。帝が心配になりお嘆き申しあげていらっしゃるご様子をも、まことにお労しいと拝しながらも、せめてこのような機会なりと、君は心も上の空に迷い、どちらにもいっさいおうかがいにならず、宮中にあっても自邸にあっても、昼間は所在なくもの思いに身をゆだねて暮らし、日が暮れると王命婦を追いかけ回して、宮へのお取り持ちをとお責めたてになる。

訳文を原文に照らしてみると、原文にない「君は」を挿入したことに気づいた。君が主語に

なると、帝は藤壺のことを心配し、嘆いているのに、源氏の君は機会に乗じて継母に当たる藤壺と密通した。実に背徳没倫の行為である。桐壺巻の結論に従えば、間違って並べるために誤解を招いたと考える。桐壺巻で述べたように七歳で読書始めを行った源氏は晋王（のちの高宗）に相当し、九歳で母を失い、父帝の身辺に育ち、十五歳で太子となり、二十二歳で即位した。先帝の四の宮と呼ばれる武照は十四歳で入内し、才人として太宗の身の回りで世話をしていた。唐の歴史に従えば、晋王に相当する源氏は才人だった武照と結ばれたが、それは十数年後のことである。十数年の間に、

及二太宗崩一、遂為レ尼、居二感業寺一。大帝于レ寺見レ之（「則天皇后本紀」）

太宗が崩じてから（才人武照）は感業寺に出家した。新帝は寺で出会った。

という出来事があった。「大帝于レ寺見レ之」後、高宗は密かに出家中の武氏を訪れて結ばれた。本章では「則天皇后本紀」を基準にして一件ずつ改めてみたい。

一　「及太宗崩」と桐壺院の臨終

「則天皇后本紀」にある「則天年十四時、太宗聞二其美容止一召入レ宮、立為二才人一」を利用して藤壺の入内を語り、その直後に「及二太宗崩一」が続く。唐（618〜907）は二八九年栄え、二十代の皇帝が在位していた。しかし臨終・遺言を詳しく記したのは太宗のみである。

『旧唐書』「太宗本紀」にはただ「己巳、上崩于含風殿、年五十二」、午前十時頃上は含風殿に崩じ、享年五十二と簡略的に記しているが、『旧唐書』（巻八十）「列伝」褚遂良と（巻六十五）長孫無忌の伝記に太宗の臨終・遺言場面を詳しく記している。『資治通鑑』[1]はまた褚遂良、長孫無忌伝の記事をまとめているので、『資治通鑑』の記事を引用して見てみよう。

上苦利増レ劇、太子昼夜不レ離レ側、或累レ日不レ食、髪有二変レ白者一。上泣曰「汝能孝愛如レ此、吾死何恨」。丁卯、疾篤、召二長孫無忌一入二含風殿一。上臥、引レ手捫二無忌頤一、無忌哭、悲不二自勝一。上竟不レ得レ有レ所レ言、因令二無忌出一。己巳、復召二無忌及褚遂良一入二臥内一、謂レ之曰「朕今悉以二後事一付二公輩一。太子仁孝、公輩所レ知、善補導レ之」。謂二太子一曰「無忌、遂良在、汝勿レ憂二天下一」。又謂二遂良一曰「無忌尽二忠於我一、我有二天下一、多二其力一也。我死、勿レ令二讒人一間レ之」、仍令三遂良草二遺詔一。有レ頃、上崩。

太宗は体調を崩し、皇太子は昼も夜も父の病床に詰めきり、何日もろくろく食事も取れず白髪が交じるようになった。上は涙ながら「お前はこれほど孝行してくれて、朕が死んでも心残りはない」と言った。早朝危篤に陥り長孫無忌を含風殿に呼び入れた。上は寝たまま手を伸ばして無忌の顎を撫でた。無忌は悲しく泣きくずれてしまった。上は何も言うことが出来ず無忌を帰らせた。しばらくしてまた無忌と褚遂良を寝所に呼び入れた。二人に「朕は後事を悉く二人に委任したい。太子の仁孝は君たちの知っているとおり、くれぐれも補佐と指導を頼む」と言い聞かせた。それから太子に「無忌と遂良がいるかぎり、お前は天下のことで何も心配する必要はない」と述べた。そして遂良に「無忌は朕に忠誠を尽くし、いま天下があるのは彼の力が大きい。朕が死んだ後も讒言で離反させないように」と言って、遂良に遺詔を作らせた。間もなく上は崩御[2]。

帝の遺詔は「顧命」とも言う。『尚書』「顧命篇」を初見とする。

成王将レ崩、命下召公、畢公率二諸侯一相二上康王一、作二「顧命」[3]一。

成王が崩ずる際召公と畢公に、諸侯や大臣を率いて康王を補佐せよと顧命を作らせた。

「顧命」の意味について『孔穎達疏』は次のように説明している。

顧是将レ去之意、此言上臨二終之命一曰二顧命一、言下臨二将死去一回顧而為レ語也。

顧とは世を去る直前を意味する。これは臨終の言いつけを顧命と言う。今際の際に顧みて述べたことである。

「遺詔」も「顧命」も今上が臨終に後事を託す詔である。一般的に国事を東宮や大臣に託し、大臣に東宮を補佐するように命じる。帝の遺命を聞き入れる大臣は帝の信頼が厚く才能に優れた最上位の文官とされる。褚遂良は初唐の三大家と言われる書道の名手であり、国事の諮問に答えたり、詔勅の起草や政策の立案に携わる秘書機関である「中書省」の「中書令」(最高位)を務めている。無忌は太宗とほぼ同じ年で、肝胆相照らす親友である。幼い頃に両親を亡くした無忌は妹がいる。その妹は十三歳で、親王だった李世民(のちの太宗)に嫁いだ。李世民が即位すると、無忌の妹は皇后(601〜636)となった。李世民は、無忌に「左武候大将軍、吏部尚書、右僕射」を願った。無忌と妹は再三に辞退し、最後無忌は「儀同三司」を務めることにした。[4] 遂良と無忌は顧命大臣として最適の人選であり、太宗は臨終に当たって太子を補佐するように言いつけた。

一方、賢木巻にも桐壺院の臨終・遺言場面がみえる。

院の御なやみ、神無月になりては、いと重くおはします。世の中に惜しみきこえぬ人なし。内裏にもおぼし嘆きて行幸あり。弱き御ここちにも、春宮の御ことをかへすがへす聞こえさせたまひて、次には大将の御こと、「はべりつる世に変わらず、大小のことを隔てず、何ごとも御後見とおぼせ。齢のほどよりは、世をまつりごたむにも、をさをさ憚りあるまじうなむ見たまふる。かならず世の中たもつべき相ある人なり。さるによりて、わづらはしさに、親王にもなさず、ただ人にて、朝廷の御後見をせさせむと思ひたまへしなり。その心違へさせたまふな」と、あはれなる御遺言ども多かりけれど、女のまねぶべきことにしあらねば、この片端だにかたはらいたし。

話者は、最後に「あはれなる御遺言ども多かりけれど、女のまねぶべきことにしあらねば、この片端だにかたはらいたし」と言って、深く入り込まない態度を装いながらも遺言の場面は拠り所があると仄めかした。桐壺院は大将に「東宮は若くても国家の政治を執るのに十分な資質が備わっている。何につけても御後見するように」と言い、春宮に「私が生きている時と同じように大事も小事も隔てずに彼と相談しなさい」と言いつけた。院が使われるので、譲位した帝と読まれたかも知れないが、歴史を調べてみると、譲位した帝はそのように遺言せず在位中の帝だけする。その他、御息所や藤壺のことがみえるが、帝の遺言に照準を定めてみれば、太宗の臨終によって語られたと考えられる。

二　「遂為尼、居感業寺」

唐では皇帝が崩御すると、皇子・皇女を産まなかった妃はすべて出家させる掟があった。才人武照は、十二年間太宗の身辺に仕えていたが、昇進もなく妊娠の兆しも見せなかった。高宗と結ばれて皇子四人、皇女二人を産んだことを見れば、彼女は石女ではなく、寵愛を受けなかったと思われる。太宗の寵愛を受けなかった理由については性格が激しいとか、醜女だったとかと言われるが、私見によれば、才人だった武照は未熟で、太宗の心を癒やす相手になれなかった。太宗は、若い時から戦場を駆け巡り、体を壊し、三十代の後半から病気がちになった。文徳皇后が早世したことは太宗にとって大きなショックだったたし、ものにならない太子承乾は心痛の種となった。その心を癒やしたのは広く知られる徐賢妃と楊妃であった。徐賢妃のことは『旧唐書』「后妃伝」に詳しく記しているが、楊妃のことは「后妃伝」にみえず、「太宗諸子」（『旧唐書』巻七十六）呉王恪に「恪母、隋煬帝女也」と記し、そして「恪又有二文武才一、太宗常称二其類己一レ」（恪は文武ともにすぐれていて太宗は常に自分にそっくりだと言った）と記している。太子承乾が廃せられて呉王恪が有力な候補者としてあげられた。談義も重ねられたが、文徳皇后の兄無忌の力で呉王恪を押しのけ、十五歳で心の優しい晋王（故文徳皇后の第三皇子）を太子に立てた。徐賢妃と楊妃が心身ともに踏みにじられた太宗の頼りとなり、若い才人武照は身の回りの世話に終始した。

太宗が崩じてから武照は他の皇子・皇女を産まなかった妃と同じように「遂為㆑尼、居㆓感業寺㆒」、髪を下ろし、感業寺に出家した。後世人は感業寺の跡地が分からなくなり、『長安志』[5]（１０７６）に書いてある安業寺だったのではないかと推測する。寺名はともかく太宗が崩じて武照は出家した。

賢木巻にも桐壺院が崩じて「御四十九日までは、女御、御息所たち、みな院につどひたまへりつるを、過ぎぬれば、散り散りにまかでたまふ」という後宮の人員整理が行われた。そして、

御匣殿は、二月に尚侍になりたまひぬ。院の御思ひに、やがて尼になりたまへるかはりなりけり。やむごとなくもてなして、人がらも、いとよくおはすれば、あまた参り集まりたまふなかにも、すぐれて時めきたまふ。

とあり、尚侍になった御匣殿が出家した。尚侍は従五位、仕事も唐の才人と似ている「掌序燕寝」、帝の回りに常侍し、奏請や伝宣などにも当たる。[6] 唐貞観元年（６２７）玄奘（６０２～６６４）は、長安を出発し、西域の仏跡を歴訪して、貞観十九（６４５）年に戻った。ある日、太宗は玄奘と対談し十二時間にも及んだ。太宗側には才人武照が仕えて、玄奘側

では随行員の弁機が筆記に当たった。玄奘が語った138ヶ国の地理、風俗、産物、信仰などは『大唐西域記』にまとめられた。[7] その出逢いがきっかけとなって武照は皇后になってから玄奘と親しくなり仏典の翻訳に多大な支持を与えた。

賢木巻に登場した尚侍は身分も仕事も唐の才人に相当し、「太宗崩、遂為尼」に拠って尚侍の出家を構想した可能性がある。

唐太宗が崩じて太子が即位し、高宗となる。太宗の一周忌に新帝は詣で、尼姿の武氏に出逢った。「則天皇后本紀」に「大帝于寺見之」と記し、『資治通鑑』には、

　忌日、上詣レ寺行香、見レ之、武氏泣、上亦泣。

一周忌に上は寺に詣で、焼香に行って（武氏と）出会った。武氏は泣いて上も涙を流した。

と記し、『新唐書』（巻七十六）「后妃・上」には、

　帝過二仏爐一、才人見且泣、帝感動。

才人は香炉を過ぎる上を見かけて泣いた。上も感動した。

と記している。

賢木巻にも院の一周忌がみえる。源氏は藤壺と出会い、歌を交わした。一周忌の御法要に続いて藤壺は「御八講」を主催した。

　初めの日は先帝の御料、次の日は母后の御ため、またの日は院の御料、五巻の日なれば、上達部なども、世のつつましさをえしも憚りたまはで、いとあまた参りたまへり。

唐の歴史に照らしてみると、太宗の一周忌ではなく則天皇后の母、栄国夫人のために行われた法事である。太宗一周忌の時栄国夫人は健在していた、武照は出家していて中宮に立っていなかった。ゆえに「初めの日は先帝の御料」とは635年に逝去した則天皇后の父武士彠のためであり、「次の日は母后の御料」とは670年に逝去した栄国夫人のためであり、「院の御料」とは649年に崩じた太宗のためである。栄国夫人の一周忌（671）になる時、武照は中宮に立ち権勢が最も強かった。

盛大な「御八講」が終わると、藤壺は法要の場で突如として出家を表明、そのまま髪を下ろした。理由とは源氏が恋情を捨てられず、隙を窺って迫り、それによって自分と息子に悪影響をもたらす可能性があり、息子を守るために出家を決断した。既述したように院が崩じてから才人武氏は出家したが、迫られたことはない。唐の歴史に貴公子が宮に迫った事件があった。『旧唐書』「外戚伝」に記しており則天皇后の姉の子賀蘭敏之が太平公主（高宗と則天皇后の娘）に迫ったことである。源氏は執念深くずっとつきまとい、藤壺が逃げる場面は空蟬の物語の影響を色濃くみえることに帝が崩じて出家したこともあることを併せ考えると、中宮になった藤壺の落飾は後世人が空蟬の物語を参考にして書き加えたと見られる。

三　密通事件について

太宗の一周忌に高宗は寺に詣で、尼姿の武氏と逢って感無量になった。一周忌の行事が終わると、出家している武氏は還俗し、新しい住まいを構えた。その後、高宗は武氏の住まいを訪れて、武氏は懐妊、皇子李弘を産んだ。武氏の住まいはどこにあったのか、高宗の訪れ方についてはどこにも記さず、史書には三、四年の空白がある。

源氏物語にその空白を埋めるために語られたと覚しき物語がみえる。大筋を簡単に言えば、院の一周忌に源氏だった新帝は、出家している藤壺と出会い、感慨無量になった。藤壺は還俗して六条京極に住まいを構えた。帝は六条あたりを忍び訪れた。藤壺と密会し、藤壺は懐妊、皇子を産んだと考えられる。

夕顔巻の初めに「六条あたりの御忍び歩きのころ」と書いて六条の御息所との関係を暗示した。御息所と言うと、「前坊」つまり故春宮の妃であると言われる。しかし源氏物語に「前坊」の立太子、結婚、死去、子どもが生まれたという話は一切見当たらない。

唐の歴史に従って還俗した藤壺は六条京極に住まいを構えて、新帝はそこを訪れたことで史書にある空白を埋める手法は『平家物語』（1185〜1333成立）の異本、国民伝説の宝庫とされる『源平盛衰記』「二代后付則天武后」と似ている。

遠ク異朝ノ先蹤ヲ考ルニ、則天武后ト申ハ唐ノ太宗ノ后、高宗皇帝ニハ継母也。太宗崩御シ給シカバ、御飾ヲロシ比丘尼ト成テ、感業寺ニ籠ラセ給テ、先帝ノ御菩提ヲ弔給ケリ。高宗位ヲ継給タリケルガ、「我宮室ニ入テ政ヲ助給ヘ」ト、天使五度勅ヲ宣ケレ共、敢ナビキ給ハズ。高宗自感業寺ニ臨幸有テ云、「朕私ノ志ヲ以テ還幸ヲ勧ニハアラズ。唯天下ノ政ノ為也」ト仰ケレ共、皇后、先帝ノ崩御ヲ訪ヒ奉ランガ為ニ適釈門ニ入、争カ二度俗世ノ塵裏ニ帰テ王業ノ政務ヲ営マントテ、確然トシテ動キ給ハズ。扈従ノ群臣守勅命、横取奉ル如シテ奉レリ。后泣々長髪シ御座テ、重皇后ト成給ヘリ。高宗・則天相共ニ政ヲ治給シカバ、御在位三十四年、国富民楽シケリ。サテコソ彼御時ヲ二和ノ御宇トハ申ケレ。高宗崩御ノ後、皇后女帝トシテ廿一年有テ、位ヲ中宗帝ニ授給ケリ。年号ヲ神龍元年ト云。我朝ノ文武天皇慶雲二年乙巳相当レリ(8)。

大体は次の意味であろう。遠く異朝の先例を思うに、則天武后という人は、太宗の后であり高宗の継母に当たる。太宗が崩じて菩提を弔うため落飾し、感業寺に住んでいた。高宗が即位すると「後宮に戻って国政を補佐してくださるように」と武氏に願い、五度も使者を遣わした。しかし武氏はずっと応じなかった。高宗は自ら感業寺に足を運び、「朕自身の意志で還俗を勧めるにあらず、天下の政治のためだ」とおっしゃった。武氏は、崩じた帝の冥福を祈るために出家したので、還俗して政務を執るなど出来ないと言って微動だにしなかった。扈従は勅命を守り、無理矢理に感業寺から宮中に連れて帰った。武氏は泣きながら髪を伸ばし、皇后の座についた。高宗と共に三十四年間国政に携わり、国が豊かになり、民が楽しく暮らすことが出来た。そうしてこそ二聖と呼ばれた。高宗が崩じて自ら即位し、二十一年後中宗に譲位した。年号は神龍元年（７０５）という。わが朝文武天皇の慶雲二年乙巳に当たる。

「二代后付則天武后」を唐の歴史に照らしてみると、太宗が崩じて武氏が感業寺に出家したこと、再び後宮に戻って高宗の皇后となって国政に携わること、神龍元年（７０５）中宗に譲位したことは史実と一致する。しかし高宗が繰り返し願ったり無理矢理に宮中に連れて戻ったことは歴史どころか、演義小説にも見つからず、虚構である。

若紫巻に戻ってみよう。即位した高宗を下敷きに作った帝は、武氏を下敷きに作った藤壺に逢いたく、そわそわ落ち着かない。どこの女のところへも出かけようとせず、内裏にいても自邸にいても、昼はぼんやりして眺め暮らしていた。夕方になると、王命婦が導くことを促したとある。

寛弘年間では唐の太宗を尊崇し、高宗に好感を持ち、則天皇后を女帝と見なし、尊敬していた。『源平盛衰記』「二代后付則天武后」と似ていて史実を大筋にして史書にない空白を埋める虚構の物語があったと思われる。物語が伝わるうちに原作はもとより平安時代に書写されたものも失われてしまった。物語の由来が分からなくなったので、間違って並べたとおりに読み、帝が落ち着かないのは藤壺に逢いに行きたいからと思わず、「君」を挿入し、主人公を入れ替えた。その結果、藤壺は在位中の帝の妃でありながら年下の皇子と密通し、不義の子を産んだ。驚いたことに不義密通の子は東宮に立ち、即位した。この史上にない話は古来から識者を悩ま

せたが、江戸時代の本居宣長は、

物がたりのよしあきは、儒仏などの善悪と、ことなることあるほどを、さとるべく、又おくに引き出たる、柏木の君の事などをも思ひわたして、とにかくもののあはれなむ、むねとはたてたることをしるべき也

と提唱した。そこで藤壺の「モデルの有無にかかわらず、作者は源氏と藤壺において悲しく苦しい人生行路の意味を」語ったと思われて、藤壺の物語は「密通事件の猥雑性そのものを主題としているのではなく、人間としてさけれぬ厳粛な宿世の姿」[9]であると読まれている。本居宣長の便宜上の提案は種々の不審を払うことができず、やはり倫理的に容認できない行為と思われる。

現源氏物語は鎌倉時代以後の人々が私見を交えて書写したものなので、[10]じっくりと考察し、倫理的に容認できる原型を復元したい。

注

(1)『資治通鑑』(1084)巻一九九「唐紀十五」太宗貞観二十三(649)年

(2)国訳漢文大成『資治通鑑』参照。

（3）『書経』にも「顧、還視也。成王将崩、命羣臣立康王。」とある。
（4）『旧唐書』巻五十一「后妃伝」太宗文徳皇后長孫氏
（5）中国現存最古の古都誌である。北宋熙寧九年宋敏求撰、20巻、長安及び周囲の情況が記されている。
（6）『日本古典文学全集』（小学館）「賢木」93頁、頭注十七
（7）今泉恂之介『追跡・則天武后』「宮廷への階段」（新潮選書）新潮社、1997年
（8）『源平盛衰記』（一）三弥井書店、平成3年
（9）池田亀鑑氏『物語文学Ⅰ』の「27藤壷物語」至文堂、昭和四十三年四月
（10）『日本古典文学全集』（小学館）「解説」

第五章　「復召入宮」と「廃王立武」

一　「復召入宮、拜昭儀」

「則天皇后本紀」にある「大帝于寺見之」は則天皇后の人生の転換点である。高宗と寺で逢ってから還俗、宮中に近いところに住まいを構えた。その間懐妊、皇子李弘を産んだ。永徽四（653）年「復召入宮、拜昭儀」、昭儀（正二位）として宮中に迎えられた。源氏物語にも「復召入宮」を主旨とする物語がみえる。賢木巻に、

心にくくよしある御けはひなれば、物見車多かる日なり。申の時に、内裏に参りたまふ。御息所、御輿に乗りたまへるにつけても、父大臣の限りなき筋におぼし心ざして、いつきたてまつりたまひしありさま変りて、末の世に内裏を見たまふにも、もののみ尽きせずあはれにおぼさる。十六にて故宮に参りたまひて、二十にて後れたてまつりたまふ。三十にてぞ、今日また九重を見たまひける。

そのかみを今日はかけじと忍ぶれど　心のうちにものぞ悲しき

という段がみえる。この部分は短いにもかかわらず、小説の要素が揃っておりストーリーが

ある。いままで六条の御息所が娘の斎宮に同行して宮中に戻ると読まれているが、調べてみると、六条御息所も斎宮のこともあまりに突然だし、話筋は別に拠り所がある。この部分はやはり則天皇后の経歴を踏まえて虚構した場面である。

奥ゆかしく風雅な御息所が宮中に参るので、物見車が多く集まっている。御輿に乗って「申の時になると、内裏に参りたまふ」ので、吉刻を待つ間に御息所は感慨無量な気持ちで故父のことや自分の人生を思い出した。

1　父大臣の思い出

初めは、

父大臣の限りなき筋におぼし心ざして、いつきたてまつりたまひしありさま変りて、末の世に内裏を見たまふにも、もののみ尽きせずあはれにおぼさる。

と思い出した。御息所の父は大臣だったが、則天皇后の父武士彠は「工部尚書」（現在日本国土交通省大臣に相当）を務めたり地方の都督を務めたりしていた。御息所の父は則天皇后の父武士彠と同じ大臣であった。（父大臣の）「限りなき筋におぼし心ざして、いつきたてまつりたまひし」というと、父はわが娘を最高の位にと望みを託して大切に育てた。第二章に述べたが、この点も則天皇后の父武士彠と一致する。その伝説は「限りなき筋におぼし心ざして、いつきたてまつりたまひし」に書き直したと考えられないのだろうか。その直後に「ありさま変

りて、末の世に内裏を見たまふにも、もののみ尽きせずあはれにおぼさる」が続く。日本古典文学全集『源氏物語』(小学館)は、

たいせつにお世話になられたころの有様とうって変わって、勢い衰えた晩年になって宮中をごらんになると、ただ無性に悲しいお気持ちになる。

と書いて御息所の衰えと解した。「父大臣の」から始まるところに突然自分が衰えて悲しく思うのはやや不自然であり、三十になったといってもまだ源氏と恋愛関係を持ち、「勢い衰えた晩年」とは言えない。唐の歴史を参考にすれば、父大臣の最後である。貞観九(635)年唐高祖の崩御の訃報が武士護の任地荊州に届いた。武士護は悲しみのあまり吐血して重篤な状態に陥り(2)、遙か遠方にある宮中を眺めながら望みを託す幼い娘(12歳ぐらい)のことを案じて無念極まりない。この件は日本語の「内裏を見たまふにも、もののみ尽きせずあはれにおぼさる」に書き直した。

2　御息所の人生

その後、

十六にて故宮に参りたまひて、二十にて後れたてまつりたまふ。三十にてぞ、今日また九重を見たまひける。

という部分があり、具体的な数字の年齢設定は注意を引いた。新潮日本古典集成は、

桐壺の巻の源氏誕生直後の記述に照らせば、御息所が故宮（前皇太子）に先立たれた二十の時（現在より十年前）は、明らかに源氏誕生以前である。朱雀院の立太子は源氏四歳の時で、仮にこの年故宮が亡くなったとしても、現在源氏は十四歳のはずで、これまでの記述や、藤裏葉の巻から逆算したこの年の源氏の年齢二十三歳とは合わない（「賢木」136頁）。

と書いているが、源氏の物語を通読しても、どこにも「前坊」の立太子、太子の結婚、子どもの出生、太子の早世などを書いていない。何によって「前坊」の物語を知ったのかと不審に思って種々調べてみた。結局、『花鳥余情』（1472）より根源が見つかった。『花鳥余情』に、

御息所は十六にて故宮にまゐり給ふ、十七歳にてやがて秋好中宮をまうけ給ふ、廿歳にて前坊にはなれ給へり。源氏十二の年の事也。朱雀院の立坊は源氏四歳の時也。

という注がみえる。今西祐一郎は、

常識的に考えて、「前坊」とは当然「桐壺」巻、朱雀院立坊以前の東宮で、その前坊の薨去により朱雀院の立坊が可能となった、と解するほかはない(3)。

と述べている。多くの読者は太子の結婚、秋好中宮の誕生、東宮の早世などを想像し、それを根拠にして論戦を行った。結局御息所の人生の転機を表現する「十六、二十、三十」という具体的な数字は源氏の年立てと矛盾し説明がつかなくなる。合理的な説明をするのに諸家は苦

慮し、概ね四点にまとめられる。

Ⅰ　作者は人物の年齢についてはあまり厳密な配慮はしておらず適当な数字を与えた

Ⅱ　作者の不注意による計算のミスである

Ⅲ　現在の桐壺巻は後世人の改作であり、原源氏物語には年譜と矛盾しない内容があった

Ⅳ　白楽天の「上陽人」を踏まえて設定された(4)

右記理由のⅠ、Ⅱは初歩的なミスであり、作者はそれほど疎かに綴ったとは思わない。Ⅲは推測のみで、首肯しかねる。Ⅳは白楽天の「上陽人」に繋いだが、上陽人は十六歳で入内したが、楊貴妃に押しのけられて寵愛を受けることなく六十歳になってしまった。三十歳になった御息所との相違は明らかである。『花鳥余情』の注釈や一般的な読み方を見ながら改めてみよう。

「御息所は十六にて故宮に参り給まふ」にある「故宮」は「前坊」に、「前坊」は「前皇太子」に理解されるが、辞書を頼りにして「故宮」を「故」と「宮」の複合語として調べてみると、『大漢和辞典』（大修館）や『角川国語大辞典』とも「故」は死んだ人に使われる冠辞と解し、「宮」は建物を示し、ひいては皇族の尊称もしくは宮中に住む皇族の呼び名と解している。「東宮」をその一例としてみると、皇太子を東宮と呼ぶのにはそれなりの理由がある。『易』によれば、東は季節の春に当たる。春は日輪が万物を照らし、希望に満ちる。易卦では東はまた震に当たり、長男を意味する。古代の周は長子相続制が確立してから長男を太子に立て皇居の東

にある宮殿に住まわせた。それゆえ皇太子は「東宮」または「春宮」と呼ばれる（『詩経』「衛風」）。前皇太子を前東宮と呼んでもよいが、前皇太子を「故宮」と呼んだ前例は見当たらない。「故宮」を一語として引いて見ると、『国語大辞典』（小学館）は「フルミヤ」と読み、①古い宮殿、②年寄りの宮、またはその存在が世間から忘れられた皇族と解し、『大漢和辞典』（大修館）では「コキュウ」と読み、古い宮殿と解している。源氏物語の古写本に「こ宮」と書いているので、『大漢和辞典』に従って「コキュウ」と読むべきである。平安朝の漢詩文にも「故宮」がみえる。『国史略』「嵯峨天皇」に、

上皇既禅位、養病徙㆓数処㆒、遂修㆓造平城故宮㆒居焉。

上皇はすでに譲位している。療養のために転々と数カ所を移り、ついに平城故宮を修造して住まわれた。

とあり、「故宮」は譲位した平城天皇の宮殿を示す。大江朝綱が綴った「朱雀院周忌御願文」（『本朝文粋』巻十四）に、

故宮寄㆑眼、月光殊㆓昔秋之色㆒　故宮に来て眺めると月光は昔の秋とまったく違う色となり

荒砌尋㆑声、虫響非㆓前年之聴㆒　崩れた階段から聞こえる虫の鳴き声も昨年と変わっている。

とあって「故宮」は崩じた朱雀院の旧い殿舎を示す。『和漢朗詠集』に「故宮」という部類

があり、「連昌宮」（唐）、「平陽宮」（漢）、「咸陽宮」（秦）がみえる。

さらに「故宮」という言葉の発祥地である中国では前朝また昔の皇居を「故宮」と呼ぶ。清が滅びてその宮中は「北京故宮」と呼ばれる。現在歴代王朝の遺物・古書を整理、保存し、大衆に公開して展示する博物館として使われる。

まとめてみると、「故宮」は先朝の宮中または崩御、譲位した帝の宮中を示し、先帝を示す時もあるが、故皇太子を示す前例はない。辞書の解釈または漢詩文に従って「十六にて故宮に参りたまひて」は十六歳で前朝の宮中、または先帝の後宮に入内したと理解される。このように理解すれば唐の則天皇后が初めの時太宗の後宮に入内した経歴と一致する。『旧唐書』「則天皇后本紀」に、

則天年十四時、太宗聞二其美容止一、召入レ宮、立為二才人一。

と記している。則天皇后の享年は三説があり、宮中に召し出された時の年齢は二説がある。『旧唐書』「則天皇后本紀」に「十四時」と書いてあり貞観十一（637）年入内したとなるが、『則天実録』には貞観十三（639）年と記されて、十六歳で入内したとなる。[5]『則天実録』は呉競の著撰とされる。呉競は、唐初期の歴史に詳しい史家という誉れが高い。[6]周の聖神皇帝（690～705）の在位中、蘭台太史なる賀蘭敏之の配下で経史を校正したり、人物伝を綴っていた。[7]則天皇后が崩御の後、武三思[8]を加えて『則天実録』（721）を撰し、また『貞観政要』を編纂して朝廷に上進[9]したことがある。『則天実録』は早くも平安朝に伝来し、『日本

国見在書目録』に登録されている。寛弘年間『貞観政要』は広く読まれていたので、呉競説に従って「十六にて故宮にまゐりたまふ」を綴った可能性がある。
「故宮」は先帝の後宮を示し、「二十にて後れたてまつりたまふ」とは、二十歳で先帝に先立たれたとなり、則天皇后の情況とも符合する。太宗は貞観二十三（６４９）年に崩御、才人武照は二十六歳だった。「二十にて」を「二十代」としてもよい。
「則天皇后本紀」に「復召入宮、拝昭儀」と記しているが、年齢は明記していない。しかし還俗して産んだ皇子李弘の年紀によって推算される。『旧唐書』巻八十六「高宗中宗諸子」に、

孝敬皇帝弘、高宗第五子。永徽四年、封㆓代王㆒。顕慶元年、立為㆓皇太子㆒（中略）上元二年、従㆑幸合璧宮、尋薨、年二十四。

孝敬皇帝弘は高宗の第五皇子である。永徽四（６５３）年代王に封ぜられた。顕慶元年（６５６）皇太子に立てられた。（中略）上元二（６７５）年両親に従って合璧宮に行って急死、享年二十四。

と記している。李弘は上元二（６７５）年二十四歳で逝去したことによって推算すると、永徽二（６５１）年の生まれとなる。そこで永徽元年（６５０）、つまり太宗一周忌の法事が終わってから間もないころ武氏は高宗と結ばれてその翌年李弘を産んだ。李弘が代王に封ぜられた永徽四（６５３）年は母武氏と宮中に戻った年である。「三十にてぞ、今日また九重を見たまひける」とはちょうど三十歳でまた九重に戻ったと理解される。

「則天皇后本紀」は宮中に入った年齢だけ記し、ほかは出来事のみ綴っている。「複召入宮」は三つの年齢を明記し、その手法は白体に想到する。宋洪邁（1123〜1202）の『容斎随筆』「白詩紀年歳」に、

白楽天為レ人誠実洞達、故作レ詩述レ懐、好紀二年歳一。因レ閲二其集一、輒抒録レ之。

白楽天は人柄が誠実で、物事を知り抜く。故に詩を作って心に思うことを述べる時によく年月を記す。（このように）彼の文集を読む度に分かることを記しておくのである。

とあり、そして「去時十一、二、今年五十六」（「宿滎陽」）、「巳年四十四、又為五品官」（「贈杓直」）など多くの例文が集められている。白氏文集の流行が背景にあって、「複召入宮」を語る際に白体に見倣って年齢を明記した可能性がある。

諸要素を併せ考えれば、御息所が再び宮中に戻る時刻を待つ時の思い出は「則天皇后本紀」にある「複召入宮、拝昭儀」を主旨にして作られた、唐の歴史物語の一コマである。

二　「廃王立武」と藤壺の立后

前章は御息所が再び宮中に戻る前の思い出について「則天皇后本紀」にみえる「複召入宮、拝昭儀」との関係を考察してみた。昭儀は後宮に迎えられて高宗を籠絡するのに力を尽くして寵愛を一身に集めるようになった。

1 「子以母貴」

後宮における寵愛を争う闘いは陰に陽に鎬を削った。

> 皇后王氏、良娣蕭氏頻与二武昭儀一争レ寵、互讒毀二之一、帝皆不レ納。進号二宸妃一。永徽六年、廃二王皇后一而立二武宸妃一為二皇后一（「則天皇后本紀」）。

王皇后と（皇太子時代に嫁いだ）蕭氏は武昭儀と寵愛を争うため頻りに譏り傷つけ合っていた。高宗はその一切に耳を貸さず、昭儀を宸妃にした[10]。永徽六（６５５）年王皇后は廃位、宸妃は皇后に立てられた（以下「廃王立武」と称する）。

紅葉賀巻には寵愛争いを描写する場面はみえないが、「永徽六年、廃二王皇后一而立二武宸妃一為二皇后一」によって構想したと覚しき物語がみえる。「藤壺の立后」に、

> 同じ宮と聞こゆるなかにも、后腹の皇女、玉光りかかやきて、たぐひなき御おぼえにさへものしたまへば、人もいとことに思ひかしづききこえたり

という言葉によって桐壺巻に登場した「先帝の四の宮」または「輝く日の宮」と呼ばれる藤壺のことを暗示する。桐壺巻の考証を前提にして紅葉賀巻にみえる「七月にぞ后ゐたまふめりし。源氏の君、宰相になりたまひぬ」から始まり、巻末の「月日の光の空に通ひたるやうに、ぞ世人も思へる」で終わる（以下「藤壺の立后」と称する）部分を高宗時代に起きた「廃王立武」事件と比較していきたい。

「藤壺の立后」は「七月にぞ后ゐたまふめりし。源氏の君、宰相になりたまひぬ」から始まる。

この一文は桐壺巻を考証した結果と食い違う。桐壺巻に登場した光源氏は少年期の高宗、晋王を下敷きに書かれた。十五歳で晋王が太子となり、二十二歳で即位した新帝である。永徽六（655）年武宸妃を皇后に立てた。「宰相になりたまひぬ源氏の君」は存在せず、後世人が挿入した人物である。

源氏の君はなぜ宰相に昇進したのかが問われた。一般的に藤壺に生まれた若宮の後見になるためと解しているが、坂本曻は、

源氏は藤壺の兄弟（血縁的意味での）でもなく、藤壺の母——先帝の皇后に繋がる血筋の者でもない。身分から言っても東宮傅としての高い方ではない。藤壺が内親王であることから兄弟がみな親王であるにしても、母方の縁者がまず考慮されねばならないはずである。ここに適当な人物がいなければ、当時の公卿のなかから最も相応しい人物が選ばれるのに不思議はない(11)。

と述べている。原文の、

帝、おりゐさせたまはむの御心づかひ近ふなりて、この若宮を坊にと思ひきこえさせたまふに、御後見したまふべき人おはせず。御母かた、みな親王たちにて、源氏の公事しりたまふ筋ならねば、母宮をだに動きなきさまにしおきたてまつりて、つよりにとおぼすになむありける。

という部分を読めば、帝も源氏を後見にしてもらおうと思わず、母宮をしっかりした地位に

つけて若宮の力になってもらいたいと理解される。

そこで昇進するポスト「宰相」を調べてみた。「宰相」とは『日本大百科全書』（小学館）では、

旧中国の官職。天子を助けて政治を行う最高の行政首長をいい、内閣総理大臣に相当する。

と解し、『世界史事典』（旺文社）は、

中国で天子を補佐し、国務を総理する者の呼称。たとえば秦は相国、漢は相国・左右丞相を宰相とした。唐は中書・門下・尚書三省の長官を宰相としたが、太宗が即位前に尚書令となってから臣下はこれを避け、次官の尚書左右僕射などがその任にあたった。のち中書・門下両省を合わせて宰相を置く例が多くなった。

と解している。要するに「宰相」は中国古代の官職であり平安朝にはない。平安朝の文学に「宰相」がみえる。それは帝を補佐する高級官僚ではない、女房の呼称である。「宰相の君」と呼ぶ時もあり、「小宰相」と呼ぶ時もある。『紫式部日記』に「宰相の君」が登場しているが、紫式部と同じく彰子中宮に仕える女房である。『枕草子』にも、空蝉の物語にも、浮舟の物語にも宰相の君が登場し、いずれも女房である。

総じて「源氏の君、宰相になりたまひぬ」は後世人の書き加えと断定される。宰相は女房だったとすれば、紅葉賀巻の終わりにある「参りたまふ夜の御供に、宰相君も仕うまつりたまふ」という文は藤壺が中宮として初参内の夜、宰相の君という女房がつき添っていたとなる。

藤壺を皇后に立てるのは若宮のためである。若宮を皇太子に立てる前「母宮をだに動きなきさまにしおきたてまつりて、つよりにとおぼすになむありける」という。『礼記』（第四十四）「昏義」篇に婚姻の意義について、

上以レ事二宗廟一、而下以レ継二後世一也

第一は祖廟の祭祀、第二は子孫を絶やさないためである

と書いており、『大戴礼』（戴徳著、生卒不詳）「本命・七去」（離縁の七条件）に「無子去」（子を産まなかった嫁を離縁してよい）と書いている。庶民より皇室はなお後継を重視し、天子にとって子孫が絶えることはゆゆしき重大な事である。帝の子孫を繁栄させるために礼記に従って帝の後宮に皇后以下百二十名の妃を設けている。大勢の妃は「子は母を以て貴く、母は子を以て貴し」に従って尊卑を決める。最高位に居る皇后に生まれた皇子は尊く優先して太子の地位を得られる。皇后が皇子を産まず側室に生まれた皇子を養子にして太子に立てるなら、その生母は皇后に入れ替わる可能性がある。藤壺の立后と関連して、

春宮の御母にて二十余年になりたまへる女御をおきたてまつりては、引き越したてまつりたまひがたきことなりかしと、例の、やすからず世人も聞こえけり。

とある。二十年あまり東宮に立った皇子の御母は一般的に皇后である。

唐の場合は、高宗後宮の王皇后は皇子を産まず側室から皇子をもらって太子に立てた。東宮の生母ではないので、存在力が弱い。武昭儀は寵愛を受けているし、皇子を産んだので、王皇

后は心配し、色々工夫したが、結局「皇后無子、昭儀有子」（『資治通鑑』）という理由で廃せられた。

藤壺に生まれた皇子を太子に立てる前、藤壺を皇后に立てる構想は「廃王立武」と完全に一致し、それに拠って語られたと考えられる。

2 「月日の光の空に通ひたる」の意味

紅葉賀巻の末尾に、
皇子は、およすけたまふ月日に従ひて、いと見たてまつり分きがたげなるを、宮いと苦しとおぼせど、思ひ寄る人なきなめりかし。げに、いかさまに作りかへてかは、劣らぬ御ありさまは、世に出でものしたまはまし。月日の光の空に通ひたるやうにぞ世人も思へる。
という賛美歌がみえる。日本古典文学全集『源氏物語』（小学館）には次のように訳されている。
御子はご成長なさる月日につれて、まったく源氏の君とお見分け申しにくいほどであられるので、藤壺の宮はまことに苦しいとお思いになるが、それと気づく人もいないようである。なるほどのように作り変えたら、君に劣らぬお方が、この世にお生まれになるのであろうか。月と日の輝きが大空に似通って並んでいるようなものだと、世の人々も思っているのである。

「月日の光の空に通ひたる」は、

若宮と源氏がそのりっぱさにおいて、あたかも空の月日のごとく似通う（420頁、頭注五）。

と解し、新潮日本古典集成『源氏物語』は、

月と日が同じように空に輝いているように。同時に「空に通ふ」（45頁、頭注一六）。

と解し、岩波新古典文学大系『源氏物語』は、

（源氏と宮は）ちょうど月と日が大空で同じように並び輝いているように、二人とも皇統に連なるものにふさわしい美質とたたえられる。

と解している。諸本とも源氏と若宮が月日のように空に輝いていると解しているが、漢字の発源地中国では昔から天子を月日に準えて、君主は光が大地を照らす如く遍く及んでいる如くと言っている。『万葉集』（13・3246）に、

天有哉　月日如　吾思有　君之日異　老落惜文（天なるや月日のごとく我が思へる君が日に異に老ゆらく惜しも）

とあり、大空に輝いている月や太陽のように私に輝いていると思われる主君が、日ごとに年老いてゆくのが惜しいことだと訳されている（万葉集ナビ）。源氏を賜姓臣下であると思えば、月日に準える資格はない。なおも藤壺の立后を主旨とする部分に藤壺と若宮、つまり未来の皇太子を賛美するならば、理解されるが、源氏と若宮を賛美するのは不審である。

実を言うと、藤壺の立后を主旨とする部分に藤壺を賛美するのはベストである。想像をかき立てる喩えは則天皇后が作った新字「曌」に想到する。構造に託してある意味を表すことは漢字の特徴である。則天皇后は漢字が神秘な力を持っていると信じこみ、即位する前に十六の新字を作って天下に使わせた。その新字のなかに『詩経』「邶風」「日月」の「日居月諸、照臨下土」よりヒントを得て曌を作って自署に使った。「改元載初赦詔」（『唐詔令集』巻三）に「朕宜以曌為名」と公示し、『旧唐書』「本紀則天皇后」に「神皇自以曌字為名」と記している。則天皇后は帝位につくとあらゆる公文書はすべてこの新字でサインした。

則天文字は日本列島に伝わり広く使われていた。全国で出土している墨書土器のなかに則天文字で墨書されているものが多く[12]『大雲経』『大雲経疏』の伝来に伴っていっそう広まったからである。唐の歴史や漢文教養のある源氏物語の作者は則天文字を知ったはずである。意図的に「曌」が持つ「月日の光が空に通いたるように」という意味で則天皇后に相当する藤壺の立后を賛美したのではないかと考える。

注

（1）①『旧唐書』巻一四一「袁天綱」、②『太平広記』巻二二四「武后」

（2）『文苑英華』巻八四四「攀龍台碑」には「奉諱号慟、因以成疾（中略）嘔血而崩」とある。
（3）今西祐一郎「六条御息所」、『国文学』平成3年5月第36巻5号
（4）大朝雄二『源氏物語正篇の研究』「第十二章葵巻における長篇構造」桜楓社、昭和50年
（5）『資治通鑑』巻一九五、唐紀十一、太宗貞観十一年（637）考異には「旧則天本紀、崩時八十三。唐暦、焦璐唐朝年代記、統紀、馬総唐年小録、聖運図、会要皆八十一。唐録、政要、貞観十三年入宮」と。
（6）『旧唐書』巻一二〇、『新唐書』巻一三三
（7）『旧唐書』巻一八三「外戚」武承嗣
（8）『旧唐書』巻一八三「外戚伝」武三思
（9）『宋中興館閣書目』・『直斎書録解題』や宋濂の『重刻貞観政要序』によって唐中宗（683～684、705～710在位）に上進とし、『玉海』や『四庫全書総目提要』などでは呉競の自序を根拠として玄宗在位中（712～756）に上進したとされる。
（10）『新唐書』巻七十六「后妃」に「欲進号宸妃、侍中韓瑗、中書令来濟言嬪妃有数、今別立号、不可」とあり、設立しなかった説がある。
（11）坂本曻『源氏物語構想論』「第二章御子三人」明治書院、昭和56年
（12）蔵中進『則天文字の研究』翰林書房、1995年

第六章　「外戚伝」と六条の御息所の物語

一　六条の御息所と賀蘭氏

源氏物語に六条御息所と呼ばれる女性がいる。彼女は美しく気品があり、教養、知性、身分ともに優れて個性が強い。年下の源氏の君と恋愛関係に陥り、強い嫉妬のあまり生霊、死霊に化して源氏が愛する女君に祟り、執念深い。私見によれば、年下の源氏と恋愛関係に陥ること、不審死、今際に一人娘を恋人に託して世を去ったなどの構想要素はあたかも則天皇后の姉（623?～665）と重なる。ほかに宮を迫ったり東宮に上がる日取りも決まった皇太子の婚約者を犯した者は、則天皇后のこの姉の子賀蘭敏之と重なる。則天皇后の姉一家は高宗朝の外戚に当たり、『旧唐書』（巻一八三）「外戚伝」に記されており、『旧唐書』巻一三三「列伝」武承嗣にも記されている。

しかし御息所が、生霊と化して葵の上を悩ませることや、死んでからも紫の上や女三宮などに取りついて源氏の目の前に姿を現すなどは別に拠り所があり、本章では検討せず、「外戚伝」にみえる記事と六条御息所と賀蘭敏之のことだけを確かめてみたい。

則天皇后には姉と妹がいる。妹は早世したが、姉は初めに法曹だった賀蘭越石に嫁いで(以下姉を賀蘭氏と称する)一男一女を産んだ。賀蘭越石(生卒不詳)は妻、子を残して若死にした。

則天皇后が中宮に立つと、姉賀蘭氏は自由に後宮に出入りし、いつしか高宗と肉体関係を結び、高宗から「韓国夫人」号を賜った。[1]『旧唐書』によれば、則天皇后は高宗より四、五歳年上であり姉賀蘭氏は高宗より六、七歳年上となる。六条御息所は源氏よりも六、七歳年上と言われるので、賀蘭氏と高宗の年齢とほぼ一致する。

賀蘭氏は高宗と熱愛し、高宗の子を産んだ噂が立った。その子は則天皇后の次男(李賢)として認知されたという。則天皇后は、姉と高宗の関係に目をつぶることができず、ある日、姉の食べ物に毒を盛らせて食べさせ、姉は中毒した。臨終の際に一人娘を高宗に託し、[2]高宗もきっぱりとそれを引き受けた。一方、六条御息所は病気が重くなり、源氏が見舞いに訪れた。六条御息所は余命幾ばくもないと悟って一人娘を源氏に頼み、源氏も迷いなく後見を引き受けた。

六条御息所と源氏の関係や年齢設定は賀蘭氏とほぼ一致し、一人娘を相手に頼み、相手も迷いなく引き受けた点が一致する。これによって六条御息所と源氏の物語は、則天皇后の姉賀蘭氏と高宗の物語の翻案と思われる。しかし託した娘の運命が分かれた。六条御息所は、

いとかたきこと。まことにうち頼むべき親などにて見ゆづる人だに、女親に離れぬるは、

いとあはれなることにこそはべるめれ。まして思ほし人めかさむにつけても、あぢきなきかたやうち交り、人に心も置かれたまはむ。うたてある思ひやりごとなれど、かけてさやうの世づいたる筋におぼし寄るな。憂き身を抓みはべるにも、女は思ひのほかにてもの思ひを添ふるものになむはべりければ、いかでさるかたをもて離れて見たてまつらむと思うたまふる」など聞こえたまへば、あいなくものたまふかなとおぼせど（後略）。

と、源氏に娘に手をつけぬよう釘もさしつつ病没した。源氏は娘に興味を持ちつつも御息所の遺言を守り、養女として育て、冷泉帝に入内させた。

　賀蘭氏の娘は母にそっくりの美人である。高宗はずっとその娘に好意を持っていたが、母と関係するので、娘に接近する機会はなかった。賀蘭氏の死後、後見人となる高宗はその娘に手を出した。なおも後宮に召し入れて正式な妃にしようと思って則天皇后に相談した。則天皇后は、自分の身内に手を出す高宗を嘲笑し、きっぱりと断った。高宗は諦めず、この娘に「魏国夫人」号を授け、異常なまでに寵愛していた。夫が若くて美しい姪を寵愛することを目にすると、則天皇后は死ぬほど辛く、取り除こうと企てた。その件は「外戚伝」に記されている。

　乾封年、惟良與弟淄州刺史懷運、以レ岳牧例集二於泰山之下一。時韓國夫人女賀蘭氏在二宮中一、頗承二恩寵一。則天意欲レ除レ之、諷二高宗一幸二其母宅一、因二惟良等獻一レ食、則天密下令人以二毒藥一貯中賀蘭氏食上、賀蘭氏食レ之、暴卒、歸二罪於惟良、懷運一、乃誅レ之。仍諷二百僚一抗レ表レ請、改二其姓一為二蝮氏一、絕二其屬籍一。元爽等緣坐配流二嶺外一而死。

ほかの記事に結びつけて説明してみよう。乾封元年（666）正月一日、三年前から準備に取りかかった泰山封禅の儀が行われた。則天皇后は高宗に並んで盛大な儀に臨み、天神、地祇の八百万の神々に治世の業績を報告した。皇后の従兄武惟良と淄州刺史武懐運も招きに応じて参列した。

その後のある日、則天皇后は、武氏一族を母栄国夫人の邸に集め、従兄武惟良と懐運に食事を用意させた。人目を忍んで高宗より異常な寵愛を受けている魏国夫人の食に毒を盛らせるようにと侍従に命じた。魏国夫人は毒入りの食事を食べて中毒し、急死した。責任は食事を用意した惟良・懐運になすりつけた。惟良・懐運は罪に問われて死刑となり、追い打ちをかけて「蝮」という姓がつけられた。異母兄の武元慶、元爽も巻き添えを食って流罪となった。こうして父の死後、寡婦の母を冷たく扱った父側の親族を全部死に追いやり、恨みを晴らした。

源氏物語にはこのような復讐劇が見えないが、源氏は美しく成長した六条御息所の娘にずっと興味を持ち、六条御息所が死ぬ前に娘を託し、源氏も迷いなく引き受けた諸要素は賀蘭氏の故事と重なる。ゆえに六条御息所の物語の大綱は「外戚伝」を利用して作られたと考えられる。

二　不良青年（源氏）と賀蘭敏之

魏国夫人の毒殺事件で則天皇后は父側の兄弟を皆殺しにし、武氏一族の血統が絶えてしまった。武氏を継ぐために則天皇后は次のように手配した。

乃以上韓國夫人之子敏之二為一士護嗣、改二姓武氏一、累拜二左侍極、蘭台太史一、襲二爵周国公一。仍令下鳩集二學士李嗣真、呉兢之徒一、於蘭台刊正二經史一并著撰二伝記上（『旧唐書』「外戚伝」）。

逝去した韓国夫人（賀蘭氏）の息子賀蘭敏之を武士護の後継にし、姓を武に改めた。左侍極（三位）から蘭台太史（二位）に任命し、周国公という爵位を受け継がせた。そして学者李嗣真、呉兢などを寄せ集め、蘭台で経史を校正したり、伝記を編纂したりしていた。蘭台は唐の秘書省であり、御史台の異称でもあった。姓を武にした敏之は蘭台太史を務め、学問を好み、文才に優れた文人を蘭台に集め、歴史の整理、人物伝を著述し、『三十国春秋』（一〇〇巻）が完成した。『貞観政要』の著者とされる呉兢（６７０〜７４９）も加わり右拾遺内供奉に授けられた。

賢木巻に殿上人と大学から集まった文人が韻塞ぎを遊ぶ場面がみえる。漢字を埋めてゆくままに難しい韻の文字が多くなっていくが源氏は言い当て、まことに学殖があると褒められた。源氏は上機嫌になって「文王の子、武王の弟」と吟じ、自分が周国公であることを自慢した。周公旦の故事には類似の場面が見られないが、則天皇后の父武士護の爵位周国公を想到する。武士護の爵位を受け継ぐ賀蘭敏之は蘭台に集まった仲間に褒められて自慢げに詠み上げたとうかがえる。

敏之は聡明で美貌の持ち主であるが、身持ちが悪い。その不良行為は「外戚伝」に羅列されている。

Ⅰ　敏之既年少色美、烝㆓於榮國夫人㆒、恃㆑寵多愆犯、則天頗不㆑悦㆑之。

敏之は若くて美しい。栄国夫人と姦通し、寵愛を笠に着て幾度も犯罪し、則天皇后に嫌われる。

「烝」とは身分の高い女性や年上の女性と姦通することである（『漢語林』）。栄国夫人（579～670）は敏之の外祖母である。敏之が二十歳の時に榮国夫人は八十歳を超えた。敏之は身持ちが悪いが、外祖母と姦通したとは言い過ぎである。『旧唐書』はこの類いの噂や言い伝えを史実として記したため、信憑性に欠けるとも言われる。

このような記述があるのは『旧唐書』が編纂される時代と関係がある。唐が滅びて（907）五代の後晋（936～946）出帝の勅命で編纂し始めた。劉昫を筆頭に張昭遠、王伸らは「褒貶以言、孔道是模[3]」（褒貶は儒学を基準にする）という理念に基づいて執筆し、十年間ほどかかって開運二（945）年に完成した。儒学出身の史家は、男尊女卑の考えが根強く則天皇后の即位を「奪攘神器、穢褻皇居[4]」（国を盗み奪い、皇居を穢す）と思って言い伝えや噂を取り上げたときがある。もし年寄りの祖母が母亡き孫を溺愛し、孫は寵愛を恃みにしてわがままに振る舞っていたと言われるならば信じられる。

Ⅱ　咸亨二年、榮國夫人卒、則天出㆑内㆓大瑞錦㆒、令㆘敏之造㆓佛像㆒追福㆖、敏之自隱用之。（中略）及在二榮國服内一、私釋衰経、著二吉服一、奏二妓樂一。

咸亨二（671）年、逝去した栄国夫人の冥福を祈るため則天皇后は大瑞錦（高級な織物）を持ち出して敏之に仏像を造らせた。敏之はそれを自分の懐に入れた。（中略）そして栄国夫人の喪が明けないうちに派手な服を身につけ、みだらな曲を演奏した。

これは中宮が御八講を主催する部分と繋がりがある。敏之の不孝は則天皇后の逆鱗に触れた。その嫌悪の念はためらうことなくあからさまに現れた。

Ⅲ　時二太平公主尚幼一、往來二榮國之家一、宮人侍行、又嘗為二敏之所一レ逼。

太平公主は幼い頃、時々栄国府（外祖母の家）へ遊びに行き来した。宮女はつき添っていたが、敏之に迫られた。

太平公主は高宗と則天皇后の間に生まれた愛娘である。宮は皇子・皇女並びに皇族の尊称であり、太平公主も宮と呼んでよい。史書の記載によれば、則天皇后は誰かに迫られたことはなく賀蘭敏之が則天皇后の娘太平公主に迫った記事がみえる。これまでに源氏が宮に迫ったことは藤壺が出家した理由と読まれているが、「外戚伝」の記事に従えば、賀蘭敏之が太平公主に迫ったことである。

源氏が宮に迫った場面は空蝉の物語と似ていると村井順が指摘している。

胸を病んでゐた藤壺は、源氏が塗籠に隠れてゐることを少しも知らなかった。彼女は夕方病の癒ると共に、昼のおましにゐざり出て外を眺めてゐると、源氏はやをら塗籠の中から現れた、彼女の着物を引き寄せた。すると、彼女は源氏に気づき着物をすべし置いてゐざり退こうとしたが、心にもあらで己れの髪が着物に添ってゐたため逃げることが出来なかった。これは明らかに「空蟬」に於て空蟬が源氏の来たのを知って「やをら起き出でて、生絹なる単衣一つを置きて、すべりで出にけり」といふ事件の変化したものである[5]。

空蟬物語との類似点は明らかであり、源氏を塗籠に押しこめたことは「梅妃伝」にある「上披衣、抱妃藏夾幕間」（上は服を羽織って、梅妃を抱いて幔幕の間に隠した）の生かしと思われる。二点を併せ考えると、源氏に迫られて中宮藤壺が落飾した部分は後世人の書き加えと断定される。

Ⅳ　又司衛少卿楊思儉女有㆓殊色㆒、高宗及則天自選以為㆓太子妃㆒、成有㆓定日㆒矣、敏之
　又逼而淫焉。

司衛少卿楊思倹の娘は絶世の美女である。高宗と則天皇后がみずから皇太子妃にと決めた。式の日取りも決まったが、敏之は皇太子の婚約者に迫り犯した。

司衛少卿とは儀典を司る長官（四位）であり、則天皇后の母方の親族で、外戚に当たる。敏之は、皇太子李弘の婚約者、式を挙げる日取りも定めた楊氏を犯した。楊氏は自殺し、皇太子の結婚も停頓してしまった。

この事件を読むと、思わず賢木巻にある源氏と朧月夜の事件に想到する。源氏は東宮に上がる日取りも定めた朧月夜の部屋に忍び込み、肉体関係を結んだ。その件が発覚して朧月夜の入

内は取り止めになった。朧月夜は自殺せず積極的に源氏との逢瀬を続けた。朧月夜の振るまいに対して池田亀鑑は、

朧月夜にみられる一つの大きな特色は、この女性が、他のどんな女性にもみられない、自主的な積極さをもって、燃えるような恋愛をすることでしょう。激情的で肉感的な、ぐんぐんと相手にせまってゆく火のような情熱、こういう性格は、源氏の世界にはほかにみられないものですし、その当時としても型破りの女性です。そのかわり、この女性には理性的な反省がなく、知性の欠如が目立ちます(6)。

と評し、後藤祥子は、

源氏物語が一方で重要な問題とする「女の身の持し方」という面からいえば、最もあるまじきタイプということになろうが、それが積極的な源氏賛美、しかも宮廷男性社会の価値観の基盤による源氏賛美に支えられた、自発的な恋愛である意味で、それら運命に身を任せた女性群像とは袂を分かつのだと言える。源氏物語に限らず、平安物語史のなかでもきわめて稀有な造型だといえるだろう(7)。

と述べている。封建社会において朧月夜のような女性は実に珍しく唐の伝奇小説「鶯鶯伝」を利用して作られた可能性がある。

則天皇后は敏之の悪行は目に余ると思って処罰するようにと朝廷に上表した。敏之は皇太子の婚約者を犯したことで罪に問われた。「外戚伝」に、

俄而姦汙事発、配流二雷州一、行至二韶州一、以二馬韁一自縊而死。

間もなく強姦事件がばれた。雷州へ流刑に処し、韶州に至って敏之は馬の手綱で自殺した。と記している。結局、敏之の姓は元の賀蘭に変え、流罪となった。

一方、源氏が朧月夜と関係したことで罪に問われたかどうかは明記せず、うやむやに終わった。しかし源氏邸には来客が少なく、寂れて、失意のうちに須磨に下った。

まとめてみると、宮に迫ったり、東宮に上がる日取りも定めた皇太子の婚約者を犯したり、悪事が露見して須磨に下った源氏は気ままに振る舞う敏之のイメージと重なり、敏之の故事によって語られたことは明らかである。

注

(1)『旧唐書』巻一八三、「外戚」
(2)『新唐書』巻四、「則天皇后本紀」
(3)『旧唐書』巻一四九、「列伝」第一九九「于休烈」
(4)『旧唐書』巻六、「則天皇后本紀」
(5)村井順『源氏物語評論』「賢木の巻」明治書院、昭和28年6月

（6）『源氏物語入門』現代教養文庫P103、昭和32年
（7）『源氏物語必携』Ⅲ「朧月夜の君」学灯社、昭和57年

第七章　紅葉賀巻にみえる老女の物語をめぐって

紅葉賀巻に「帝の御年ねびさせたまひぬれどかうやうの方、え過ぐさせたまはず、采女、女蔵人などをも、容貌、心あるをば、ことにもてはやしおぼしめしたれば、よしある宮仕へ人多かるころなり」から始まり、「この御中どものいどみこそ、あやしかりしか。されど、うるさくてなむ」で終わる、かなり年取った典侍と二人の貴公子の異様な性愛関係を描く短篇がみえる（以下「老女の物語」と称する）。この短篇の主題は周の聖神皇帝（晩年の則天皇后）が美男の「二張」（易之・昌宗）を男妾にした史話と一致し、人物のイメージも重なる。典侍はただ色ぼけした老女と思われるかも知れないが、「則天皇后本紀」を追って語られた物語を考えると、源氏物語の構成構想に関わる。ゆえに「老女の物語」と「則天皇后本紀」の関係を検討する必要がある。

一　老女の物語についての先行研究

老女の物語について『岷江入楚』（１５９８完成）は「私云伊勢物語におもふをも思はぬお

もけちめみせすといへる心歟」と注しているが、村井順は老女の物語は『伊勢物語』（六十三）「つくも髪」を利用して書かれたと指摘した。

一、老人でありながら「昔、世心つける嫗、いかで心なさけあらむ男に逢ひ得てしがなと思」っているように、嫗が甚だしい好色であること、二、息子の三郎が「こと人はいとなさけなし、いかでこの在五中将に逢はせてしがなと思ふ心」のあったこと、「紅葉賀」でも、源内侍は頭中将に満足せず、「この君（頭中将）も、人よりはいとことなるを、かのつれなき人（源氏）の御慰めにと思ひつれど、見まほしきはかぎりありけるをとや、うたての好みや。」と述べられてあるように、源氏以外の男では満足しなかった。三、男の方は「あはれがりてきて寝にけり。」というごとく、恋愛感情よりむしろ憐憫が先立っている。[1]

『伊勢物語』「つくも髪」によって作られた説に対して池田亀鑑は、

　このような老女の存在は、現実的にはとうてい考えられないようではあるが、しかし「おうなのけさう」ということが、その頃「すさまじきもの」のたとえに用いられていたらしい点もあり、まれにはこうした女もいたものとみえる。稀有のことではあるが、すくなくとも作者はどこからか、そのような老女の例をもってきて潤色したものであろう。そのモデルとしてまず考えられるのは、伊勢物語六十三段「いかで心なさけあらむ男にあひえてしがな」と念ずる世心づいた嫗が在五中将にあう話である。これはひどく猟奇的で作為的な説話ではあるが、案外このような話が源泉となったのではないか。[2]

と述べている。「稀有のことではあるが、すくなくとも作者はどこからか、そのような老女の例をもってきて潤色したものである」をみると、池田氏は老女の物語は虚構ではなく拠り所があると考えている。しかしそれとは言えず「案外このような話が源泉となったのではないか」と言ったのである。

老女の物語を「つくも髪」と比べてみると、「つくも髪」の舞台は宮中ではなく媼は女官ではない。男女の人数が違い、展開筋も異なる。「つくも髪」の媼はずっと一緒にいる人に会いたいと息子に訴えたが、三郎は母に同情して近くを通る在五中将に願い、在五中将は「あはれがりてきて寝にけり」という。「つくも髪」の主題、舞台、登場人物とも「老女の物語」と重ならず、それを元にして書かれたと思えない。ほかに紫式部の義理姉にあたる典侍を務めた源明子[3]や平貞文の姪大輔典侍が実在のモデルとして挙げられる。[4] どちらも宮中に仕えながら二人の美青年と異性関係を持つ老女ではない。

この物語の源泉は必須条件が三つある。①女主人公はかなり年取っている、②宮中に常駐する、③二人の美青年が宮中に自由に出入り、時々老女の元に泊まる。平安朝には三つの条件が備わる実在の人物はおらず類似の文学作品もみえない。しかし日本と深い影響関係にあった唐には実在の人物があった、しかも『旧唐書』に記されている。

二　『旧唐書』「列伝」にみえる美青年「二張」の故事

中国史上二人の美男を男妾にした皇帝がいる、それは周の聖神皇帝、晩年の則天皇后である。『旧唐書』巻六「則天皇后本紀」に記しており簡略的である。

二年春二月封㆓皇嗣旦㆒為㆓相王㆒。初為㆓寵臣張易之及其弟昌宗㆒置㆓控鶴府官員㆒、尋改為㆓奉宸府㆒、班㆓在御史大夫下㆒。

（聖暦）二（699）年春二月皇嗣李旦は相王に封ぜられた。初めは寵臣張易之とその弟昌宗のために控鶴府の役人を設けたが、しばらくして奉宸府に改め、御史大夫の配下に置かれた。

「寵臣張易之及其弟昌宗」は高級官僚張行成（587〜653）の異母兄弟の孫に当たる。「列伝」張行成[5]の末に二人のことが綴られている。張行成は隋・唐二朝に務めていた。東宮時代の高宗に仕えていたので、太宗、高宗に深く信頼されていた。永徽四（653）年行成は体調が悪く引退を願い出た。高宗はその願いを聞くと涙ながらに「公は朕の腹心であるのに朕を棄てて去ろうと言われるのか」と強く慰留した。行成は無理に仕事を続けたが、同年九月に「尚書省」（日本の内閣に相当）で逝去した。高宗はたいそう悲しく、国事を三日止めて、九位以上の官僚を弔問に行かせ、「定」という諡号を賜った。行成の死後朝廷の恵みは異母兄弟の孫に当たる易之に及んだ。易之・昌宗のことについては、

行成族孫易之、昌宗。易之父希臧、雍州司戸。易之初以二門蔭一、累遷為二尚乗奉御一、年二十余、白皙美姿容、善二音律歌詞一。

行成の孫易之と昌宗の父は希臧と言い、雍州（甘粛正寧）司戸（司法官）を務めていた。初め易之は先祖の恩恵で禁中に務め、累遷して「尚乗奉御」（従四位）に上った。年は二十あまりで、色白で顔が美しい。音律に通じ、作詞に長ける。

と書いている。易之・昌宗が聖神皇帝（則天皇后）の男妾になったことも綴られている。

則天臨朝、通天二年、太平公主荐三易之弟昌宗入二侍禁中一、既而昌宗啓天后曰「臣兄易之器用過レ臣、兼工合錬」。即令二召見一、甚悦。由レ是兄弟倶侍二宮中一、皆傅レ粉施レ朱、衣二錦繍服一、倶承二辟陽之寵一。俄以昌宗為二雲麾将軍一、行二左牽牛中郎将一、易之為二司卫少卿一。賜第一区、物五百段、奴婢駝馬等。信レ宿、加二昌宗銀光禄大夫一、賜二防閣一、同二京官一朔望朝参。仍贈二希臧襄州刺史一、母韋氏阿臧封二太夫人一、使二尚宮至レ宅問訊一、乃詔三尚書李迥秀私二阿臧一。武承嗣、三思、懿宗、宗楚客、宗晋卿候其門庭、争執二鞭轡一、呼易之為二五郎一、昌宗為二六郎一。俄加二昌宗右散騎常侍一。聖暦二年、置二控鶴府官員一、以易之為二控鶴監内供奉一、余官如故。久視元年、改二控鶴府一為二奉宸府一又以易之為二奉宸令一、乃辞人閻朝隠、薛稷、員半千並為二供奉一。每因宴集、則令下嘲二戯公卿一以為中笑楽上。若内殿曲宴、則二張諸武侍坐、樗蒱笑謔、賜與無算。時諛佞者奏云、昌宗是王子晋後身、乃令下被二羽衣一、吹レ簫、乗二木鶴一、奏楽于庭上、如二子晋乗一レ空。辞人皆賦詞以美﹅之（以下「列伝」と称する）。

初めの「則天臨朝」とは、則天皇后が周の聖神皇帝として在位していることを意味する。「通天」は周の年号であり、通天二（６９７）年聖神皇帝（則天皇后）は七十四歳になった。太平公主は昌宗を禁中に連れて母に薦めた。しばらくして昌宗は「天后」（聖神皇帝・則天皇后）に「僕には易之という兄がおります。僕より器用で薬石の道に明るい」と申し出た。易之を召し出してみると、すっかり気に入った。それから二人は美しく化粧して豪華な錦の服を着て奉仕する。昌宗は雲麾将軍、左牽牛中郎将（従四位）に任命、易之は司衛少卿に任命した。住宅一邸、織物五百段、召使い、馬、駱駝を多く賜った。昌宗は禁中に二連泊してから「銀光禄大夫」（従三位）に昇進、護衛もつけられた。毎月一日と十五日になると二人は京の高官とともに殿上し、「二張」と呼ばれる。易之の故父希臧に「襄州刺史」号を追贈、母韋氏と阿臧に「太夫人」号を授けた。尚宮（侍官）を機嫌伺いに行かせ、尚書李迴秀を阿臧の情夫にさせた。武承嗣、三思、懿宗、宗楚客、宗晋卿は易之・昌宗が乗る馬の轡を争って執り易之を五郎、昌宗を六郎と呼んだ。

しばらくして昌宗は右散騎常侍になった。聖暦二（６９９）年「控鶴府」を新設し、易之は控鶴監内供奉を務めた。久視元年（７００）「控鶴府」を「奉宸府」に改め、易之を奉宸令に据えた。辞人閻朝隠、薛稷、員半千を集め、「供奉」にした。「奉宸府」のメンバーが集まって酒を飲む際、興を添えるため詩句を作って公卿を嘲けりふざけていた。私宴が行われる場合は易之・昌宗と武氏のものがつき添い、サイコロ、賭博をすれば、下賜は数え切れないほど多かった。

　ある日胡麻擂りは昌宗が王子晋（B・C567〜B・C546）の生まれ変わりと申し上げた。王子晋は周霊王（?〜B・C545）の子、嵩山（洛陽）に上って三十数年間修行して、ついに白鶴に乗って笙を吹きながら昇天したという伝説がある。周を祖先と決めた聖神皇帝は王子晋を先祖と思って「昇仙太子」と呼んで崇めた。聖暦二（699）年二月聖神皇帝は嵩山（河南省にあり）に上り、途中にある「昇仙太子廟」に参拝し、自ら筆を執って飛白体[6]で賛美文を綴った。

　胡麻擂りの話を耳にすると、昌宗に羽毛で作った、道士が着るような軽やかな服を羽織らせて木製の鶴に跨がって笙を吹く恰好をさせ、まるで王子晋が空に舞い上がるように演じさせた。周りのものは喝采、詩を詠んで褒め称えた[7]。最晩年の聖神皇帝はこのように国事を怠り、洛陽の迎仙宮（紫微宮）にある集仙殿（寝殿）で易之・昌宗兄弟につき添われてのんびりとした生活を送っていた。

　中国では昔皇帝の後宮にはいつも百二十名の后妃を配置していた。しかし聖神皇帝（則天皇后）が男妾を持っていたことは淫らな行為と言って厳しく非難し、唐が滅びる一因とした。

三　「老女の物語」と「列伝」

紅葉賀巻に貴公子二人が自由に宮中に出入りし、時々年寄りの典侍の元に泊まって肉体関係を持っている物語がみえる。この物語の主題は、張易之・昌宗が晩年の則天皇后の男妾として寵愛を受け、宮中に出入りし、肉体関係を持っていた「列伝」と一致する。「老女の物語」の源泉を確認するのには登場人物の対応設定が必須条件となる。

作品	帝	老女	貴公子
老女の物語	御年ねびさせたまひぬ帝	年いたう老いたる典侍	源氏・頭中将
「列伝」	聖神皇帝	則天皇后	易之・昌宗

一見して老女の物語の登場人物は「列伝」とうまく対応している。「御年ねびさせたまひぬ」帝は七十四歳になった聖神皇帝と対応し、「年いたう老いたる」典侍は晩年の則天皇后と対応し、源氏・頭中将は易之・昌宗に対応している。易之と昌宗は「二十余」、源氏と頭中将は十八か十九歳と思われる。ただし聖神皇帝は則天皇后と同じ人物であるが、「御年ねびさせたまひぬ帝」と「年いたう老いたる典侍」は別々である。とは言え、帝が「御年ねびさせたまひぬ」に対して典侍は「年いたう老いたる」という年齢、帝が「御年、ねびさせたまひぬれど、

かうやうの方、え過ぐさせたまはぬ」に対して「年いたう老いたる典侍」は「人もやむごとなく、心ばせあり、あてに、おぼえ高くはありながら、いみじうあだめいたる心ざまにて」という性格の一致によって典侍は書き入れた人物と断定される。歳月が経つにつれて物語の拠り所が分からなくなり、「御年ねびさせたまひぬ」帝は美青年と肉体関係を持つと思わず、「年いたう老いたる老女典侍」を書き入れた可能性がある。

典侍を書き入れると、不審が発生した。『史記』「列伝」に見倣って作った小説は一般的に主人公から書き出す。「老女の物語」は「帝の御年ねびさせたまひぬれど」から書き出したので、物語の主人公は帝である。それゆえ、この書き出しについて、『源氏物語評釈』（第二巻）は「これは新しい話の始まり、語る口調には荘厳さがある」と指摘し、『日本古典文学全集』（小学館）は「時の宮廷の風俗を描いている。その重々しい文体は新たな物語の起筆を印象づける」と指摘している。ところが、冒頭文に続いて、

はかなきことをも言ひ触れたまふには、もて離るることもありがたきに、目馴るるにやあらむ、げにぞあやしう好いたまはざめると、こころみにたはぶれ言を聞こえかかりなどするをりあれど、情なからぬほどにうちいらへて、まことには乱れたまはぬを、まめやかにさうざうしと思ひきこゆる人もあり。

と書いてある。『日本古典文学全集』（小学館）は、

ちょっとした言葉でもおかけになろうものなら、女房どもの中には聞き流して応じないも

のもまずいないので、君はそんなことにすっかり目慣れていらっしゃるのであろうか、なるほど、不思議とに浮気めいたことはなさらないらしい、と女房などが試しに冗談言を申し上げなどする折もあるのだが、相手に恥をかかせぬ程度にあしらって、実際にはお乱れになることがないのを、まじめすぎてものたりないと思い申しあげる人もいる。

と訳し、なお、

この文は、主語が源氏・女房・源氏……と相互に変わる複雑な文脈。女房たちの目からとらえた一つの源氏像。帚木冒頭・末摘花冒頭と類似する（紅葉賀巻、４０７頁、頭注16）。

と注している。『源氏物語評釈』（第二巻、玉上琢彌）にも類似の評釈がみえる。

いったい誰が誰にいうのか、「たまふ」という敬語がついているので、身分の高い人とはわかるが、誰が誰にとも分からぬままに、おしゃべりは、いくらでもつづいて行く。

さらに、

書きぶりと似ているのは、「帚木」の冒頭である。「光源氏、名のみことごとしう、言ひ消たれたまふ咎多かなるに、いとど、かかる好きごとどもを、末の世にも聞き伝へて、かろびたる名をや流さむと、しのびたまひけるかくろへ事をさへ語り伝へけむ人のものいひさがなさよ」。「帚木」の冒頭では、作者は光源氏をつきはなして書いている。おしゃべりをする人々は、噂の主に対して責任を感じながら、なんでもかんでも平気でいう。あの態度、その物いいが、「帚木」の冒頭にはあった。その点ここの文章の調子は似ている。

とつけ加えている。主語のない「はかなきことをも言ひ触れたまふには」から始まる部分はどちらであるか判別できない。「帝の御年ねびさせたまひぬれど」という書き出しは帚木巻の「光源氏、名のみことごとしう」という冒頭文に似ているが、末摘花巻にみえる、

思へどもなほ飽かざりし夕顔の露におくれしここちを、年月経れど、思し忘れず、ここもかしこも、うちとけぬ限りの、けしきばみ心深きかたの御いどましさに、け近くうちとけたりしあはれに、似るものなう恋しく思ほえたまふ。

という部分は前の物語を受けて後の物語を引き起こす書き加えである。

その後典侍を紹介する。

年いたう老いたる典侍、人もやむごとなく、心ばせあり、あてに、おぼえ高くはありながら、いみじうあだめいたる心ざまにて、そなたには重からぬあるを、かうさだ過ぐるまで、などさしも乱るらむと、いぶかしくおぼえたまひければ、たはぶれ言言ひ触れてこころみたまふに、似げなくも思はざりける。あさましとおぼしながら、さすがにかかるもをかしうて、ものなどのたまひてけれど、人の漏り聞かむもふるめかしきほどなれば、つれなくもてなしたまへるを、女は、いとつらしと思へり。

「年いたう老いたる典侍」がかなり年取った帝に仕えることは現実から離れるが、「老女の物語」は「上の御梳櫛にさぶらひけるを、果てにければ、上は御袿の人召して、出でさせたまひぬるほどに、また人もなくて」から始まった。もし御梳櫛が済んだら典侍は装束係を呼び寄せ

に出て行った後に部屋に上だけが残り、源氏はいつの間にか部屋に入って上の衣服を引っ張って驚かせるように展開すれば、帝から書き出した構成構想と合致し、則天皇后と昌宗の故事を元にして翻案されたと言ってよい。しかし現「老女の物語」では御梳櫛が済んだら帝は出て行って典侍が部屋に残る。いつの間にか部屋に忍び込んだ源氏は老女の衣服を引っ張って驚かせる。ここで典侍が主人公をすり替えて「帝の御年ねびさせたまひぬ」という冒頭文は宙に浮いたものになった。

仮に書き入れた典侍が主人公をすり替えたとしても則天皇后の故事の存在が微かにみえる。部屋に残っている典侍は「常よりもきよげに、様体、頭つきなまめきて、装束、ありさま、いとはなやかに好ましげに見ゆる」という部分を読むと、どことなく『新唐書』「后妃伝」にみえる、

太后雖㆓春秋年高㆒、善自塗澤、左右不㆑悟㆓其衰㆒[9]。

皇太后は年取ったといえども上手に化粧するので、回りのものもその衰えに気づかない。

という記録によって書かれたようにみえる。しかし突如として穂先が一転して、

いかが思ふらむと、さすがに過ぐしがたくて、裳の裾を引きおどろかしたまへれば、かはぼりのえならず画きたるを、さし隠して見かえりたるまみ、いたう見延べたれど、目皮まかわらいたく黒み落ち入りて、いみじうはつれそそけたり。

と人に反感を募らせるように描写する。この突然の変化は後世人が改作した結果である。も

う一つ、典侍は高齢でありながらも崇拝者が多く元々修理の大夫という恋人がいた。いまは若い源氏の美しさに目を留めて話題となっている。この話は易之・昌宗が仕える前の薛懐義（662〜695）[10]に想到する。

高宗が崩（683）じて則天皇后は皇太后となり垂簾聴政して即位した息子に目を光らせていた。一方、垂拱元年（685）頃逞しい体の馮小宝（のち薛懐義に改名）を男妾にした。初めは薛懐義を白馬寺の住職にさせ、のち政治や祭儀の中心となる明堂の修築に委任した。聖神皇帝の寵愛を恃みにした薛懐義の威勢は凄まじく武氏一族のものでも媚び諂った。則天皇后が侍医の沈南璆を寵愛する噂を聞くと明堂に放火、抵抗の意思を表した。周囲から顰蹙を買ったので証聖元年（695）太平公主によって殺害された。薛懐義の死後二年ほどして太平公主は昌宗を母に薦めた。二張とのことを語るところで薛懐義に似せた人物を上げたのは則天皇后の故事を語った痕跡である。

まとめて言うと、宮中に舞台を置いてかなり年取った地位の高い女性が、自由に宮中に出入りする二人の美青年と肉体関係を持つ物語は虚構ではなく、最晩年の則天皇后の故事によって語られたものであり、藤壺の物語に帰する。

結び

桐壺巻から始まった藤壺の物語は、先帝の四の宮として十四歳で入内し、三十七歳の厄年で重病に伏し、薄雲巻で亡くなったと読まれている。「老女の物語」に結びつけて考えると、藤壺は三十七歳で亡くならず長生きした。

唐では太宗後宮の文徳皇后は三十六歳で逝去した。文徳皇后を則天皇后に見なしたかと疑われるが、元々三十七歳で終わった短篇があったと考えられる。「則天皇后本紀」は「則天皇后武氏、諱曌、并州文水人也。父士彠、隋大業末為鷹揚府隊正」（後略）から始まり、出身を紹介した。その次は、

則天年十四時、太宗聞二其美容止一召入レ宮、立為二才人一（中略）帝自顕慶已后、多苦風疾、百司表奏、皆委天后詳決。自此内輔国政数十年、威勢与帝無無異、当時称為二聖。

とある。「則天年十四時、太宗聞二其美容止一召入レ宮、立為二才人一」によって藤壺の入内が作られて、永徽六（655）年「廃二王皇后一而立二武宸妃一為二皇后一」によって藤壺の立后が語られた。帝は顕慶（656〜660）以後病気がち、則天皇后は代わって国事に携わり、ちょうど三十七歳になった時に実権を握るようになった。原作はどのようだったのか分かりかねるが、後世の整理者は三十七歳で死去したように手を加えた可能性がある。

注

（1）村井順『源氏物語上』「紅葉賀の巻・源内侍をめぐって」中部日本教育文化会、昭和37年、ネットによって訂正
（2）池田亀鑑『物語文学Ｉ』「16源典侍」至文堂、昭和43年
（3）角田文衛『紫式部とその時代』「源典侍と紫式部」角川書店、１９６６年
（4）金田元彦「源典侍」（秋山虔編別冊国文学13）『源氏物語』（必携Ⅱ）学灯社、１９８２年
（5）『旧唐書』巻七十八、「列伝」第二十八、『新唐書』巻一四〇、「列伝」第二十九に張行成伝がある。
（6）漢の蔡邕が創始したと伝える漢字の書体の一つ。代表的な作品に唐太宗の『晋祠銘』、高宗の『大唐紀功頌額』、則天皇后の『昇仙太子碑額』、日本には空海の『真言七祖像』の祖師の名号などがある。
（7）西漢劉向『列仙伝』
（8）玉上琢彌『源氏物語評釈』（第二巻）角川書店、昭和57年
（9）『新唐書』巻八十九、「列伝」第一「后妃上」
（10）『旧唐書』巻一八三、「列伝」第一三三「外戚」

第八章　「雲隠」と無字碑

『源氏物語』に第41巻、本文なしの「雲隠」がある。文献的に高野山正智院蔵の『白造紙』(1199頃書写)「源氏目録」に見えるものが最古とされる。『無名草子』(1201頃)や安居院澄憲の『源氏一品経』(1168頃)にはみえないが、『紫明抄』(鎌倉時代)には「この巻の内容はどこかに密かに残されているとの伝承が伝えられている」と書いており『原中最秘抄』(南北朝時代)には、

この巻には光源氏の死が描かれており、これを読んだものたちが世をはかなんで次々と出家してしまったため、時の天皇の命により内容を封印してしまった、焚書処分にしたとする伝承が記録されている。

と書いている。伝説はさておき、いま現在「雲隠」は日月が雲の中に隠れてしまうことを表し、源氏の死を象徴すると言われる。既述したように古来日月が天子の象徴とし、賜姓臣下を日月に準える前例はない。「高宗本紀」によって作られた物語がみえるが、今のところでは高宗の崩御と読み取れない。

考察によれば、第二部、桐壺巻における十四歳で先帝の四の宮としての入内から紅葉賀巻に

おける典侍と二人の美青年の異性関係の持つ藤壺を中心とする物語、そのすべてが「則天皇后本紀」を大綱にして作られた。聖神皇帝（則天皇后）の死が「老女の物語」の後に続く。

　年を取るにつれて帝は病床に伏す時間が多くなった。二張は側を離れずに世話し、時々帝の命令と称して国事を取り仕切っていた。その間汚職事件が発生し、世間を騒がせた。神龍元年（７０５）一月二十日張柬之を初めとして大臣らがクーデターを起こし、禁衛兵が先ず易之・昌宗を切り倒し、そして帝に帝位を太子に譲らせた。李顕は即位して中宗となり、譲位した母に「則天大聖皇帝」の尊号を奉り、上陽宮に移された。同年十一月二十六日、則天大聖皇帝が崩御、臨終の際「去帝号、称則天大聖皇后」（帝号を去り、則天大聖皇后を称せよ）と遺言し、高宗の眠る乾陵に合葬される。

　高宗陵の前に則天皇后が自ら高宗の功績を讃える碑文を綴り、中宗が書いた「述聖記碑」（高６・３m、幅１・８６m、重81・６kg）が立てられる。その向かい側に則天皇后の巨大な石碑（高７・５３m、幅２・１m、重98・９kg）、表にも裏にも一字も刻まれていなかった「無字碑」が立てられる。則天皇后の死を象徴する「無字碑」から源氏物語にある本文なし白紙の「雲隠」に想到し、それが則天皇后を下敷きに作られた藤壺の死を象徴し、「紫のゆかり」が終了する目論見をあからさまに示す。

　もう一つ考えられるのは、「雲隠」は則天皇后の自署用の「曌」に因む発想である。「曌」は日月が空に輝き大地を明るく照らす意味から考案された漢字である。上の日月が隠れると

「空」となり、うつろ、何も残らない、仏経にある「万物皆空」の意味合いとして取ることが出来るのである。

第三部　源氏物語と唐代伝奇小説

第一章　「鶯鶯伝」と空蝉の物語

帚木の巻を開くと「光る源氏、名のみことごとしう」という冒頭文が目に入る。帚木巻の桐壺を受けるものとしての冒頭文は昔から注意を引くのである。室町時代覚勝院の『源氏物語聞書』（1571）という注釈書を初めとして桐壺との繋がりは不自然と指摘し、本居宣長（1730〜1801）も、

この語は源氏物語の序のごときのものである。源氏壮年の情事を総括して評した語である。従って人に非難される罪、隠密の情事とは、後の巻々に描けることであり、「語り伝へけむ」とはこの物語、この後の巻々である。(1)

と述べている。和辻哲郎は宣長が指摘した「一つの物語の発端としての書き方」を認めるが、もし、

光源氏なる好色人の伝説あるいは物語がすでに存在しているのを利用して、この光源氏に関する一般の解釈にいきなり抗議を提出することによって物語を書き始めたとすれば、その方が一層巧妙であり、また一層端的に読者の心に具体的な幻影を呼び起こす方法ではなかろうか。（中略）我々はこの発端を、「読者がすでに光源氏を知れることを前提として書

かれたもの」と認むべきではなかろうか。

そして、

> 読者が光源氏を知っていることを前提にするには二つの場合がある。一つは「紫式部がすでに光源氏について多くのことを書き、その後に帚木の巻を書く場合である（中略）我々はもう一つの場合を考えることが出来る。光源氏についての（あるいは少なくとも「源氏」についての）物語が、すでに盛んに行われていて、紫式部はただこの有名な題材を使ったに過ぎぬと見るのである。

と述べて、なお、

> この二つの場合は同時に許されるかも知れない。すなわち周知の題材の上にまず短い源氏物語が作られ、それに後からさまざまの部分が付加せられたと見るのである。が、いずれであるにしても、とにかく現存の『源氏物語』が桐壺より初めて現在の順序のままに序を追うて書かれたものでないことだけは明らかだと思う。

とつけ加えている(2)。その後源氏物語の執筆順序を巡る論議が起こり、与謝野晶子(3)、池田亀鑑(4)、阿部秋生(5)は「後挿入」また「後記」を唱える。いずれも和辻氏の指摘と当てはまらないようである。平成の初め『国文学』誌はまた源氏物語の成立事情を説明するようにと今井源衛に依頼したが、今井氏は、

> 源氏物語の成立事情——その巻々の成立事情とか例の紫上系の執筆の前後の問題などがあ

るが、これも今もって俄な結論は出しにくいことであり、かつ、私自身はこの問題には以前からあまり興味が持てないのである。どちらかと言えば、後記挿入説には共感するところが少ないし、その立証のための努力は、もちろん無意味ではないが、結局は労多くして成果の乏しい課題のように思われるからだ。その意味でここでは、課題をややずらして時間的な問題を避け、源泉と影響の問題、特に漢籍からの影響関係に絞ることにする。(6)

と言って帚木の冒頭文は唐の伝奇小説「鶯鶯伝」によって書かれたと指摘した。この貴重な指摘を手がかりにして調べてみると、源氏の人物像のみならず、「雨夜の品定め」、空蟬物語の登場人物も対応している。ただし鶯鶯は未婚の少女であるのに対して空蟬は人妻に設定される。「鶯鶯伝」を読んでみて空蟬の物語に照らし、両作品の一致点と相違点を確認しながら相違した原因を検討してみたい。

一　「鶯鶯伝」について

唐の中期において「一歌一伝」つまり詩歌と散文で一組にする作品のスタイルが現れた。貞元二十（804）年元稹は「鶯鶯伝」を作り、李公垂は「鶯鶯歌」(7)を作った。その二年後の元和元年（806）白居易は「長恨歌」を作り、陳鴻は「長恨伝」（806）を執筆した。「鶯鶯歌・伝」も「長恨歌・伝」も大いに流行していた。

唐中期伝奇小説が盛んになり、有名な作者が多かった。そのうち李公佐（生没年不詳）と元稹が大きな影響力を持っていた。李公佐は作品の数が多く[8]影響も大きかったが、名前は元稹ほど売れなかった。元稹は「鶯鶯伝」しか執筆しなかったが後世に影響が大きく名声が響き渡る。

1 「鶯鶯伝」の梗概

貞元年間（785～805）、張という書生がいた。すらりと恰好よく品格がある。二十三歳になったのに女遊びをしたことはない。科挙試験の準備をするため長安に近い普救寺を宿にした。たまたま長安へ帰ろうとする崔氏は子女を連れて同じ寺に宿泊した。話してみると崔氏は張生の叔母に当たる。折から軍の騒乱が起こり、略奪が始まった。崔氏はたいへん恐れていた。張生は軍に知り合いがあるので、保護してもらった。感謝した崔氏は酒宴を設けて張生を招待し、息子の歓郎と娘の鶯鶯を呼びだしてお礼を言わせた。

張生は鶯鶯を見ると一目で惚れ込んでしまった。酒宴が終わると、その思いを通わせたく鶯鶯の侍女紅娘に悩みを訴えた。紅娘は恥ずかしく何も言わずに逃げてしまったが、翌日、張生と出逢った時に、

崔之貞順自保、雖二所尊一不レ可下以二非語一犯上レ之、下人之謀、固難レ入矣。然而善属レ文、往往沈二吟章句一、怨慕者久之。君試為喩二情詩一以乱之。不レ然、則無レ由也。[9]

お嬢様は真面目に慎み深く身を守っています。たとえ目上の人でも無理な言葉を押しつけ

ることはできません。私のような召し使いの計らいなど聞き入れられません。しかし文学に通じていて時々詩句を口ずさみ、慕っても会えないと嘆いたりしておられます。貴方様はお気持ちを込めた詩を送って気を引いてご覧なさい。ほかに方法はありません。

と言った。張生は紅娘の話を聞くと、大いに歓び、即座に「春詞」（恋歌）を二首作って手渡した。夕方紅娘は「明月三五夜」という題名の詩を持ってきた。

待レ月西廂下　西廂に月の出を待てば
迎レ風戸半開　風を迎えて戸は半ば開く
拂レ牆花影動　垣根に花の影揺らぎ
疑二是玉人来一　恋しき人が来たかと疑う

張生はこの小詩を読むと、ほのかにその意味を悟った。翌日の夕方、杏の木を梯子にして壁を越え、「西廂」（西側にある部屋）に忍び込んだ。やがてきちんとした身なりをしている鶯鶯が現れた。意外にも厳しい口調で「初めは人の難儀を守って義を立ててくださいましたが、後ではそれを無理に誘惑なさろうとされます。それでは乱暴に乱暴を置き換えると同じ、どれだけの違いがありましょう」と張生を非難して立ちさった。張生は長く呆然としていてあきらめた。それから、

数夕、張生臨レ軒独寝。忽有レ人覚レ之。驚而起、則紅娘斂レ衾携レ枕而至、撫レ張曰至矣、至矣。睡何為哉。並レ枕重レ衾而去。張生拭レ目危坐久レ之、犹疑二梦寐一、然而修謹以俟。

俄而紅娘捧二崔氏一而至。至則嬌羞融冶、力不レ能運二支体一、曩時端荘不二複同一矣。是夕、旬有八日矣。斜月晶瑩、幽輝半床。張生飄飄然、且疑二神仙之徒一、不レ謂下従二人間一至上矣。有頃、寺鐘鳴、天将レ暁、紅娘促レ去。崔氏嬌啼宛転、紅娘又捧レ之而去、終夕無二一言一。

数日後軒近くで寝ていると、急に人から呼び起こされた。びっくりして起き上がると、そこには紅娘が枕を携えてやってきていた。張生に触りながら「来ましたよ、来ましたよ、まだ眠って居られますのか」というと、枕を並べ置いて布団を敷いて出て行った。張生は目をこすってしばらく正座していたが、なお夢かとばかり疑った。じっと心を落ち着け、緊張して待ち受けると、紅娘が崔氏（鶯鶯）を支えながら現れた。はにかみ艶めかしく、体を支える力さえなさそうで、この前の端正で厳しい様子は全然みえない。その夜夢心地で、天から降りた天女かと疑い、この世の人とも思えなかった。やがて寺の鐘が鳴り響き、空は明けかかった。紅娘が帰りを促し、崔氏が色っぽく泣いて紅娘はまたその身を支えて立ち去った。夜もすがら崔氏は一言も言わなかった。

鶯鶯は密かに張生と西廂でひと月ほど逢瀬していた。張生が一度長安に行ったが、戻ってから逢瀬を続けた。俄に試験の呼び出し状が届いたので、張生は上京することになった。出発する前夜、鶯鶯は静かに話しかけた。「初めから道ならぬ恋でしたもの、ついに捨てられるのも、もともとやむを得ないことで、いまさら恨みは申しません」と言いつつも紅娘が用意した琴で「霓裳羽衣曲」を弾き始めた。いくらも弾かないうちに悲しみに調べが乱れ、聞き分けることすらできなくなった。そばにいた侍女はすすり泣いた。鶯鶯は手を止めて琴を投げ出し、涙を流したまま走り去った。

翌朝、張生は旅立ち、そのまま京に止まった。その間鶯鶯に手紙を送って事情を説明したが、鶯鶯は理解しつつも、未練がたっぷり籠もった返事をした。一年余り経つと鶯鶯は他の人に嫁いだが、張生も妻を迎えた。その後、ふと張生は鶯鶯の住居近くを通ることになり、従兄として会いたいと申し入れた。鶯鶯はどうしても姿を見せようとせずに次の小詩を送った。

自㆓従消痩㆒減㆓容光㆒　別れてからやつれてしまい
萬転千廻懶㆑下㆑床　あれこれ熟考を重ねベッドを下りるさえものうし
不㆑為㆓旁人㆒羞不㆑起　人目を恥じて起きられないわけではなく
為㆑郎憔悴却羞㆑郎　あなたのためにやつれ、あなたにこそ照れて会えない

数日後張生が旅立とうとする間際に鶯鶯からまた、

棄置今何道　棄てられたことは今言う必要があるまい
当時且自親　あのころはもちろん親しくしていた
還将㆓旧時意㆒　あの頃のような優しいお心で
憐取眼前人　目の前の人を愛してください

という送別の詩を寄せられた。それ以後連絡を絶った。

2 「鶯鶯伝」の影響

鶯鶯は張生の恋歌を受け取ると、恋心は芽生えないわけにはいかないが、封建社会の道徳観に違反すると思って厳格な態度で厳しい言葉を用いて張生を非難した。しかし張生の詩才に憧れてついに理性を失い、自ら逢瀬に行った。ロマンチックな愛情物語は情緒が奥深く、当時有名な文人楊巨源、李紳の詩作が添えられて更なる彩りが加わった。元稹は元々文才の誉れが高く、高官になったこともあり、それに元稹が張生に仮託して自分の経験談を綴ったという噂[10]を加えて人々は好んで取り沙汰した。唐では言うまでもなく宋になってからも、

士大夫極二談幽玄一、訪レ奇述レ異、莫三レ不挙レ此以為二美話一。至二於娼優女子一、皆能調二説大略[11]一。

士大夫は好んで幽玄を語り、奇異な話題を探し求めるなら、これ（「鶯鶯伝」）を挙げないものはいない。芸者、妓女のすべてはその概略を上手に語ることができる。

というほど流行し、趙徳麟（1064〜1134）はこれに基づいて「元微之・崔鶯鶯商調蝶恋花詞」（『侯鯖録』第六巻）という「鼓詞」（曲芸の台本）を翻案した。時代が下がるにつけて小説は言うまでもなく脚本の翻案が相次いだ。金朝は董解元（生卒不詳）の「董西廂」、元朝は王実甫（1260〜1336）の「北曲西廂記」、関漢卿（約1234〜1300）の「続西廂記」（芝居の脚本）、明朝は李日華（1565〜1635）や陸天池の「南西廂」（芝居の台本）、清朝は「西廂記」、「続西廂記」、「後西廂記」などの翻案作が現れた。中国では今な

お「西廂記」を演劇の伝統演目にする劇団が多くある。

「鶯鶯伝」がいつ日本に伝来したのかははっきりせず、記録も見いだせない。「鶯鶯伝」の翻案作「西廂記」は寛永十六（1639）年以前日本に伝来し、所蔵されている。[12] しかし古典文学の研究者は「鶯鶯伝」は元稹の没（831）後四十年ぐらいには伝来していたと推測し、目加田さくをは「鶯鶯伝」は「日本見在書目録」に載ってないが、唐の有名な愛情小説であるがゆえに留学生の口伝承があったのではあるまいかと述べている。[13] 田辺爵はまた『伊勢物語』「狩りの使」に「鶯鶯伝」を利用して作った場面がみえると指摘している。

女、人をしづめて、子一つばかりに、男のもとに来たりけり。男はた、寝られざりければ、外の方を見いだしてふせるに、月のおぼろなるに、小さな童をさきに立てて人立てり。男いとうれしくて、わが寝る所に率て入りて、子一つより丑三つまであるに、まだ何ごとも語らはぬにかへりにけり。[14]

中国における古典文学作品に月夜に女性が男の寝所に行くという発想は「鶯鶯伝」のほかにない。伊勢物語「狩りの使」にみえる「わが寝る所に率て入りて」はあからさまに「鶯鶯伝」の「俄而紅娘捧崔氏而至」に拠って書かれたし、「子一つより丑三つまであるに、まだ何ごとも語らはぬにかへりにけり」は「終夕無一言」の日本語訳と理解される。

寛弘年間では伊勢物語の「狩りの使」は広く知られていたかもしれないが、帚木巻は「狩りの使」によって語られたとは思えない。『元白詩筆』の伝来によって元白は比肩される存在であり、長恨歌の物語の流行に伴って「鶯鶯伝」が語られたと推測される。

二 帚木・空蟬巻と「鶯鶯伝」

空蟬の物語は「鶯鶯伝」と同様で夫婦ではない異性関係を主題とする。空蟬の物語は帚木と空蟬巻に集中し、関屋に後日談がぶら下がり、玉鬘にもちらりとみえる。玉鬘にみえるものは「鶯鶯伝」と関係なく不問にし、今井源衛の指摘を踏まえて冒頭文から検討していくことにする。

1 帚木巻の冒頭文

帚木巻は次のように書き出している。

光る源氏、名のみことごとしう、言ひ消たれたまふ咎多かなるに、いとど、かかるすきごとどもを、末の世にも聞き伝へて、軽びたる名をや流さむと、忍びたまひけるかくろへごとをさへ、語り伝へけむ人のもの言ひさがなさよ。さるは、いといたく世を憚り、まめだちたまひけるほど、なよびかにをかしきことはなくて、交野の少将には笑はれたまひけむかし。

この冒頭文について今井氏は、

張生と源氏がともにきまじめな人間であること、しかし、一旦自分がこれはと思った女性には執念を燃やすという点が共通である。文中の「登徒子」を交野の少将に置き換えれば、

「鶯鶯伝」を少しひねれば、そのまま帚木巻頭になりそうである。(15)と指摘している。「鶯鶯伝」の初めは次のように書かれている。

貞元中有二張生者一。性温茂、美二風容一、内秉堅孤、非礼不レ可レ入。或朋従二遊宴、擾雑間一、他人皆洶洶拳拳、若将レ不レ及、張生容順而已、終不レ能レ乱。以レ是年二十三、未三嘗近二女色一。知者詰レ之、謝而言曰、登徒子非二好レ色者一、是有二凶行一。余真好レ色者、而適不二我値一。何以言レ之、大凡物之尤者、未レ嘗レ不三留二連於心一、是知三其非二忘レ情者一也。詰者識レ之。(16)

唐の貞元年間（７８５〜８０５）張という書生がいた。穏やかな人柄で、外見も美しい。しかし芯は堅く浮いたことなどは見向きもしなかった。友人仲間と宴席に臨み、座がだんだん乱れてきて他の者がはしゃぎ出し、飽くこともなく騒ぎ回る時でも、彼のみはじっと落ち着いて調子を合わせるぐらいで、ついぞ心の乱れは見せなかった。そういうわけで二十三歳になったが女を近づけることはなかった。それを知るものは理由を尋ねた。彼は次のように答えた「好色漢と言われる登徒子は恋が分からないので無茶なことをするものだ。ぼくは情愛に無関心ではなくまだ気に入りの女に会ってないだけだ。なぜなら、およそ世の素晴らしい美人を見れば、長く忘れられずにいるから。僕は無情なものではないと分かっただろう」。聞くものも頷いた。

帚木の冒頭文について和辻氏は、

発端の語は、どの解釈をとっても、世の口のさがなき噂に抗議を含んでいる。世人は彼を好色人というが、しかし実は「なよひかにをかしき事はなく」、好色人として類型的な交野の少将には冷笑されるだろうと思える人なのである。彼の密事も「軽びたる名を流さむ」ことを恐れて忍び隠したのであって、実はまじめな事件なのである。この密事をさえ誤解しつつ語り伝えた人は「物いひさがなし」という非難に価する。この抗議は第一巻の物語からは全然出てくるわけはない（先掲注2同著）。

と言っている。確かにこの冒頭文は「世の口のさがなき噂に抗議を含んでいる」、この抗議は桐壺巻の終わりと繋がらない。もし帚木の冒頭文が「鶯鶯伝」によって書かれたとすれば、男主人公は「鶯鶯伝」の張生に相当し、元稹に当たる。元稹に好感を抱く作者は源氏贔屓になり、世間を憚って自重し、真面目な恋愛だったと語ったと考えられる。

2 「雨夜の品定め」と鶯鶯論

帚木巻は冒頭文、「雨夜の品定め」、空蝉の物語に分けられる。「鶯鶯伝」を受容して作られた冒頭文と空蝉と源氏の物語の間に「雨夜の品定め」、つまり女性論が挟まれている。「鶯鶯伝」も冒頭文、愛情物語、鶯鶯論（女性論）からなるが、愛情物語が終わってから鶯鶯評が行われたのである。内容は異なるが、鶯鶯を評するきっかけや人数は「雨夜の品定め」と一致する。

①女性論が始まるきっかけ

張生は試験のため京に上がり、鶯鶯と手紙のやりとりがあった。別れてから「発㆓其書㆒於㆑所知」、鶯鶯が書いてくれた手紙を仲間に公開した。友人はもの珍しさから話題にして詩文を綴った。

一方、夏の長雨が続く物忌みの夜、源氏は「さりぬべき、すこしは見せむ」、厨子にしまっている女性の歌を頭中将に見せた。それがきっかけで雑談が始まり、欠点も何もかも隠されてしまっている上流階級の箱入り娘よりも、気質がありのままにみえる中流階級の娘の方が良いとの持論を頭中将が語り、源氏も興味を示す。さらに馬頭と藤式部丞も加わり、女性論に花を咲かせた。

②女性論に加わる人数

「鶯鶯伝」は実在の官僚楊巨源[17]、元稹、李公垂[18]の名前が挙げられているが、「雨夜の品定め」は虚構の源氏、頭中将、左馬頭、藤式部丞が加わり、いずれも四名の高級官僚が加わったのである。それだけでなく四人のうちにとくに仲良しがいる。「鶯鶯伝」に「稹特与張厚」、元稹は張生と特に仲良しというが、「雨夜の品定め」には源氏と頭中将は「親しく馴れきこえたまひて、遊びたはぶれをも、人よりは心やすしく、なれなれしくふるまひたり」と対応するようである。

③論評の内容と形の相違

「鶯鶯伝」では楊巨源が鶯鶯のことを聞いてから珍しく思って「崔娘詩」を作り、元稹が「会真詩」三十韻を和し、李公垂が「鶯鶯歌」を綴っている。「雨夜の品定め」は愛情物語と関係なく雑談である。

「雨夜の品定め」が始まるきっかけや論評に加わる人数と「鶯鶯伝」との一致点をみると、「鶯鶯伝」よりヒントを得て構想されたと思われる。

3 人物設定

空蝉の物語と「鶯鶯伝」の関係を考察するためにまず登場人物を系図に書いておこう。

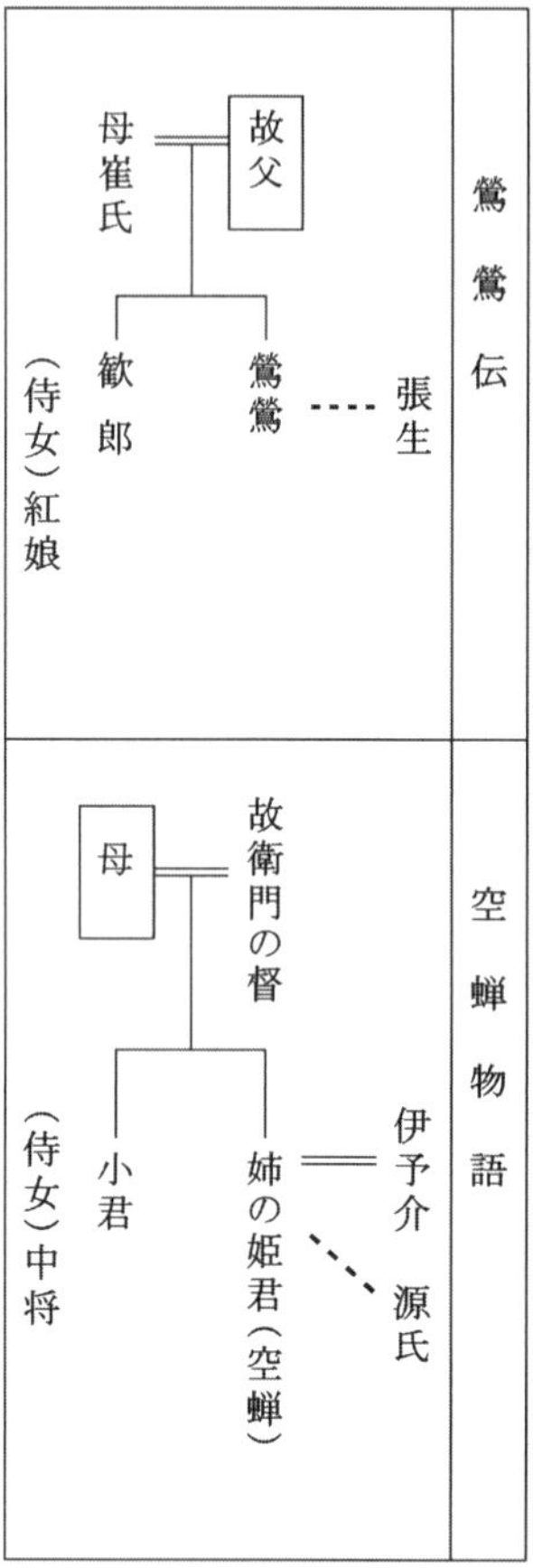

空蟬の物語の源氏と空蟬は「鶯鶯伝」の張生と鶯鶯と同様夫婦ではない男女である。源氏を張生に対応させると、空蟬が鶯鶯に、小君が歓郎に、中将が紅娘に、とそれぞれ対応することになる。空蟬は父を失い、母には言及せず、小君という弟がいる。鶯鶯は寡婦の母と弟の歓郎がいる。歓郎は、

十余歳、容甚温美　　十歳あまり、おとなしそうで可愛らしい。

空蟬の弟小君は十二、三歳ぐらいで、「才などもつきぬべく、けしうははべらぬを、殿上なども思うたまへかけながら」という。鶯鶯の身辺に紅娘という侍女がおり、空蟬に中将（侍女）が仕えている。空蟬物語の登場人物は「鶯鶯伝」と対応し、それによって構想されたと言ってよい。しかし相違がある。鶯鶯の侍女紅娘は文使いとしての役割を果たしたが、空蟬の物語の侍女は自由に外出できず空蟬の弟小君が文使いの役目を果たす。空蟬は鶯鶯と対応するが、人物像が違う。鶯鶯は十七歳の未婚の少女であるが、空蟬は老齢の地方官伊予介の後妻である。空蟬と鶯鶯の身の上が違うことに伴って女主人公の立ち居振る舞いも変わり、物語の展開筋にも影響する。

4　執念深い男の主人公

張生は酒宴で鶯鶯に一目惚れしてその思いを通わせたく鶯鶯の侍女紅娘を思い出した。そこで、

私為二之礼一者数四、乗レ間遂道二其衷一

内々にその紅娘に物を贈り、それを数回繰り返した。折を見てついに心を打ち明けた。

そして翌日紅娘に、

昨日一席間、幾不㆓自持㆒。数日来、行忘㆑止、食忘㆑飽。恐不㆑能㆑逾㆓旦暮㆒。若因㆓媒氏㆒而娶、納采問名、則三数月間、索㆓我於枯魚之肆㆒矣。爾其謂㆓我何㆒。

先日鶯鶯と同席してからは、感情を抑え切れないほどでした。この数日歩いて道に迷い、食事をしてもどこに入ったのか分からない。このようなら恐らく長くは持ちますまい。もしきちんと仲人に頼み、結納・問名の手続きをすると三、四ヶ月かかる。その時自分はすでに干からびて干物屋で捜さなければならないでしょう。あなたは一体どう思いますか。

と訴えた。紅娘は張生の話を聞いて同情し、鶯鶯に詩を書いて気を引いてみたらと言った。張生は即座に「春詞二首」(恋歌)を書いて届けさせた。鶯鶯は張生が恋歌を寄こしたことに怒り西廂に来て待っている張生を厳しく非難した。しかし恋心が芽生えてその挙げ句の果て自ら張生の寝所に行って結ばれた。もし空蝉が鶯鶯を下敷きにしたとすれば、源氏と密会を続けるが、空蝉は人妻である身を意識して拒み、源氏は意地になって追い回す展開となる。

方違えのため源氏は伊予守宅に泊めてもらった。みんなが寝静まった時に源氏は起きて女の部屋に忍び込んだ。ほの暗い明かりの傍にただ一人だけで、とても小柄な感じのものがいた。源氏が上に掛けてある衣を押しのけるまで女のほうは女房が来たのだと思い込んでいた。源氏は声をかけながら女を抱き上げて襖障子まで行ったところへ、女房が来合わせた。源氏は襖障子を引いて閉め、明朝にお迎えに来てくださいと女房に言った。「女は、この人の思ふらむことさへ、死ぬばかりわりなきに、流るるまで汗になりて、いと悩ましげなる」。この場面は「任氏伝」によって書かれた(19)と新間一美が指摘した。任氏は見知らぬ崟の暴力に「汗若濡雨」になって抵抗し、拒み通したが、空蟬は源氏の甘い言葉と強引なやり方に靡いた。

源氏は空蟬と一夜を共にしてから忘れられず、是非とも再会したいと思った。そこで文使いを見つけようと思って空蟬の弟小君を思い出した。紀伊守に「かのありし中納言の子は得させてむや。らうたげに見えしを、身近く使ふ人にせむ。上にも我奉らむ」と言いつけた。五、六日して小君は連れて来られた。源氏は、

この子をまつはしたまひて、内裏にも率て参りなどしたまふ。わが御匣殿にのたまひて、装束などもせさせ、まことに親めきてあつかひたまふ。

と世話し、内裏に連れて行ったりして機会を狙って空蟬のことを尋ねた。源氏の文使いの機嫌を取り、そして女性に連絡させる手法は「鶯鶯伝」の張生が紅娘に頼む過程と似ている。

小君は源氏を導いて再び紀伊守邸を訪れた。そして姉に源氏と再会するように強く頼んだ。空蟬は弟の話を聞こうとせず、応じなかった。失敗した源氏は小君に、

あこは知らじな。その伊予の翁よりは、先に見し人ぞ。されど、たのもしげなく、頸細しとて、ふつつかなる後見まうけて、かくあなづりたまふなめり。さりとも、あこはわが子にてをあれよ。このたのもし人は、ゆくさき短かりなむ（帚木巻）。

と嘘をついた。小君は源氏の話を信じこみ、手紙を届けたり、源氏の願いを叶えるために必死に走り回った。空蝉は逃げ続け、源氏は気落ちした。そして小君に、

われは、かく人に憎まれてもならはぬを、今宵なむ、はじめて憂しと世を思ひ知りぬれば、はづかしくて、ながらふまじくこそ、思ひなりぬれ（空蝉巻）。

と愚痴をこぼし、小君は自分の至らなさを責めとがめ、涙を流した。諦めない源氏は再び空蝉の部屋に忍び込んだが、空蝉は機敏に「あさましくおぼえて、ともかくも思ひ分かれず、やをら起き出でて、生絹なる単を一つ着て、すべり出でにけり」と逃れた。源氏は「空蝉の羽におく露の木がくれてしのびしのびにぬるる袖かな」という歌を綴り、余韻が残る。

総じて空蝉は人妻である身を意識して拒み続けた。源氏は思いを寄せる女性に手紙を届けるために空蝉の弟を身辺に引き寄せ、機嫌を取ったり、再三に手紙を届けさせ、隙を狙って訪れた。結局、空蝉の物語は、執念深く好意を寄せる女性を追い詰める源氏の求愛を中心とした。空蝉の人物設定と拒みは「任氏伝」によって作られたので、空蝉と任氏の類似と相違を考察する必要がある。

結び

「鶯鶯伝」の終わりに後日談がついている。張生は官僚登用試験のために上京して留まり、添

いとげられない、鶯鶯は他の人に嫁いだ。別れて一年余り張生も別の女性と結婚した。その後張生は偶然に鶯鶯の住居の近くを通ることになり従兄として会いたいと申し入れた。鶯鶯は詩を寄せたが、姿を見せなかった。数日後張生が離れようとする間際に鶯鶯は送別の詩を寄せたが、ついに会わなかった。

空蝉の物語もこれと類似する後日談がぶら下がっている。源氏につきまとわれる最中に空蝉の夫伊予介が任地から帰省、空蝉は夫について任地に下った。任期を終えた常陸介（元伊予介）は家族連れで京に戻り、逢坂で石山寺へ参詣途中の源氏一行と出会った。源氏は懐かしさに空蝉の弟右衛門佐（元小君）を呼び寄せ、空蝉へ手紙を届けさせた。空蝉は歌を返したが、逢わなかった。関屋に後日談がぶら下がる構成構想をみると、空蝉の物語は「鶯鶯伝」を受容して構想されたと思われる。

帚木の冒頭文は典型的な小説の発端である。「鶯鶯伝」を参考にして書かれたので、『旧唐書』「高宗本紀」によって書かれた光源氏の物語と関係なく桐壺巻を受けるものとしては相応しくない。

注

（1）『本居宣長全集』（第四巻）「玉の小櫛」筑摩書房
（2）和辻哲郎『日本精神史研究』「源氏物語について」岩波書店、大正15年
（3）与謝野晶子「紫式部新考」『太陽』1928年1月・2月号、のち『与謝野晶子選集4』（春秋社）
（4）池田亀鑑『源氏物語入門新版』61頁、社会思想社『現代教養文庫』初版1957年、新版2001年
（5）青柳（阿部）秋生「源氏物語の執筆の順序」『国語と国文学』1939年
（6）今井源衛「『源氏物語』の形成―帚木巻頭をめぐって―」国文学『解釈と鑑賞』第59巻3号、平成6年
（7）『大平広記』巻四八八に収録されているが、清朝陳世熙編『唐代叢書』には「会真記」とつけている。
（8）代表作「南柯太守伝」・「謝小娥伝」・「盧江馮媼伝」・「古岳瀆経」がある。
（9）本文引用及び訳は新釈漢文大系『唐代伝奇』による。明治書院、昭和48年
（10）宋・王銍『唐代叢書』「附説」
（11）宋・趙令時作「崔鶯鶯」（商調蝶恋花鼓子詞）『侯鯖録』巻五所収（明芸窗書院刻本）『西廂記説唱集』所収、上海出版公司、1955年
（12）大庭脩「東北大学狩野文庫架蔵の御文庫目録」『関西大学東西学術研究所紀要』第三輯、昭和45年3月
（13）目加田さくを『物語作家圏の研究―その位相及び教養よりみたる物語の形成―』第八章「歌物語の先蹤」、パストル社、昭和3年
（14）田辺爵「伊勢竹取に於ける伝奇小説の影響」『國學院雜誌』第40巻、昭和9年10月
（15）今井源衛「『源氏物語』の形成―帚木巻頭をめぐって―」国文学『解釈と鑑賞』第59巻3号、平成6年

(16) 新釈漢文大系『唐代伝奇』明治書院、昭和48年

(17) 楊巨源（755〜832?）は字景山、蒲中（山西省）の出身で、国子司業となり、詩をもって後進を導いた高級官僚である。「崔娘詩」という絶句を書いている。『唐才子伝』に伝がある。

(18) 李公垂（772〜846）はまた李紳と言い、『旧唐書』（巻一二三）に伝があり、「鶯鶯歌」始めの八句が『全唐詩』に収録。

(19) 新間一美「もう一人の夕顔〜帚木三帖と任氏の物語〜」『源氏物語の人物と構造』所収、笠間書院、昭和57年、のち『源氏物語と白居易の文学』（和泉書院、平成15年）所収

第二章　「任氏伝」と空蝉・夕顔の物語

「任氏伝」の著者は沈既済（生卒不詳）という。江蘇省呉県（蘇州）の出身、代宗（762〜779在位）末期から徳宗（779〜804在位）の時代にかけて活躍していた。経学・史学に精通、『建中実録』（十巻）、『旧唐書本伝』を撰し、史家として才能に恵まれて評判が高い。そして「枕中記」と「任氏伝」を執筆し、後世文学に影響が大きく伝奇小説の先駆と思われる。「枕中記」は『文苑英華』（巻八三三）、『太平広記』（巻八十二）に収められて、「任氏伝」は『太平広記』（巻四五二）、『類説』（巻二十八）に収められている。清朝蒲松齢（1640〜1715）の『聊斎志異』（1680）に大きく影響を及ぼした。

「任氏伝」が日本に伝来した記録は見当たらないが、『白氏文集』に「任氏行」や「古塚狐」があり、『和漢朗詠集』に「写得楊妃湯後靨、模成任氏汗来唇」があり、夕顔巻に「げに、いづれか狐なるらむな。ただはかられたまへかし」がみえる。そして大江匡房（1041〜1111）が綴った「狐媚記」に、

任氏為二人妻一、到二於馬嵬一、為レ犬被レ獲、惑破二鄭生業一。

任氏として人妻となり、馬嵬において犬によって捕まえられた。鄭を惑わした報いだ。

と書いており、「任氏伝」は早くも日本に伝来し、よく読まれていたと窺い知れる。
「任氏伝」の主人公は狐の化け物である。美女に化けて鄭子の妾となり、不意打ちの暴力に抵抗して貞節を守ったが、鄭子に従って赴任に行く途中犬に噛み殺された。著者は篇末に、

嗟乎、異物之情也有二人道一焉。遇レ暴不レ失節、殉レ人以至レ死。

ああ、異物の情や人の道あり。暴力に遇えども節を失わず、愛する人に従って死に至る。

と感嘆した。世俗を諷し、世人を教導する意図があると言われる。空蝉の不意打ちの暴力に反抗した場面は「任氏伝」を利用したところがあるが、それは「任氏伝」にある挿曲にすぎず、夕顔の物語に与えた影響はより大きいものである。

一　男女の出逢いと擬人化

1　男女の巡り逢いと白色

「任氏伝」は登場人物から書いている。

任氏女妖也。有二韋使君者一、名崟、第九、信安王褘之外孫。少落拓、好レ飲酒。其従父妹婿曰二鄭六一、不レ記二其名一。早習二武芸一、亦好二酒色一、貧無レ家、託二身於妻族一。与レ崟相得、遊処不レ間。

任氏は女の化け物である。韋という刺使になった崟がおり、兄弟の中では九番目で、信安

郡王である李褘の外孫である。若い頃は大らかで酒好きである。父方の従妹の婿は鄭氏、兄弟の中で六番目であるが、本名は記さない。若い時から武道を習い、同じく酒と女を好む。貧しくて住居を持たず、妻の里に身を寄せている。崟と気が合う遊び仲間である。

この後に任氏と鄭子の巡り逢いが続く。

天宝九年夏六月、崟与二鄭子一偕行二於長安陌中一、将三会飲二於新昌里一。至二宣平之南一、鄭子辞レ有レ故、請三間去二。継至二飲所一。崟乗二白馬一而東。鄭子乗レ驢而南、入二昇平之北門一。偶値三三婦人行二於道中一、中有二白衣者一、容色殊麗。

天寶九（７５０）年夏六月、崟と鄭子（鄭さん）とは長安郊外の小道を行き、新昌里で酒を飲もうとした。宣平坊の南につくと鄭子は用事があるからと言って暇をもらい、後で飲み屋で会おうと約束した。崟は白馬に乗って東へ、鄭子はロバに乗って南へ行った。昇平里の北門に入ろうとするところへ、偶々女三人連れに行き合った。そのうち白衣を着たものが見た目は特別美しい。

鄭子は南へ行く道中美しい白い服を着ている女性を見かけた。

一方夕顔巻は次のように始まる。

六条わたりの御忍びありきのころ、内裏よりまかでたまふ中宿に、大弐の乳母のいたくわづらひて尼になりにける、とぶらはむとて、五条なる家尋ねておはしたり。

御車入るべき門は鎖したりければ、人して惟光召させて、待たせ給ひけるほど、むつかしげなる大路のさまを見わたしたまへるに、この家のかたはらに、檜垣といふもの新しうして、上は、半蔀四五間ばかり上げわたして、簾などもいと白う涼しげなるに、をかしき額つきの透影、あまた見えてのぞく。たちさまよふらむ下つかた思ひやるに、あながちにたけ高きここちぞする。いかなる者の集へるならむと、やうかはりておぼさる。

「任氏伝」では鄭子は長安郊外の小道を走って行った崟と別れてから美女と出会い、そのうち白衣を着るものが際だって美しい。夕顔巻には、

(源氏は)人して惟光召させて、待たせたまひけるほど、むつかしげなる大路のさまを見わたしたまへる、簾などもいと白う涼しげなるに、をかしき額つきの透影、あまた見えてのぞく。

とある。鄭子と同様源氏は同行者と別れてから女と出逢った。「簾などもいと白う涼しげなるに、をかしき額つきの透影、あまた見えてのぞく」。「任氏伝」では鄭子が「白衣」に近寄り親しくなる。

鄭子見レ之驚悦、策二其驢一、忽先レ之、忽後レ之、将レ挑而未レ敢。白衣時時盼睞、意有レ所レ受。鄭子戯レ之曰美艶若レ此、而徒行、何也。白衣笑曰有レ乗不レ解二相假一、不二徒行一何為。鄭子曰劣乗不レ足三以代二佳人之歩一、今輒以相奉。某得二歩従一、足矣。相視大笑。同行者更相眩誘、稍已狎暱。鄭子随之レ東、至二楽遊園一、已昏黒矣。見二一宅一、土垣車門、室宇甚厳。白衣将レ入、顧曰願少踟躕。而入。女奴従者一人、留二於門屏間一、問二其姓第一、

鄭子既告、亦問レ之。対曰姓任氏、第二十。

鄭子は美女をみると驚き且つ喜び、驢馬に鞭を打って前へ行ったり後ろになったりして誘いかけようと思いながらも勇気はない。「白衣」も時々振り返って視線を合わせどうやら気があるらしい。そこで鄭子は戯れに「こんな美しいお方が、かち歩きとは、どうしたことかねえ」と話しかけた。「白衣」は笑いながら「乗り物がありながら貸し与えることをお気づきにならないいんですもの、歩かなくてどうしろとおっしゃいますの」と言った。そこで鄭子は「つまらない乗り物で、美人の足の代わりにはなりかねますが、すぐにもお貸しします。わたしは歩いてお供ができれば十分です」というと、互いに顔を見合わせて大笑した。連れの女も代わる代わる目で誘いかけ、少しずつなれ親しんできた。鄭子は女について東へ行き楽遊園に至る時にはもう日が暮れていた。一軒の邸が目に映り、土塀で門が広くなかなか立派な邸である。「白衣」は、家に入ろうとするとき、振り返って「ちょっとお待ちになってくださいね」と言ってから入った。

この部分に「白衣時時盼睞」、「白衣笑曰」、「白衣将入」があり、白は女主人公のイメージカラーである。夕顔巻には、

■きりかけだつ物に、いと青やかなるかづらのここちよげにはひかかれるに、白き花ぞ、おのれひとり笑みの眉ひらけたる。

■「遠方人にもの申す」とひとりごちたまふを、御随身ついゐて、「かの白く咲けるをなむ、

夕顔と申しはべる。花の名は人めきて、かうあやしき垣根になむ、咲きはべりける」と、申す。

▪白き扇の、いたうこがしたるを、「これに置きて参らせよ。枝もなさけなげなめる花を」とて、

とあり、みすぼらしい垣根に咲いている白い花が女主人公を象徴する。源氏が「くちをしの花の契りや。一ふさ折りて参れ」と言うと、侍従はなかに入って折ろうとする。その時に、されたる遣戸口に、黄なる生絹の単袴、長く着なしたる童の、をかしげなる出で来て、うち招く。白き扇のいたうこがしたるを、「これに置きて参らせよ。枝も情けなげなめる花を」と、可愛い童が出て来て「白い扇」を差し出して女主人公に繋ぐ。そのほかに、

白き袷、薄色のなよよかなるを重ねて、はなやかならぬ姿、いとらうたげにあえかなる心地して、そこと取り立ててすぐれたることもなけれど、細やかにたをたをとして、ものうち言ひたるけはひ、「あな、心苦し」と、ただいとらうたく見ゆ。

という描写があり、女主人公をまるで一輪の夕顔の花のように描いた。「白き袷」とは裏地をつけた白い衣であり、白衣の任氏に相似する。白衣の任氏は狐の化けものであるが、白き袷を着る女は夕顔の花の化けものであることを暗示している。

2 男女の交際

任氏の住居に着くと鄭子は外で待たされ、お供の侍女が入り口所でつき添っていた。鄭子に名前や家庭事情を尋ね、鄭子はそれに答えて、先方のことも尋ねた。「姓は任、兄妹の中で二十番目です」と答えた。しばらく経つと中へ迎えられた。灯火を列ね、料理を並べ、酒宴が始まった。鄭子は大いに飲んで歓びを極め、夜が更けて寝床についた。任氏はその姿、体つき、立ち振る舞いはすべて艶やかで、この世のものと思われないほどだった。翌日の夜明け前、任氏は姉妹とも教坊に属し、早く出かけなければならないと言って、後日の再会を約束して鄭子を見送った。

長安に入る城門が開くのを待つ間に鄭子は餅屋の主人に泊まった屋敷のことを尋ねた。主人はそこには屋敷がなくただの荒れ地だと言った。また思い出したように最近狐が時々男を誘って泊めるという噂があると話した。その話を耳にすると鄭子はとって返し見に行った。確かに屋敷がなく草木の生い茂った荒れ地である。そんなことがあったが、鄭子はやはり任氏の艶めかしく美しい姿を忘れることができず、もう一度会いたいと思い続けた。

それから十日ばかり経って鄭子は長安の西市で任氏を見かけた。呼び止めたが、任氏は逃げだし、鄭子は追いかけた。側につくと任氏は「ご存じなのに、なぜ追いかけたのですか」と尋ねた。鄭子は「知ったとしても怖くはないよ」と言った。そして「毎日思っているのに、見捨てることができるのか」と言った。任氏は「世間では自分のような輩の多くが人を害しているから忌み嫌われますが、自分は違います。もし嫌われないならずっと傍に仕えたい」と言った。鄭子は喜んで住まいを構えて一緒に暮らすことにした。

夕顔巻になると、源氏は、可愛い童が源氏に差し出した扇に詠まれている歌から女主人は市井の女ではない、教養がある人と思った。心が引かれて身分を隠して通い始めた。女のことについては、

　揚名介なる人の家になむはべりける。男は田舎にまかりて、妻なむ若く事好みて、はらからなど宮仕人にて来通ふ。

という。この事情は任氏が言った「某兄弟、名係二教坊一、職属二南衙一」によって書かれたと言ってよい。女の住まいについて「御心ざしの所には、木立前栽など、なべての所に似ず、いとのどかに心にくく住みなしたまへり」と書いて、任氏の「土垣車門、室宇甚厳」という住居にも似通う。

「任氏伝」は「白衣」で任氏を示すが、夕顔の物語は白花で夕顔を示し、神秘的な雰囲気のなかで交際するようになった擬人化物語である。

二　「遇暴不失節」

鄭子は任氏と一夜を過ごして夜明け前に別れた。餅屋から狐の話を聞いた後、任氏の住居へ

行ってみると、任氏の正体が分かった。それにしても鄭子は任氏に嫌わないと誓った。任氏は鄭子の愛情に報いるため一緒に暮らすことにした。鄭子が崟から家財道具を借りたいと言って崟は理由を尋ねた。鄭子は美女を手に入れて一緒に暮らしたいと言った。崟は信じず確認に行った。「既至、鄭六適出」、その家に着くと鄭子はたまたま出かけていた。入り口の前箒を持って掃除している童がいる。任氏のことを尋ねてみると童は笑いながら「そんな人はいません」と答えた。崟が部屋に入ってなかをあまねく見回ると、扉の下から出ている裳裾が目に入った。近づいてみると、身を隠している任氏を見つけた。崟は任氏を引き出し、明るいところで眺めてみた。伝え聞いた以上に美しく心が奪われて、「乃擁而凌之」、抱きかかえて犯そうとした。

崟以㆑力制㆑之、方急。則曰服矣、請㆓少回旋㆒。既従、則捍禦如㆑初、如㆑是者数四。崟乃悉㆑力急持㆑之。任氏力竭、汗若㆑濡㆑雨。

崟は力ずくで押さえつけて迫ろうとすると、とっさに「言うことを聞きます。どうかちょっと身動きさせてください」と言った。そうしてやると、また前のように拒む。このようなことを三、四回もくり返した。崟はやむなく力の限りを尽くして抱きしめた。任氏は力尽き汗で雨に濡れたようにびしょびしょである。

空蟬が源氏に抵抗した場面は右記部分に拠って書かれたと言われる。その前後を読み比べると、深層心理に大きな相違がみえる。源氏は方違えに紀伊守邸を訪れた。皆が寝静まった気配のところへ襖の掛け金をためしにひき開けてみた。

　几帳を障子口には立てて、火はほの暗きに、見たまへば、唐櫃だつ物どもを置きたれば、みだりがはしきなかを、分け入りたまへれば、（中略）ただひとりいとささやかにて臥したり。

暗い部屋に忍び込んで密かに上に掛けてある衣を押しのけ、小柄な体を抱き上げて出ようとしたところへ、女房が来合わせた。源氏は襖障子を引いて閉めて「明朝に迎えに来てください」と命じ、空蟬は「死ぬばかりわりなきに、流るるまで汗になりて、いと悩ましげなり」という。舞台が変わり、場面も変わった。源氏は崟と同じく夫が不在の女の部屋に忍び込み、抱きかかえて犯そうとした。空蟬も任氏と同じように「汗若濡雨」ほど抵抗し、その場面は「任氏伝」によって書かれたと言ってもよい。しかし抵抗し切れない時は女性の態度が違い、物語と小説の分かれ目となった。任氏は、

　自度レ不レ免、乃縦レ体不二復拒抗一、而神色惨変

自分でも逃れられないと知ってやむなく身体を委せて二度と抵抗しなくなり、様子は悲しみに一変した。

崟は「どうして嬉しそうな顔をしないのか」と聞くと、任氏は大きなため息をついて「鄭六之可レ哀也」、鄭さんが可哀相だわと答えた。なぜかと聞くと、

　鄭六生有二六尺之軀一、而不レ能レ庇二一婦人一、豈丈夫哉。

鄭さんは一人前の体を持っていながら一人の女さえ囲うことができません。一人前の男と

言えましょうか。

そして、

且公少豪侈、多レ獲二佳麗一、遇二某之比者一衆矣。而鄭生窮賤耳。所レ称レ愜者、唯某而已。忍下以二有レ余之心一、而奪中人之不上レ足乎。

その上あなたは若い時から派手で、美人を手に入れることも多く、私ぐらいのものに出くわしたことは数え切れない。ところが、鄭さんは貧乏です。いい相手というのは私だけなのよ。有り余った気持ちを持ちながら、他人の足りないのを平気で奪ってのけられますか。

と問い詰めた。このように厳格な言葉で正しい道理を堂々と述べることは唐代一流の知識人しか出来ない。任氏の話を聞くと崟は直ぐに止めて謝り、ずっと任氏の面倒を見てやった。任氏も霊力を駆使して気に入りの美女を崟に紹介してあげたり金儲けさせたりして恩に報いるのであったが、最後の一線は越えなかった。一方、空蟬は源氏の暴力に抵抗したが、

現ともおぼえずこそ。数ならぬ身ながらも、思しくたしける御心ばへのほども、いかが浅くは思うたまへざらむ。いとかやうなる際は、際とこそはべなれ

と呟いた。源氏も彼女が気の毒と思ったが、もし止めたら心残りになると思って無理矢理に関係した。源氏の振る舞いは崟と違い、空蟬は抵抗したが、拒み通せず靡いた。一夜を共にした空蟬は「一夜限りの逢瀬のありさまを思いますに、たぐいなく思い惑っております。仕方ありません。今は私に逢ったと人に言わないでください」と言った。この話によって空蟬は貞操

を守らなかった、打算的と言われる。物語は男女関係がわりと自由な平安朝を舞台に演じられ人妻が抵抗しきれず一夜をともにした。しかしそれきり再会しないとすれば、「遇暴不失節」と認められる可能性がある。

総じて空蟬は人妻として夫が不在の時に不意打ちの暴力に遇って「汗若濡雨」ほど必死に抵抗したことは任氏と一致し、「任氏伝」を受けて語ったと考えられる。

空蟬の物語を遡ってみると、もし「鶯鶯伝」を受けて作るなら、源氏は張生のように執念深く空蟬は鶯鶯のように自ら源氏の寝所に行くことになる。現源氏物語にみえる空蟬は任氏を下敷きにして作られた。初めからこのように書かれたのか、それとも鶯鶯を下敷きに書かれた部分は他の巻に紛れ込んだのかは疑問である。

三　「殉人以至死」

任氏が鄭子と一緒に住んで一年余り経った頃、鄭子は槐里府の武官に任命されて、赴任することになる。そもそも鄭子は妻子を持っているので、昼は外で遊んでも、夜は家に帰らなければならなかった。昼も夜も任氏と一緒にいたいので、任氏に同行を願った。任氏は、巫女の話によれば今年は西方が自分に不利と聞いたから断った。鄭子は巫女の話など信ずる必要はないと言って懇ろに願い続け、そして任氏を説得するために崟にも頼んだ。任氏はついについて行くことにした。

出発すると折しも猟犬の訓練に出くわした。一匹の黒犬が野草の間から飛び出し、任氏は直ちに地に落ち、正体を現して南へと駈けていった。猟犬はそれを追いかけ、鄭子は後を走りながら大声で叫んだ。しかし留めることはできず、一里余り先で猟犬に捕まえられてしまった。鄭子は目に涙をためて死体を買い取って埋葬した。任氏の馬は道ばたで草を食べていて、
衣服悉委㆓於鞍上㆒、履襪猶懸㆓於鐙間㆒、若㆓蟬蛻㆒然
衣服はすべて馬の鞍に置かれて靴も靴下も鐙の間に掛かってまるでセミの抜け殻のようだった。

夕顔物語にも類似の構想がみえる。

人目を思して、隔ておきたまふ夜な夜ななどはいと忍びがたく、苦しきまでおぼえたまへば、「なほ誰《たれ》となくて二条院に迎へてむ。もし聞こえありて便なかるべきこととなりとも、さるべきにこそは。我が心ながら、いとかく人にしむことはなきを、いかなる契りにかはありけむ」など思ほしよる。

そして、

「いざ、いと心安き所にて、のどかに聞こえむ」などかたらひたまへば、「なほあやしう。かくのたまへど、世づかぬ御もてなしなれば、もの恐ろしくこそあれ」と、いと若びて言へば、「げに」と、ほほゑまれたまひて「げに、いづれか狐なるらむな。ただはかられたまへ

かし」と、なつかしげにのたまへば、女もいみじくなびきて、さもありぬべくと思ひたり。という部分に相応しくない狐の話が出たが、意味的には鄭子が任氏を赴任先へ誘った筋と似ている。「世になく、かたはなることなりとも、ひたぶるに従ふ心は、いとあはれげなる人と見給ふ」とは作者が「任氏伝」を読んでからの感想ではないかと疑う。

夜明け頃急いで邸から出た女を車に乗せ侍女を同乗させて某の院に向かった。間もなく門の上にも忍草が生い茂っている院にたどりついた。庭はひどく荒れてうっそうとしている木立があり、池も水草に埋もれていて恐ろしい。源氏は思わず「けうとくもなりにける所かな。さりとも、鬼などもわれをば見許してやむ」と言った。そのとおり夜中に幻のような美女が現れて夕顔に手をかけた。その祟りに驚かされた夕顔はショックで気を失った。

夕顔の死は猟犬に噛まれて死んだ任氏と違い、夜中に発生した怪異は注意を引いた。諸説紛々纏まらないが、中国文学のなかで夜中に現れた美女は「鬼」と呼び、美女の祟りは「鬧鬼」という。中国では鬼の祟りを語る小説が多く、『太平広記』(巻三一六～三五五)に四十巻も収められており、「霍小玉伝」は最も広く知られている。意外にも川口久雄の著作より夕顔の死を「霍小玉伝」に結びつける指摘が見つかった。(1)「霍小玉伝」は小玉の生前、死後に分けられる。死後のことは夕顔の死に活かし、生前のことは末摘花の物語に大きく影響し、浮舟の物語にも影響を及ぼしている。

結び

夕顔の物語は「任氏伝」を受けて白色を女主人公のイメージカラーにした伝奇篇である。源氏が夕顔に惚れ込み、いつも一緒にいたいという気持ちは鄭子と似ているし、夕顔の従順、意外な出来事に出遭って死んでしまった結末も任氏と一致する。

空蟬は人妻として不意打ちに遇った暴力に「汗若濡雨」ほど抵抗し、平安朝に舞台を置いた物語として「遇暴不失節」を主旨にしたと思われる。夕顔・空蟬物語の受容情況を併せ考えれば、空蟬の抵抗も元々夕顔巻にあった可能性があり「任氏伝」と同じような構成だった可能性がある。

任氏は狐の姿を顕して犬に噛まれて命を失ったが、夕顔は怪物に祟られて死んでしまう。白い花を擬人化した女性の死は犬に噛まれるのではなく唐の伝奇小説「霍小玉伝」の主人公霍小玉死後の祟りを活かしたように見える。

注

(1) 川口久雄『平安朝日本漢文学史の研究』「源氏物語の素材における中国伝奇小説その他の投影」明治書院、1988年12月

第三章　「霍小玉伝」と末摘花・夕顔・浮舟の物語

「霍小玉伝」を初めて源氏物語に結びつけたのは江戸時代の斎藤正謙（1797〜1865）である。斎藤正謙の『拙堂文話』（巻一）に、

　物語草紙之作在二於漢文大行以後一、則亦不レ能レ無レ所レ本焉。（中略）源氏物語其体本二南華寓言一、其説二閨情一、蓋従二漢武内伝、趙飛燕外伝及唐人長恨歌、霍小玉伝諸篇得来一。

　源氏物語や枕草子は漢文が盛んになって初めて書かれた。そうだと言っても漢文に手本がある。（中略）源氏物語がそもそも『南華寓言』[1]のようなものであり、その愛情物語は漢武内伝・飛燕外伝・長恨歌・霍小玉伝に拠って作られた。

と書いてある。江戸時代以降源氏物語の注釈書や研究書は数多く上梓されたが、「霍小玉伝」に結びつけた論証は見当たらない。昭和年間漢文学者川口久雄の『平安朝日本漢文学史の研究』に、

　霍王は桐壺帝に、王の寵婢の浄持は桐壺更衣に、小玉は源氏に当たる。母が低い階級出身であること、姓をかえること、その子が才色兼備であることなど、桐壺巻と一脈の類似がある。小玉が李十郎にあって歓会をとげる条は、源氏と六条御息所との恋愛に、李十郎が

小玉を捨てて別の女盧氏を娶る条は、源氏が六条の御息所を訪れなくなって夕顔と結ばれる条に措定することができようか。かくて小玉は憤って死に、その亡霊が出現して、李生と新しい妻盧氏とを悩まし、ついに二人の結婚を破滅に導くのであるが、夕顔の巻に御息所の霊が出現して、夕顔の頓死する条を連想せしめる。[2]

と書いてある。川口氏の指摘の全部には賛同しないが、最後にみえる「小玉は憤って死に、その亡霊が出現して、李生と新しい妻盧氏とを悩まし、ついに二人の結婚を破滅に導くのであるが、夕顔の巻に御息所の霊が出現して、夕顔の頓死する条を連想せしめる」という指摘は参考に値する。

一　「霍小玉伝」について

「霍小玉伝」は元稹の「鶯鶯伝」と併称される伝奇小説の名作である。著者とされる蒋防（生卒不詳）は字子微（一説徴）、義興（河南省）の出身、徳宗貞元年間（785〜805）に生まれて憲宗元和中期（813？）に在世したと推測される。官は右拾遺より翰林学士に進んだが、のち江州刺使に左遷された。文集1巻、賦1巻を残し、『全唐詩』に12首、『全唐文』に賦20篇、雑文6篇が収録されている。「霍小玉伝」は『太平広記』（巻四八七・雑伝四）、『異聞集』[3]（841〜847頃）に収められている。明の湯顕祖（1550〜1616）はそれを戯曲「紫釵記」・「紫簫記」（別名「李十郎紫簫記」）に翻案した。

「霍小玉伝」が広く読まれていた理由を言えば、まず創意に富むことである。中国の小説は一般的に波乱に満ちた曲折を経て円満に収まるが、「霍小玉伝」は小玉は臨終の際に「我死之後、必為㆓厲鬼㆒、使㆓君妻妾終日不㆒㆑安」、「私が死んだら必ず悪鬼となり、あなたの妻妾を日がなびくびくさせる」と言って、死んでからも自分を裏切った人を許さず復讐したのである。死んでからも復讐するという創意だけで人心を揺さぶるが、さらに男女とも実在の人物でありその悲恋話はなおさら読者の興味を惹きつける。

男主人公は実在の李益（７４８?〜８２９）、通称は李生《りさん》という。『旧唐書』（巻一三七）に伝があり若くして「進士」（科挙試験）に及第し、文才に恵まれて貞元（７８５〜８０５）末期の李賀（７９０〜８１６）と肩を並べるほど有名な才子で、「文章李」と呼ばれる。李生の詩が出来上がると教坊（官設の音楽教習所）は大金を出して買い求め、宮廷での演目に使う。その「征人歌」、「早行篇」は屏風画に作られて、「巡楽峰前沙似雪、受降城外月如霜」は歌詞として一世を風靡した。

ところが、この才子は若い頃から癡病に罹った。猜疑心が強くいつも妻妾の不倫を疑う。妻の外出を禁じるため自分が外出する時門前に灰を撒いて記しをしておく。ゆえに当時癡病を「李益疾」と言った。噂が悪い影響を及ぼしたかも知れないが、李益には昇進の道が固く閉ざされた。無能の後輩が次々と高いポストにつくのを見ると、失意のうちに河朔（黄河より北の地域）へ行って幽州（河北省辺り）の役所に勤めた。役所の長官劉済辟と常に詩を唱和し、「不上望京楼」（望京楼に登らない）を作った。李益と同時代の人、蔣防が「霍小玉伝」を綴り、李益が癡病に罹った原因を暴いた。

「霍小玉伝」の女主人公は霍小玉、唐の有名な霍王（？〜688）[4]李元軌の末娘である。霍王は唐高祖の第十四子、武徳六（623）年の初めは蜀王に、八（625）年に呉王に封ぜられる。多才多芸が唐太宗に重宝されて貞観十（636）年霍王に封ぜられた[5]。実在した人物の愛情物語は世人の興味を惹くに違いない。

「霍小玉伝」は小玉の生前と死後に分けられる。生前のことはまた李生と巡り逢ってからの熱愛と離別、再会の日を待ち続ける日々とショック死からなる。死後通夜している李生の目の前に生前の姿で現れて告別したが、李生の妻妾を頻りに祟って復讐した。本章は「霍小玉伝」の展開に沿って小玉生前のことを末摘花巻、蓬生巻と比較し、小玉の身の上を浮舟と比較してみたい。また小玉死後の出没と祟りを夕顔巻と比較してみることにする。

二　末摘花巻と「霍小玉伝」

末摘花の物語は末摘花巻と蓬生巻を中心に語られるが、玉鬘、初音、行幸にもちらりとみえる。末摘花巻は常陸宮の姫君（以下末摘花と呼ぶ）と源氏の巡り逢いを中心に語り、蓬生巻は源氏が姿を暗まして末摘花が待ちつづけることを中心とする。末摘花巻と蓬生巻を中心とする物語は小玉の生前と似ているが、玉鬘、初音、行幸巻と「霍小玉伝」の繋がりは見られない。それゆえ本章は末摘花・蓬生巻だけを「霍小玉伝」と比較し、ほかは取り上げないことにする。

1　冒頭文と登場人物

「霍小玉伝」の初めは、

大歴中、隴西李生名益、年二十以㆓進士㆒擢㆑第。其明年、抜萃、俟㆓試于天官㆒。夏六月、至㆓長安㆒、舎㆓於新昌里㆒。生門族清華、少有㆓才思㆒、麗詞嘉句、時謂㆓無双㆒、先達丈人、翕然推伏。毎自矜㆓風調㆒、思㆑得㆓佳偶㆒、博求㆓名妓㆒、久而未㆑諧。

大歴年間（766〜779）隴西に李という若者がおり、名は益という。二十歳で進士試験に及第したが、抜粋されて翌年吏部で官僚となる試問を受けることになる。夏六月に長安に上がり、新昌里に泊まっていた。李生は家柄が高貴で、若いながら出世し、詩句が素晴らしく世に並ぶものはないと言われる。先輩も敬服するが、自分でも詩句の出来にいつも自惚れている。よい連れ合いを得たいと考えて広く名妓を物色したが、久しく願いが叶わない。

と書いており、典型的な小説の冒頭文である。一方、末摘花巻の初めは、

思へどもなほ飽かざりし夕顔の露におくれしここちを、年月経れど、おぼし忘れず、ここ

もかしこも、うちとけぬ限りの、けしきばみ心深きかたの御いどましさに、け近くうちとけたりしあはれに似るものなう、恋しく思えたまふ。

と書いており長篇物語に繋ぎ合わせる。この初めについて『河海抄』は「夕顔の巻につづけてかける也」と注している。

既述したように夕顔の物語は小玉死後の祟りを利用したと思われる。「霍小玉伝」の展開に拠れば、夕顔の死は末摘花・蓬生巻の後に続くはずである。後世人が長篇物語に繋ぎ合わせるために補ったことは明らかである。その冒頭に続いて、

いかで、ことことしきおぼえはなく、いとらうたげならむ人の、つつましきことなからむ、見つけてしがなと、こりずまに思しわたれば、すこしゆゑづきて聞こゆる

と書いており、意味的に李生の「思㆑得㆓佳偶㆒、久而未㆑諧」と一致する。

「霍小玉伝」は冒頭に続いて媒鮑十一娘という媒酌人を紹介する。

長安有㆓媒鮑十一娘者㆒、故薛駙馬家青衣也。折㆑券従㆑良、十余年矣。性便辟、巧㆓言語㆒。豪家戚里、無㆑不㆓経過㆒、追㆑風挟㆑策、推為㆓渠帥㆒。常受㆓生誠託厚賂㆒、意頗徳㆑之。

長安には仲人商売の鮑十一娘というものがいる。もと薛駙馬（内親王の婿）家の女中だった。十年ほど前辞めて一般人と結婚した。世渡りが上手で口達者なので、豪家や名門の家で出入り出来ないところはない。男子の嫁取りや女子を嫁がすことに情緒ある策を巡らす仲間の顔役である。李生から依頼を受けたら手厚い謝礼をもらっているので、恩返しをし

ようと思っている。

末摘花巻もそれと対応して仲人が登場する。

　左衛門の乳母とて、大弐のさしづきにおぼいたるが女、大輔の命婦とて、内裏にさぶらふ、わかむどほりの兵部の大輔なる女なりけり。いといたう色好める若人にてありけるを、君も召し使ひなどしたまふ。母は筑前の守の妻にて下りければ、父君のもとを里にて行き通ふ。

鮑十一娘は元々内親王家の女中だったが、大輔の命婦は宮中に仕えている。鮑十一娘は李生から引き受けと厚い謝礼をもらうため報恩にしようと思っているが、大輔の命婦は源氏に「召し使ひなどしたまふ」ことがあり、何とか報いようとする。大輔の命婦は鮑十一娘と近似し、同じ役割を果たす人物である。ある日、鮑十一娘は李生を訪れて李生と似合いそうな姫君を言い出した。

　有二一仙人一、謫在二下界一、不レ邀二財貨一、但慕二風流一。如レ此色目、共二十郎一相当矣。

　天女が一人この世界に流されているのだ。お金は求めないけれど、風流才子が好みです。

　このような姫様は十郎にうってつけなのよ。

なおさら、

　故霍王小女、字小玉、王甚愛レ之。母曰二浄持一。浄持即王之寵婢也。王之初薨、諸弟兄以二其出自賤庶一、不二甚収録一、因分与二資財一、遣レ居二於外一。易レ姓為二鄭氏一。人亦不レ知二其王女一。資質穠艶、一生未レ見。高情逸態、事事過レ人、音楽詩書、無レ不二通解一。

故霍王の姫様は小玉と言います。霍王にいたく可愛がられていました。母は浄持と言い、王の寵愛を受けていた女中です。王が亡くなると、兄弟は出身が賤しいと言って小玉を王族に収めあげず、財産を分け別のところに住まわせた。浄持は姓を鄭と改めて、世間の人も小玉が王女だと知りません。素質がよく艶やかなことはこれまでに見たことがありません。振る舞いまことに端正で上品、ずば抜けて優れます。音楽や詩書で通じないものはありません。

と紹介している。一方、大輔の命婦も源氏に親王の姫様の話をした。

故常陸親王の、末にまうけていみじうかなしうかしづきたまひし御女、心細くて残りゐたるを、もののついでに語り聞こえければ、あはれのことやとて、御心とどめて問ひ聞きたまふ。「心ばへ容貌など、深き方はえ知り侍らず。かいひそめ、人疎うもてなしたまへば、さべき宵など、物越しにてぞ、語らひはべる。（略）」

両者の登場人物を系図に埋めて比較してみよう。

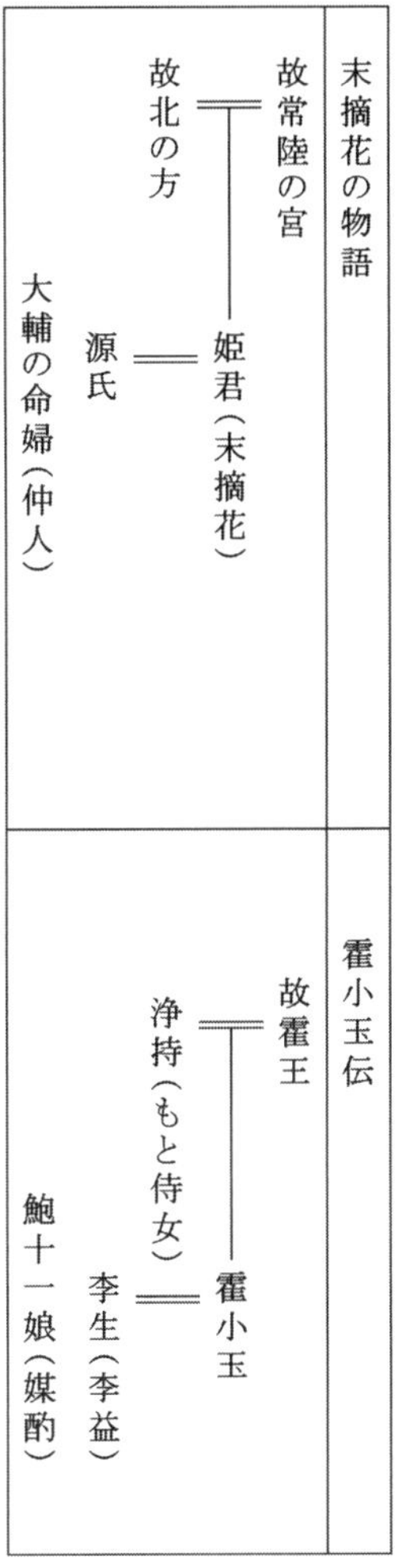

故常陸宮は故霍王と同様、親王である。末摘花は小玉と同様親王に可愛がられた末娘である。源氏は李生に対応し、気に入りの恋人を探そうとしている。大輔の命婦は鮑十一娘に対応し、親王の姫君を世話してくれる貴公子に話したのである。末摘花の母は小玉の母と違うが、なぜか浮舟の物語に使われている。登場人物は巧みに対応し、物語が始まる環境も概ね一致する。末摘花物語の初めは「霍小玉伝」に拠って作られたと見られる。

2　男女の巡り逢い

李生は鮑十一娘から小玉のことを聞くと、たいそう喜び、心が浮き立った。早速出かける服と乗り物を用意しておいた。翌日馬に乗って小玉の家に向かった。待ち受けている侍女が案内し、鮑十一娘と小玉の母が出迎えた。丁寧に挨拶してから酒宴を命じ、小玉を出て来させた。

小玉が現れると、

一室之中、若㆓瓊林玉樹互相照曜㆒、転㆑盼精彩射㆑人

一室の中に玉の木々が照り映えるよう、（小玉が）目を転ずると、涼しい瞳が人を射る。

という。李生は心の底から喜びを感じ、すっかり気に入った。酒宴が始まり、杯を幾まわりも重ねて、李生は小玉に歌を唱うようにと願った。小玉は聞き入れなかったが、母に勧められて歌い始めた。その歌声は澄んでよく通り、節回しも極めて上手だった。酒宴が盛りを過ぎて日もとっぷり暮れた。李生は静かな一室に導かれて小玉と心ゆくまで歓びを交わした。

幾日経って、ある日、夜が更けた頃小玉は涙を流した。なぜかと尋ねると、自分は身分の不釣り合いをよく分かっており、いつかは見捨てられるかと思うと、悲しみがこみ上げてきたと言った。李生は直ちに「粉骨砕身、誓不相捨」、たとえ骨を粉にし、身を砕いても見捨てはしない、と誓った。小玉は李生の文才を敬愛し、李生は小玉の淑やかな振る舞いに惚れこみ、二人は互いに相手がいなければ、日も明けないほど親密になった。

一方で、大輔の命婦は故常陸の宮の姫君のことについて、性格や容貌などの詳しいことは知りませんが、控え目な方で、人との関わりから離れていて、何か用事のある宵などに物を隔てて話します。琴を親しい話し相手だと思っているような方と言った。源氏は琴を友とし、奥深くひっそりと暮らしている姫君のことを聞くと興味を引いて、琴の演奏を是非聴きたいと願った。月が美しい十六夜の夜、命婦が手引きして源氏は常陸の宮邸に忍び、姫君の演奏を聞くこ

とになった。遠くから聞いたので「ほのかに掻き鳴らしたまふ、をかしう聞こゆ。何ばかり深き手ならねど、ものの音がらの筋ことなるものなれば、聞きにくくも思されず」、そして中途半端なところで止んだ。源氏は、興が尽きず、もう少し聞きたかったが、命婦は長く聞かせたくないので、断った。源氏も強くは頼めず、帰ることにした。帰り道で頭中将に見つかり、競争心が芽生えた。二人とも競い争って姫君に恋文を送り、どちらにも返事はなかった。命婦を幾度も促して、ようやく障子越しに逢った。これまでの思いを話しても返事せず、和歌も女房が代わりに返した。この様子を見ると、別に思う人がいるのではないか、と癪になって、そっと襖を押し開けて中に入って、一夜を共にした。

物語の舞台を平安朝に置き換えると、物語も変わるが、ただしどちらにも音楽があり、そして一夜をともにした。その後物語の展開が分かれた。李生は小玉と心ゆくまで歓びを交わし続けた。源氏は興ざめして夜明け前に常陸宮の邸を後にした。李生は小玉の淑やかな振る舞いに惚れこみ、二人は互いに相手がいなくては日も明けないほど親密になり、源氏はそれきり足が遠のいた。命婦が度々促し、冬のある日、常陸宮の姫君を訪れた。翌朝、雪の明かりで初めて姫君の姿が目に映り、

まづ居丈の高く、を背長に見えたまふに、さればよと、胸つぶれぬ。うちつぎて、あなかたはと見ゆるものは鼻なりけり。ふと目ぞとまる。普賢菩薩の乗物とおぼゆ。あさましう高うのびらかに、先のかたすこし垂りて色づきたること、ことのほかにうたてあり。色は

雪はづかしく白うて、真青に、額つきこよなうはれたるに、なほ下がちなる面やうは、おほかたおどろおどろしう長きなるべし。痩せたまへること、いとほしげにさらぼひて、肩のほどなどは、いたげなるまで衣の上まで見ゆ。何に残りなう見あらはしつらむと思ふものから、めづらしきさまのしたれば、さすがにうち見やられたまふ。頭つき、髪のかかりはしも、うつくしげにめでたしと思ひ聞こゆる人びとにも、をさをさ劣るまじう、袿の裾にたまりて引かれたるほど、一尺ばかりあまりたらむと見ゆ。

という醜貌に仰天した。このような醜女は中国の愛情小説にも見当たらない。愛情小説の主人公は「郎才女貌」（才子と美女）に決まる。これは「新猿楽記」と同じ系列と言われる（先掲注3同著）が、「新猿楽記」に関して、

正確な成立時期は不明である。通説では作者藤原明衡の晩年である天喜年間（1053～1058）あるいは康平年間（1058～1065）とするが、長元元年（1028）とする説もある。いずれの説も推測の域を出ない。冒頭の作者署名に右京大夫と官名が記されており、明衡が右京大夫に任官した記録は他にないが、事実とすればこれが彼の極官であったことから、晩年の作であろうとする見解が多いだけである（『ウィキペディア〈Wikipedia〉』）。

とあり、源氏物語より遥かに遅い時代のものである。これだけで、後世人が面白がらせるためか、源氏が姿を暗ました理由を作るためか書き加えたと考えられる。

3　男主人公は姿を暗ます

李生は官僚登用試験に合格して県主簿（事務官）に命ぜられた。親戚や友が集まり、祝賀会を開いた。客が引き上げると、別れの辛さが小玉の心に纏わりついた。小玉は「妾本倡家、自知レ非レ匹」、私は元々芸者の身であり、貴方と不釣り合いのことはよく承知しておりますと言った。李生は山河に喩えたり月日を指して誠意を表したりして絶対捨てないことを白絹に書いて誓った。小玉は、

以二君才地名声一、人多景慕、願レ結二婚媾一、固亦衆矣。況堂有二厳親一、室無二家婦一、君之此去、必就二佳姻一。盟約之言、徒虚語耳。

貴方ほどの才能と評判があれば、お慕いする人が多く結婚の申し込みも多いと存じます。ましてお宅には親御さまがおり、あなたに奥様もいません。この度の帰国ではきっと良縁が結ばれるでしょう。曾てのお誓いはただの反故になります。

と言いながら李生を愛しているので、一つの願いがあると言った。

妾年始十八、君才二十有二、迨二君壮室之秋一、猶有二八歳一。一生歓愛、願畢二此期一。然後妙二選高門一、以諧二秦晋一、亦未レ為レ晩。妾便捨二棄人事一、剪レ髪披レ緇、夙昔之願、於此足矣。

私はやっと十八になり、貴方は二十二になったばかり、壮年になられるまではまだ八年あります。一生の歓びをその間に尽くしましょう。その後名門の姫様を選んで結婚しても遅

くはありません。私はこの世のことを捨てて、髪を下ろし、黒い服を羽織り、それで積年の念願が叶います。

李生は「至二八月一、必当下却到二華州一、尋使中奉迎上、相見非レ遠」「八月になると僕は必ず華州に戻り、近々使いのものに迎えさせます。また逢える日は遠くはないよ」と慰めて別れた。

李生は役所に到着して十日ほど経つと、休暇をもらって実家に帰省した。

未レ至レ家日、太夫人已与レ商量二表妹盧氏一、言約已定。太夫人素厳毅、生逡、巡不二敢辞譲一、遂就二礼謝一。便有二近期一。

家に着く前、母は既に李生の従妹である盧氏と口頭で結婚の約束を調えていた。母は元々厳格な人柄だったので李生は躊躇ったが、反駁する勇気はない。とうとう結納を行い、日取りも近日にと決まった。

盧氏は唐の六大門閥の一つであり、

嫁二女于他門一、聘財必以二百万一為レ約、不レ満二此数一、義在レ不レ行。生家素貧、事須レ求レ貸。

娘を他門に嫁がせる時に娶る方から百万金の結納金が必要だ。この額を満たさねば結婚の義に合わない。李生の家は元々貧乏で借金に頼らねば出来ない。

借金するため李生は遠方へ行って小玉と約束した時間を過ぎてしまった。いっそのこと小玉の思いを切らせようと思って音信を絶ち、姿を暗ました。一方、源氏は末摘花を訪れて興味を引かれず、理由もはっきりせず、連絡を絶ち、姿を暗ました。

三　蓬生巻と「霍小玉伝」

1　女主人公は疑わずに待ち続ける

李生は姿を暗ましたが、小玉は一途に待ち続けていた。

玉自二生逾一レ期、数訪二音信一。虚詞詭説、日日不レ同。博求二師巫一、遍訊二卜筮一、懐レ憂抱レ恨、周歳有レ余。羸二臥空閨一、遂成二沈疾一。雖二生之書題竟絶一、而玉之想望不レ移、賂二遺親知一、使レ通二消息一。

李生が約束した時間が過ぎてからも小玉は度々消息を尋ねた。でたらめや偽りばかり日々変わる。広く巫に尋ね、あまねく易者に占ってもらう。気持ちが沈み、恨めしくも一年あまりを過ごしてしまい、寂しい閨に弱り臥し重病に罹った。李生からの連絡が途絶えたにもかかわらず小玉の待ち望む思いに変わりなく親戚や知人に金品を与えて消息を尋ねてもらった。

李生の消息を尋ねさせるための費用にも事欠き、時々こっそりと装身具を侍女に売らせた。ある日侍女は紫玉の釵を売りに行く途中で内匠寮に勤めた玉作りの老人に出逢った。老人は玉の釵を見つけると、近づいて「この釵は私が作ったものだ。むかし霍王のお姫様が上鬟もおり、私にこれを作れと仰せ、私は万銭のお礼を頂きました。おまえはいったい誰だ」と尋ねた。侍女は小玉のことを話し、老人は同情の涙を流した。侍女を内親王邸に連れて行って事の次第を話した。内親王はそれを耳にすると深く同情し、十二万銭を与えた。

一方、源氏が常陸の宮邸を訪れなくなると、
もとより荒れたりし宮のうち、いとど狐の住処になりて、うとましう、気遠き木立に、梟の声を朝夕に耳ならしつつ、人気にこそ、さやうのものもせかれて影隠しけれ、木霊など、けしからぬものども、所を得て、やうやう形をあらはし、ものわびしきこと。

というようになった。姫君には禅師の兄がいるが、この兄は京に出たときは立ち寄るが、庭に生い茂る草や葎を刈ろうなどとは思いもつかなかった。母側の叔母もいるが、姫君が貧困に陥った境遇に乗じて積年の鬱憤を晴らそうとした。叔母の夫が昇進して引っ越す時に姫君に同行するようにと誘ったが、姫君は断った。結局、姫君が頼りにしている乳母子を連れて行ってしまった。

庭に生えている木立に目をつけて旧宮宅を譲ってもらおうとするものもあれば、調度類は昔風で立派なので譲ってもらいたいというものもある。姫君は、庭がひどく荒れているけれども、親譲りの住まいなので、親の面影が残る心地がして、しっかり守って何も手放さなかった。困窮した境遇に陥りながら時折絵入りの物語を広げて読んだり、父の教えを心に銘記して慎んで暮らしていた。

源氏は李生と同様行方を暗まし、末摘花は小玉と同じように寂寥と貧困に陥ってしまったが、貧困に耐えて疑わずに待ち続けた。小玉は人を遣わして李生の消息を尋ねたが、平安朝の姫君

は困窮に耐えながら家に引き籠もっていた。

2　再会

小玉は知り合いから李生が逃げ回っていることを耳にした。それにしても一度でもよいから李生に会いたいと願っていた。李生は時々上京するが、会おうとしなかった。風流な人は小玉に同情し、侠気のある人は李生の薄情を怒った。四月になると牡丹の花が咲き誇る。李生は友人と崇敬寺へ花見に出かけた。黄色い服を身につけた豪士が突然李生に近づいて詩才を褒め立てて酒宴に誘った。仲間は喜んで行き馬に乗って豪士に同道した。間もなく小玉の家へ行く道に差し掛かり、李生は用事にかこつけて引き返そうとした。豪士の供人は李生を留め、抱え込んで進ませた。小玉の家に着くと、中へ押し込め、「李様のお越しだ」と大声で知らせた。それを聞くと、一家は驚き歓び、ざわめきが外まで聞こえた。不思議なことには、昨夜小玉は李生が来ることを夢見た。

先レ此一夕、玉夢三黄衫丈夫抱レ生来、至レ席、使二玉脱一レ鞋。驚寤而告レ母。因自解曰鞋者、諧也。夫婦再合。脱者、解也。既合而解、亦当二永訣一。由レ此徴レ之、必遂二相見一、相見之後当レ死矣。凌レ晨、請二レ母粧梳一。母以二其久病、心意惑乱一、不二甚信一レ之。僶俛之間、強為二粧梳一。粧梳才畢、而生果至。

この前夜、小玉は黄色い服を身につける人が李生を抱えて来て、家につくと小玉に靴を脱がせる夢を見た。驚いて目を覚まし、この夢を母に告げた。自分で夢判断したところ鞋は諧と同音で、和合、仲直り、和解するとなる。脱ぐとは離れる。仲直りしてまた離れるというのは和解して次は永遠の別れになるということ。そう考えると、李生とはきっと会えるが、会ってから死ぬに違いない。

夜明けを待って母に髪をくしけずることと化粧を頼んだ。母は長く患ったので気持ちが乱れていると思ってあまり信じなかったが、どうにか化粧してやった。化粧が済んだとたんに果たして李生がやってきた。

李生が来たことを聞くと、小玉は俄に起ち上がって着替えをして出て来た。李生と顔を合わせると、怒りを含んだ眼差しでじっと見つめたまま何も言わなかった。しばらくして豪士が寄こした酒や肴が運ばれてきた。席につくと小玉は、

斜視レ生良久、遂挙二杯酒一酹レ地曰我為二女子一、薄命如レ斯。君是丈夫、負レ心若レ此。韶顔稚歯、飲レ恨而終。慈母在レ堂、不レ能二供養一。綺羅弦管、従レ此永休。徴痛黄泉、皆君所レ致。李君、李君、今当二永訣一、我死之後必為二厲鬼一、使二君妻妾終日不安一。乃引二左手一握二生臂一、擲二杯於地一、長慟号哭数声而絶。

しばらくの間横目で李生を見ていたが、とうとう杯を上げて酒を地に注いで言った。「私は女に生まれてこのような薄命、あなたは立派な男でありながらこれほどの裏切りもの。若く美しい年頃恨みを抱いて死にます。家には母がいますが、孝行を尽くすことはできませ

ん。美しい服も管弦も今日限り、黄泉の旅の無念さもみなあなたが致したこと。李君よ、李君、今こそ永遠のお別れ。私が死んだら悪鬼となってあなたの妻妾をひがな不安にさせます」。それから左手を伸ばして李生の腕を捕まえて酒杯を地面に投げつけ、幾度か泣き叫んで死んでしまった。

という不幸な結末に至った。

一方、末摘花も源氏と再会した。四月のある日、花散里を訪ねに行く途中、源氏は、昔の御ありきおぼし出でられて、艶なるほどの夕月夜に、道のほどよろづのことおぼし出でておはするに、形もなく荒れたる家の、木立しげく森のやうなるを過ぎたまふ。おほきなる松に藤の咲きかかりて、月影になよびたる、風につきてさと匂ふがなつかしく、そこはかとなきかをりなり。橘にかはりてをかしければ、さし出でたまへるに、柳もいたうしだりて、築土もさはらねば、乱れ伏したり。見しここちする木立かなとおぼすは、早うこの宮なりけり。いとあはれにておしとどめさせたまふ。

という。惟光に常陸宮の邸ではないかと尋ねてみると、そうだと答えた。昔の光景が浮かび上がった。そこで、

ここにありし人は、まだやながむらむ。とぶらふべきを、わざとものせむも所狭し。かかるついでに入りて消息せよ。よく尋ね寄りてをうち出でよ。人違へしては、をこならむ

と命じた。この前姫君も源氏が訪れることを夢見た。

ここには、いと眺めまさるころにて、つくづくとおはしけるに、昼寝の夢に故宮の見えたまひければ、覚めて、いと名残悲しく思して、漏り濡れたる廂の端つ方おし拭はせて、ここかしこの御座引きつくろはせなどしつつ、例ならず世づきたまひて、

亡き人を恋ふる袂のひまなきに

荒れたる軒のしづくさへ添ふ

も心苦しきほどになむありける。

惟光は邸に入って年寄りの女房に色々と尋ねて、女房は姫様が今なお心変わらず待ち続けていることを言った。惟光は女房の話を報告し、源氏は感激した。惟光に導かれて邸内に入って姫君と対面して歌を交わした。源氏は姫君の気高さに感じて末永い庇護をするようにと思って庭の木々を剪定させ、庭を覆いつくさんばかりに競って伸びる雑草を取り除かせた。常陸宮の邸は人で賑やかになり、庭園は綺麗に切り整えられた。遣り水が流れ、生気を取り戻した。

要するに源氏の訪問が途絶えると、末摘花の生活は困窮を極めた。召使が去り邸は荒れ果てた。受領の北の方となっている叔母は苦況に乗じて加害し、情況はなお悪化した。末摘花は疑いもなく待ち続けていた。末摘花は小玉と同様苦難に挫けず待ち続け、そして再会した。しかし再会は両者の分岐点となった。

李生は小玉と再会したが、個人の意思で訪れたのではなく黄色い服の豪士に押し込まれた。小玉はひどいショックを受けて急死し、臨終に死んでからも李生の妻妾に祟り、不安にさせる

と言い残した。源氏は常陸宮の邸を通る時に昔のことを思い出し、ずっと待っていることを聞くと感激し、心の中で末永く庇護すると誓って、しかも実行した。

四　小玉死後の祟りと夕顔の死

1　小玉死後の祟り

小玉が死んだ後、

生為レ之縞素、旦夕哭泣甚哀。将レ葬之夕、生忽見ニ繐帷之中一。容貌妍麗、宛若ニ平生一。著ニ石榴裙、紫□襠、紅緑帔子一。斜レ身倚レ帷、手引ニ繡帯一、顧謂レ生曰愧ニ君相送一、尚有ニ余情一。幽冥之中、能不ニ感嘆一。言畢、遂不ニ複見一。

李生は小玉のために白い喪服をつけ、朝夕泣き悲しんだ。埋葬する前夜（通夜の席にいる李生）突然喪中の帷の中に小玉がいるのを見つけた。その華やかで美しい姿は生前と変わりなかった。ザクロ色の裳と紫の上着、紅緑の肩掛けを身につけている。体を斜めに帷に寄りかからせて刺繡の帯を手に取って李生に向かって「あなたが見送って下さるお情のまだ残っているのをすまなく思います。あの世からありがたくお礼申しあげます」と言い終わると姿はもう見えなかった。

ということがあった。中国文化において死んでからまた生前の姿で現れたものは「鬼」と呼び、小玉の死霊と思う。小玉は死んだ後通夜の席にいる李生を見て未練があり、生前の姿で現れて挨拶した。

　鬼はとりとめもなく変形し、霊力を持つ。そのため小玉の死後小玉の祟りと思われる奇妙なことが起こった。

月余、就㆓礼于盧氏㆒。傷㆑情感㆑物、郁郁不㆑楽。夏五月、与㆓盧氏㆒偕行、帰㆓于鄭県㆒。至㆑県旬日、生方与㆓盧氏㆒寝、忽帳外叱叱作㆑声。生驚視㆑之、則見㆓一男子㆒、年可㆓二十余㆒、姿状温美、藏㆑身映㆑幔、連招㆓盧氏㆒。生惶遽走起、繞㆑幔数匝、倏然不㆑見。生自㆑此心懐㆓疑悪㆒、猜疑万端、夫妻之間、無㆑聊㆑生矣。或有㆓親情㆒、曲相勧喩、生意稍解。後旬日、生複自㆑外帰、盧氏方㆓鼓㆑琴于床㆒、忽見㆔自㆑門抛㆓一斑犀細花合子㆒。方圓一寸余、中有㆓軽絹作同心結㆒、墜㆓于盧氏懐中㆒。生開而視㆑之、見㆓相思子二、叩頭虫一、発殺嘴一、驢駒媚少許㆒。生当時憤怒叫吼、声如㆓豺虎㆒、引㆑琴撞㆓撃其妻㆒、詰令㆓実告㆒。盧氏亦終不㆓自明㆒。爾後往往暴加捶楚、備㆓諸毒㆒虐、竟訟㆓於公庭㆒而遣㆑之。

その後一か月余り経つと李生は盧氏を迎えた。眼前のものをみると悲しく鬱々として楽しめない。夏の五月盧氏と一緒に実家の鄭県に帰った。家についてから十日目盧氏と並んで寝ていると、突然帳の外でツッツッツッという音がする。李生が驚いて見ると、若者が見えた。二十歳あまりと思われて、優美な姿をしている。帷に身を隠しても影が映っている。頻りに盧氏を手招きして呼ぶ。李生は慌てて起き上がり、帳をぐるぐると回ったが、忽ち消えてしまった。これより李生は恐れて妻を疑い憎しみ、心の固まりとなり、夫婦でいると楽しめない。親心のある人が懇々と説いて励ますとその気持ちは少し収まった。その後十日ほど経て李生は家に帰ると、ふと窓の外から琴を弾いている盧氏の懐に斑の犀角に螺鈿の模様の小箱を投げこまれた。みると直径一寸あまりで、中心に薄い絹の男女の愛を誓う結びがある。小箱を開けてみると、なかに相思子が二粒、コメフミムシ一匹、ヤキモリ（発殺嘴）一匹、驢駒媚（媚薬）少々があった。李生はその時とばかりに憤怒し、オオカミやトラのような怖い声で怒鳴り、琴を持ち上げて妻をついたり叩いたりし、白状させようとした。盧氏はどうしてもはっきりと釈明できなかった。その後李生はしばしば妻に暴力を加え、鞭打ち、用意した諸々のもので虐待していた。しまいに役所に訴えて妻を離縁した。

はじめは美男の姿で現れて李生の妻盧氏を誘惑するふりをした。李生は妻を疑い、嫉み、生活に支障が出てしまった。

李生は盧氏と別れてから広陵（揚州）に行った。名妓の営十一娘の容姿の艶っぽい色気にすっかり惚れ込み、身請けした。外出する時には営氏を床に伏せさせ浴槽で覆いかぶせて周りを封印しておく。家に戻ると、入念に調べてから開けてやる始末だった。結局営氏と別れてしまった。その後また結婚したが、同じ不幸な結末だった。

2　夕顔の死

夕顔巻では次のことが起こった。

宵過ぐるほど、少し寝入りたまへるに、御枕上に、いとをかしげなる女ゐて、「己がいとめでたしと見たてまつるをば、尋ね思ほさで、かくことなることなき人を率ておはして時めかしたまふこそ、いとめざましくつらけれ」とて、この御かたはらの人をかき起こさむ

この場面の言葉表現によって小玉死後の祟りに拠って書かれたと思われる。

	夕顔巻	霍小玉伝
1	宵過ぐるほど、すこし寝入りたまへるに	生方与盧氏寝
2	（この枕上に、夢に見えつる容貌したる女、面影に見えて）ふと消え失せぬ	（生惶遽走起、繞レ幔数匝）倏然不レ見
3	（火はほのかにまたたきて、母屋の際に立てたる屏風の上、ここかしこの隈々しくおぼえたまふに）ものの足音ひしひしと踏み鳴らしつつ（後ろより寄り来るここちす）	忽帳外叱叱作レ声

表の1にある「すこし寝入りたまへる」は「方与盧氏～寝」と同じことを意味する。2の

「ふと消え失せぬ」は「倏然不ㇾ見」と同じく忽ち消えてしまったことを意味する。３の「もの の足音ひしひしと踏み鳴らしつつ」は「叱叱作ㇾ声」と同じく擬声語を表現するからである。

夕顔巻の男女関係は夫婦ではないが、異性関係を持つ男女である。祟りになると、小玉の亡霊は美男子の姿に化して盧氏を誘惑するようにしたが、夕顔巻には「いとをかしげなる女」が現れてぶつぶつと「私があなたのことをとても素敵だとお慕い申し上げているのに、お訪ねもして下さらず、このような別段優れているわけでもない女を寵愛になるのは本当に目障りで、辛いことです」という恨み言をこぼしながら夕顔に手をかけた。「いとをかしげなる女」の恨み言を見ると、小玉は直接李生に恨み言を訴え、李生の妻盧氏に手をかけて復讐する構想となる。

夕顔の死後四十九日になると、源氏は、

忍びて比叡の法華堂にて、事そがず、装束よりはじめて、さるべきものども、こまかに、誦経などせさせたまひぬ。経、仏の飾りまでおろかならず、惟光が兄の阿闍梨、いと尊き人にて、二なうしけり。

という姿勢を取り、そして、

入りたまへれば、火取り背けて、右近は屏風隔てて臥したり。いかにわびしからむと、見たまふ。恐ろしき気もおぼえず、いとらうたげなるさまして、まだいささか変りたるところなし。手をとらへて、「我に、今一度、声をだに聞かせたまへ。いかなる昔の契りにかありけむ、しばしのほどに、心を尽くしてあはれに思ほえしを、うち捨てて、惑はしたまふが、いみじきこと」と、声も惜しまず、泣きたまふこと、限りなし。

という部分は小玉の死後「生為レ之縞素、旦夕哭泣甚哀」によって書かれたとみえるし、

君は、「夢をだに見ばや」と、思しわたるに、この法事したまひて、またの夜、ほのかに、かのありし院ながら、添ひたりし女のさまも同じやうにて見え（た）

という場面は「霍小玉伝」の「将レ葬之夕、生忽見二繐帷之中一。容貌妍麗、宛若二平生一」、通夜の席にいる李生は帷のなかに小玉が生前の美しい姿で現れたのを見たと覚しき場面が見てとれる。通夜の席にいる李生が見たのは未練があり、生前の姿の小玉であるが、源氏は夢見たのは恨み言をこぼした「いとをかしげなる女」である。

既述したように廃院に出没した「いとをかしげなる女」は小玉の死霊に相当し、夕顔は李生の妻盧氏に相当する。夕顔の物語は「霍小玉伝」と似ていて生前と死後に分けられる。生前大人しく素直な夕顔は任氏を下敷きに書かれたが、夜中に出没したり祟ったりして復讐する美女鬼は死後の小玉の物語を活かした構想と見てとれる。

五　浮舟と小玉の身の上

浮舟は五十一巻の巻名であり、その巻に書かれる女主人公の名前と思われる。その巻で詠まれた「橘の小島の色はかはらじをこのうき舟ぞゆくへ知られぬ」に由来し、その物語は宿木

（四十九巻）から夢浮橋（五十四巻）までと読まれている。物語のなかで女主人公は浮舟と書かず、姫、君、娘、常陸守の娘、女君と書いている。本章では婚姻破綻を中心とする身の上を考察するため浮舟と称する。

1　浮舟の生い立ち

浮舟物語についての研究は大凡彼女と薫君・匂宮の三角関係に注目する。池田亀鑑は角度を変えて、

夕顔の巻と浮舟の巻及び手習の巻との性格の類似は、作者の幻想のなかにある一つの類型を示したものとみとめることができる。

「なにがしの院」に源融の河原院がモデルとされていることは疑いの余地のないところであるが、手習の巻の「故朱雀院の御領にて宇治の院といひし所」とあるのも、同じく融の宇治院をモデルとしているに相違ない。両方とも事件を怪奇の雰囲気に包んでいる点にも、これらの巻々の間に密接な関連のあることが知られる。(6)

と指摘している。「作者の幻想のなかにある一つの類型」というと夕顔巻にみえる「いとをかしげなる女」と、手習巻にみえる、

いときよげなる男の寄り来て、いざたまへ、おのがもとへと言ひて、抱く心地のせしを、宮と聞えし人のしたまふ、と覚えしほどより心地惑ひにけるなめり。知らぬ所に据ゑ置き

て、この男は消え失せぬ

という怪異表現に想到する。既述したが、夕顔巻にみえる「いとをかしげなる女」は小玉の死霊を連想するが、「いときよげなる男」はどことなく「霍小玉伝」にみえる「見二一男子一、年可二二十余一、姿状温美、藏レ身映レ幔、連招二盧氏一」（訳はこの章四節にある）という場面を連想する。怪異性の表現で夕顔と浮舟の物語に繋ぐと、浮舟の物語も「霍小玉伝」を受容したのではないかと考えさせられる。比べてみると、浮舟の身の上は小玉と類似し、とくに認知されないため縁談を影響したことである。本論に入る前に登場人物を系図に書いて見てみよう。

浮舟物語	霍小玉伝
八の宮 ＝ 中将の君（侍女） └ 姫君（浮舟） 〰 左近少将	霍王 ＝ 浄持（侍女） └ 霍小玉 〰 李益（李生）

八の宮を霍王に対応してみると、親王である二人は同じ地位にある。霍王については、

高祖第十四子也。少多二才芸一。高祖奇レ之（『旧唐書』巻六十四、「列伝」第十四）。

高祖の第十四子である。若くから多才多芸で、高祖は逸材と思った。

と言うが、

垂拱四年、坐下與二越王貞一連謀起上レ兵、事覚、徙二居黔州一、仍令下載レ以二檻車一、行至中陳倉上而死（右記同書）。

垂拱四（６８８）年越王貞を立てて合議して則天武后を倒す兵を挙げようとした。発覚して流罪となり檻車に乗せられて黔州（貴州）に流される途中の陳倉で死去した。

須磨の流罪という部分に屈原に言及したが、霍王のことを連想せられる。一方、八の宮は、

そのころ、世に数まへられたまはぬ古宮おはしけり。母方などもやむごとなくものしたまひて、筋異なるべきおぼえなどおはしけるを、時移りて、世の中にはしたなめられたまひけるまぎれに、なかなかいと名残りなく、御後見などももの恨めしき心々にて、かたがたにつけて、世を背き去りつつ、公私に拠り所なく、さし放れたまへるやうなり（橋姫巻）。

と書いており、

源氏の大殿の御弟におはせしを、冷泉院の春宮におはしましし時、朱雀院の大后の、横様におぼし構へて、この宮を、世中に立ち継ぎたまふべく、わが御時もてかしづきたてまつりける騒ぎに、あいなく、あなたざまの御仲らひには、さし放たれたまひにければ、いよいよかの御つぎになり果てぬる世にて、えまじらひたまはず（橋姫巻）。

という。八の宮は霍王と同様政治事件に巻き込まれたが、「朱雀院の大后」（横様におぼし構へて）は、則天皇后に相当し、浮舟は小玉に相当する。

浮舟のことについては、

故宮の、まだかかる山里住みもしたまはず、故北の方の亡せたまへりけるほど近かりけるころ、中将の君とてさぶらひける上臈の、心ばせなどもけしうはあらざりけるを、いと忍びて、はかなきほどにもののたまはせける、知る人もはべらざりけるに、女子をなむ産みてはべりけるを、さもやあらむ、と思すことのありけるからに、あいなくわづらはしくものしきやうに思しなりて、またとも御覧じ入るることもなかりけり（宿木巻）。

と書いている。小玉の母は「曰㆓浄持㆒、浄持即王之寵婢也」、浄持と言い、王の寵愛を受けていた女中である。浮舟の母も八の宮に仕えていた侍女だった。

霍王が薨じるとほかの兄弟は小玉の母は出身が賤しいと思って財産を分与してあげて霍王の遺族と認めなかった。小玉の母は姓を鄭と改め、別に住まいを構えて世間の人々も小玉は皇女であると知らない。

浮舟が生まれると、父八の宮に認知されず、母は常陸介と再婚し、周りは王女と知らず、常陸介の娘と思っていた。浮舟は小玉と同様侍女と親王の間に生まれたが、認知されない皇女である。

2　婚約破棄の不幸

男主人公は李生と左近少将である。左近少将は、

年二十二、三ばかりのほどにて、心ばせしめやかに、才ありといふ方は、人に許されたれ

ど、きらきらしう今めいてなどはえあらぬにや、通ひし所なども絶えて、いとねむごろに言ひわたりけり（東屋）。

という。二十二、三歳ぐらい、性格が落ち着いていて学問があり、熱心に気に入りの女性を求める点は李生と近似し、末摘花巻に登場した源氏とも似ている。

小玉の母は娘の婚姻に関心し、「不邀㆓財貨㆒、但慕㆓風流㆒」、財産は求めないが、風流才子がよいと思っている。仲人の紹介を聞いてすっかり気に入った。李生に会うと、

素聞㆓十郎才調風流㆒、今又見㆓儀容雅秀㆒、名下固無㆓虚士㆒。

かねてから李様の文才風流のほど承っておりますが、今日またお上品なお姿を拝見して評判という物語は嘘を言わぬことが分かりました。

と言って褒めた。一方、浮舟の母は子どもの中で誰よりも浮舟を可愛がっていた。世間体のよい高貴な縁組を望み、数多くの若者の中から、

人柄もめやすかなり。心定まりてもものの思ひ知りぬべかなるを、人もあてなりや。これよりまさりて、ことことしき際の人はた、かかるあたりを、さいへど、尋ね寄らじ。

と、思慮もしっかりしていて分別がありそうだし、人品も卑しくない左近少将を選んだ。万事好都合に行ったので、八月ころ結婚すると約束した。調度を準備し、ちょっとした遊び道具を作らせても、恰好は格別に美しく、蒔絵、螺鈿のこまやかな趣向がすぐれて見える物を寄せ集めた。

人の調度といふ限りは、ただとり集めて並べ据ゑつつ、目をはつかにさし出づるばかりにて、琴、琵琶の師とて、内教坊のわたりより迎へ取りつつ習はす。

と、すべての準備は整えていた。しかしそのようなところへ不慮の変化に遇った。

李生は赴任する前、

至㆓八月㆒、必当㆘却到㆓華州㆒、尋使㆗奉迎㆖、相見非㆑遠。

と八月になって使者を遣わして迎えに来ると約束したが、

未㆑至㆑家日、太夫人已与商量㆓表妹盧氏㆒、言約已定。太夫人素厳毅、生逡巡不㆓敢辞譲㆒、遂就㆓礼謝㆒。便有㆓近期㆒。

ということがあった。盧氏は唐の有名な門閥であり、出身の高貴な李生の従妹と婚約を口約束した。李生はそれを聞くと躊躇したが、母に反抗する勇気はなく母の言いなりに盧氏と婚約の儀を行い、式を挙げる期日も決まった。ここで小玉の出身が卑しいことや認知されなかったことに触れなかったが、昔家柄が釣り合うことは縁組の要件だった。もし小玉は故霍王の末娘だったとすればあり得ない結末である。

一方、少将は約束の日を待ちきれずに急き立てた。母は自分ひとりで支度しても、気がかりだったので、この縁組を決めたのも、父親のない娘なので、わたし一人で世話して、はた目にも行き届かぬこともあろうかと、案じて仲人に話した。それを耳にすると少将は、

初めより、さらに、守の御むすめにあらずといふことをなむ聞かざりつる。同じことなれ

ど、人聞きもけ劣りたる心地して、出で入りせむにもよからずなんあるべき。と、仲人のいい加減な態度に不満の意を漏らした。そして「わが本意は、かの守の主の、人柄ものものしく、大人しき人なれば、後見にもせまほしう、見るところありて思ひ始めしとなり」と本心を打ち明けた。結局、常陸介の実娘、浮舟の妹に乗り換えた。

浮舟は霍小玉と同様侍女である母と親王の間に生まれたが、また同じように認知されなかった。適齢期に優秀な青年とめぐり逢ったが、釣り合いが取れないため相手から婚約を破棄された。浮舟の身の上は「霍小玉伝」を利用して書かれたと見られる。

結び

比較、考察を通して「霍小玉伝」が源氏物語に大きい影響を及ぼしたことが分かる。末摘花巻と蓬生巻の構成構想は小玉生前のことを利用し、夕顔の死は小玉死後の祟りの書き直しと思われる。

末摘花は常陸宮の姫君であるが、浮舟の継父は常陸介である。身分不相応が縁談を破棄されたことは浮舟と小玉の共通点である。影響関係を見ると、浮舟の物語は元々宇治十帖にあらず、「霍小玉伝」を受けて語られた夕顔、末摘花物語の前後にあった可能性がある。

注

（1）『南華寓言』は無為自然を説く短篇の寓話集であり、また『荘子』という。荘子（B・C369〜B・C286）は戦国中期の思想家、哲学家、文学家、道教の始祖の一人とされる。

（2）川口久雄『平安朝日本漢文学史の研究』「源氏物語の素材における中国伝奇小説その他の投影」明治書院、1988年12月

（3）『異聞集』の編集者は陳翰、唐末期の人であり、出身と生卒不詳。『新唐書』「芸文志」に『異聞集』十巻有」と記録されている。

（4）『新唐書』「高祖諸子」巻七十九

（5）『旧唐書』巻六十四「列伝」第十四、『新唐書』巻七十九「列伝」第四、霍王元軌

（6）池田亀鑑『物語文学Ⅰ』（至文堂、昭和43年）「31浮舟物語」

第四章　「柳毅伝」と明石の御方の結婚物語

明石一族の物語は若紫から始まり匂宮までの二十一巻にわたる長篇に読まれている。源氏と明石の御方の結婚物語は（以下「明石の物語」と称する）主に若紫、須磨、明石巻に集中している。

『河海抄』は、明石の入道が娘を源氏と結婚させることは『日本書紀』（神代巻）「海宮遊幸」にある「海神則以其子豊玉姫妻之」に準えて書かれたと注し、『花鳥余情』にも類似の注釈がみえる。古注釈によって「明石の物語」は龍王談か龍女談であるという物語の性質を示したのである。

「海宮遊幸」は中国の龍王談の影響を受けて書かれた。(1)彦火火出見尊は釣り針を失い、捜し求めるため龍宮に行った。豊玉姫は井戸のほとりの木の側に立っている彦火火を見かけて海神に報告した。海神は出迎え豊玉姫と結婚させた。「海宮遊幸」には雷雨の場面が見えず、龍女が顕形して出見尊と別れてしまった結末も「明石の物語」と違う。

龍の文化はヨーロッパにもあり、アジア諸国にもある。中国における龍の文化は数千年の歴史を遡る。今から五千年も前の紅山文化遺跡で濃い緑色の玉で作られた龍の図案が発掘されたり[2]、三千年の歴史を持つ完備な龍の甲骨文字が出土した。龍の形は蛇身、獣足、鷹爪、馬頭、蛇尾、鹿角、鱗がある。強いイメージがあり吉祥物として扱われる。正月になると、東西南北どの方位にも龍の提灯を吊るし、龍舞を舞う。龍は江河湖海を管理し、雨や雷を司る神と見なされて水神か海神と呼ばれる。そのため旱魃に見舞われると、雨を降らせるようにと人々は龍王廟か江河湖海の畔に行って祈る。民間信仰に伴って神話が作られた。龍はひときわ神格化されて超自然的な存在となる。雲や霧に乗って自由自在に飛べるし、人間の姿で水域や人間世界で豪華な生活を送る。なお龍女は人間の姿をして人間の男と結婚し、中国文学における一ジャンルとなった。『太平広記』（978）には「龍」という項目があり、八十一条（巻四一八〜四二五）が収められている。探せば、「海宮遊幸」のような話も多く早期の神話に属する。龍王と雷雨が絡んでいる愛情小説もみえるが、後世文学に多大な影響を与えたのは唐の伝奇小説「柳毅伝」が挙げられる。

「柳毅伝」の著者は李朝威（生卒不詳）と言い、隴西の出身である。唐徳宗（779〜805在位）から憲宗（805〜820在位）にかける時代在世していたという。「柳毅伝」は『異聞集』[3]、『太平広記』（巻四一九）、『説郛』[4]、『龍威秘書』[5]に収められて八世紀末は今の形になっている。

唐末期に「霊應伝」[6]という翻案作が現れた。宋には「柳毅大聖楽」、金には雑劇の脚本[7]、元には尚仲賢の「柳毅伝書」、李好古の「張羽煮海」、明には黄説仲の「龍蕭記」、許自昌の「橘浦記」、清には李漁の「蜃中楼(8)」などの翻案作が相次いだ。清の蒲松齢（1640～1715）の『聊齋志異(9)』（1679）には「柳毅伝」の翻案作が数篇収録されている。そのうち「張羽煮海」や「龍女牧羊」という翻案作は今なお中国各地の劇団の伝統演目とされる。

「柳毅伝」は前置きと前半の柳毅の龍宮訪問談、後半の神意による結婚からなる。前半に凄まじい雷雨の場面がみえるし、龍王が脅迫する態度で柳毅に縁談を申し込み、柳毅がきっぱりと断ったなど変化に富む話がある。後半は柳毅と盧氏に変身した龍女との結婚生活を書いている。

「明石の物語」は前置きと前半の凄まじい雷雨に追い払われること、後半の明石へ行った異境訪問、神意による結婚からなる。須磨から龍王が雷雨を司って源氏を明石へ追い払って縁談の申し込みと思われるが、明石へ行ったことは異境訪問、そして明石の御方と結婚する。両作品とも雷雨・龍王・異境訪問、神意による結婚という構想要素が重なるが、構成上相違がある。

「明石の物語」と「柳毅伝」の相違点と一致点を考察しながら「明石の物語」の生成を究明してみることにする。

一　「柳毅伝」と「明石の物語」の前置き

「柳毅伝」は次の段から始まる。

儀鳳中、有㆓儒生柳毅者㆒、應挙下第、将㆑還㆓湘濱㆒。念㆘郷人有㆗客㆓於涇陽㆒者㆖、遂往告レ別。至二六七里一、鳥起馬驚、疾逸二道左一。又六七里、乃止。見レ有二婦人一、牧二羊於道畔一。毅怪視レ之、乃殊色也。然而蛾眉不レ舒、巾袖無レ光。

儀鳳年間（676〜679）柳毅という書生がおり、官吏登用試験を受けて落第した。実家の湘江（湖南省）へ帰ろうとしていた。涇陽に故郷の人がいるので別れの挨拶に行った。六、七里も行くと鳥が飛び立ったのに毅が乗った馬は驚かされて、道の左手にそれてしまった。さらに六、七里も走ってやっと止まった。すると道ばたで羊を放牧している女性を見かけた。毅が不思議に思い、見てみると思いの外の美人である。しかしうっとうしい顔をして服は大分着古したものだった。

柳毅は一人で荒野で羊を放牧している女性を見ると、不思議に思ってなぜかと訊ねた。女性は自分は洞庭龍の娘であるが、夫や姑に虐げられて不幸になったと答えた。父洞庭龍への手紙を託し、一本の帯を手渡して、

洞庭之陰、有二大橘樹一焉、郷人謂二之社橘一。君当下解二去茲帯一、束以中レ他物上。然後叩レ樹三発、当レ有二応者一。

洞庭湖の南に大きな橘の木があり、当地の人は社橘と呼んでいます。そこであなたの帯を解いて他のもので束ねてください。その帯で木を三回叩けば、応対するものがあります。

と言って連絡する方法を教えた。別れる際に毅は「吾為二使者一、他日帰二洞庭一、幸レ勿二相避一」、私は使者となるので、後日洞庭に帰ったら私から逃げないでくださいねと言い、龍女

は「寧止不レ避、当レ如二親戚一耳」、ただ逃げないだけでなく、親戚のようにするのが当然だと言った。言い終わると、

引別東去。不レ数二十歩一、回二望女与羊一、倶亡レ所レ見矣。

東へ向かった。数十歩も行かないうちに振り返ってみると、女も羊もみな消えてしまった。

一方、「明石の物語」は若紫巻から始まる。

「近き所には、播磨の明石の浦こそ、なほことにはべれ。何の至り深き隈はなけれど、ただ、海の面を見わたしたるほどなむ、あやしく異所に似ず、ゆほびかなる所にはべる。かの国の前の守、新発意の、女かしづきたる家、いといたしかし。大臣の後にて、出で立ちもすべかりける人の、世のひがものにて、交じらひもせず、近衛の中将を捨てて、申し賜はれたりける司なれど（中略）」と申せば、「さて、その女は」と、問ひたまふ。「けしうはあらず、容貌、心ばせなどはべるなり。代々の国の司など、用意ことにして、さる心ばへ見すなれど、さらにうけひかず。『我が身のかくいたづらに沈めるだにあるを、この人ひとりにこそあれ、思ふさまことなり。もし我に後れてその志とげず、この思ひおきつる宿世違はば、海に入りね』と、常に遺言しおきてはべるなる」

播磨の明石の浦に「かの国の前の守」、大臣の後裔である入道と由緒のある家柄の夫人及び心を尽くして育てた容貌も気立ても良い娘がいる。その娘は美しく教養があり、思い込みが深い。しかし代々の国司などは特別に用意をして求婚したが、断られる。入道は「その心ざしを

遂げられず、思い込んだ宿世が違ったら海に入れ」と遺言する。明石の御方はなぜ求婚を断るのか、「その心ざし」とは何だろうか、入道の遺言をどう理解すべきか、という不審な点が多い前置きである。

二　雷雨と龍王

1　柳毅の龍宮訪問

柳毅は故郷に戻ってから急いで洞庭湖に向かった。洞庭湖につくと橘の木がみえた。龍女が教えたとおりに三回叩くと波の間から武士が浮かんできた。龍女の手紙を届けにきたと言うと、龍宮に案内した。しばらくすると、紫色のマントを羽織って青玉を手にした老人（洞庭龍）が出て来た。毅は龍女に出逢ったことを話し、龍女の手紙を手渡した。龍王はその手紙を読み終えると涙を流し、後宮に届けさせた。しばらくすると、後宮のものは声を上げて泣き出した。龍王は驚いて侍従に「泣き声を立てさせないようにせよ。銭塘龍に知られるのが心配だ」と言った。銭塘龍は誰だと尋ねると、龍王は「僕の弟だ。昔腹を立てて暴れて洪水になった。天帝は僕の功労を考慮して死刑にせず、わが宮に繋ぎ置かれている」と言った。

　語未㆑畢、而大声忽発、天拆地裂、宮殿擺簸、雲煙沸湧。俄有㆓赤龍長千余尺㆒、電目・血舌、朱鱗火鬣。項掣㆓金鎖㆒、鎖牽㆓玉柱㆒、千雷万霆、激㆓遶其身㆒、霰雪雨雹、一時皆下。

乃擘二青天一而飛去。

言葉が終わらぬうちに大音声がして、天が崩れ落ち地が裂けるように宮殿は揺れ動き、雲が湧き起こった。俄に千尺にも余る赤い龍が現れた。目は稲妻のごとく舌は血のように赤い。朱の鱗に炎のようなたてがみ、金の鎖を首にかけ、鎖が玉石の柱を引いている。無数の雷・霹靂がその体を取り囲み、霰・雪・雨・雹が同時に降ってくる。やがて青空を引き裂くように飛びさった。

柳井滋はこの場面を源氏物語に結びつけた。

この凄絶な赤龍のイメージは、源氏と遥かに距てる。源氏は神怪を書いてもそこまでは及ばないのであるが、龍君を人間的に描く点において、かような伝奇小説類と共通すると言えばいえる[10]。

銭塘龍は飛び上がって涇陽に向かった。涇陽川の若龍を殺し、姪を取り返した。龍宮では管弦を演奏しながら盛大な酒宴を催し続けた。その三日目に銭塘龍は酒の勢いで血相を変え、あぐらをかいて柳毅に話しかけた。

不レ聞猛石可レ裂不レ可レ捲、義士可レ殺不レ可レ羞耶。愚有二衷曲一、欲二一陳於公一。如可、則倶在二雲霄一。如不可、則皆夷二糞壌一。足下以為二何如一哉。

「堅い石は砕くことは出来るが、丸めることは出来ない。義士は殺されてもよいが、侮辱は許せない」という言葉を耳にしたことはございぬか。わしは心の中に考えがあり、貴公に述べたい。宜しければともに幸せこの上ないが、だめだったら不運の限りだ。あなたはどう思われますか。

毅は「承りましょう」と言うと、銭塘龍は次のことを言った。

涇陽之妻、則洞庭君之愛女也。淑性茂質、為二九姻所一レ重。不幸見レ辱二於匪人一、今則絶矣。将レ欲レ求下託二高義一、世為中親戚上使下受レ恩者知二其所一レ帰、懐レ愛者知中其所上レ付、豈不下為二君子始終之道一者。

涇陽の妻は洞庭王の愛娘だ。優しい気立てで立派な性質、親戚の間でも重んじられている。不幸にしてよからぬやつに辱められたが、今は縁を切りました。それで貴公のような男気のある方には代々親戚となって頂きたい。恩を受けた者が帰すべき所、愛を抱く者が愛する人に嫁がすところを教える。これは君子の有終の美を飾ることではあるまいか。

毅は銭塘龍の話を聞き終わると、

欻然而笑曰誠不レ知二銭塘君孱困如一レ是

突然笑って誠に銭塘王という君子の見識がこれほど浅はかと知らなかった。

と言った。そして厳しい口調で、

欲下以二蠢然之軀、悍然之性一、乗レ酒假レ気、将迫中於人上、豈近レ直哉。且毅之質、不レ足三以蔵二王一甲之間一。然而敢以二不服之心一、勝二王不道之気一。惟王筹レ之。

粗暴な体に猛々しい気性で酒に乗じて勢いを借り、人を脅迫しようとするのが正しい道に近いと言えましょうか。その上に私の体は王の一枚の鱗の間に入るにも足りません。それでも敢えて不屈の心で王の非道の気力に打ち勝ちたい。王よ、このことをよく考えてみてください。

と話した。毅の話を耳にすると、銭塘龍は意外にも尻込みし、謝った。柳毅も気にせず元どおり仲よくした。

要するに「柳毅伝」に龍王が二人登場した。性格の荒い銭塘龍は雷雨を伴って飛び上がって姪を取り戻し、なお脅迫的な態度で毅に姪との結婚を申し込んだ。

2　須磨の雷雨と龍王

三月の上旬に巡ってきた巳の日に源氏は陰陽師を召して須磨の海辺で祓い清めの行事を行わせた。

八百よろづ神もあはれと思ふらむ　犯せる罪のそれとなければ

と詠むと、

にはかに風吹き出でて、空もかき暮れぬ。御祓へもし果てず、立ち騒ぎたり。肱笠雨とか降りきて、いとあわたたしければ、みな帰りたまはむとするに、笠も取りあへず。さる心もなきに、よろづ吹き散らし、またなき風なり。波いといかめしう立ちて、人びとの足をそらなり。海の面は、衾を張りたらむやうに光り満ちて、雷鳴りひらめく。落ちかかる心地して、からうしてたどり来て（須磨巻）。

ということがあった。俄に降り出した雷雨が注意を引いた。源氏物語の注釈書『河海抄』は「周公旦東征の跡をおもへる歟風雷の異変も相似たり」と注し、『花鳥余情』・『細流抄』（１５１０〜１５１４）にも類似の解釈がみえる。『岷江入楚』（１５９８）はそれを証明するように「榊巻に文王の子武王の弟と源氏の自称せしは周公旦におのれをなずらへたる証拠也」と書いている。古注に賛同する方は各自の著書に引用しているが[11]、渡辺秀夫は、

具体的に風雨の異変によって、身の潔白が証明されるという経緯は、「準拠」を「先例」の応用形態と解する最近の検証を考慮しても、なお『史記』本文と整合しないし、より近いとされる『尚書』（金縢篇）にしても、雷風雨の異変があってから、金縢書を開きて周公の誠真の心を知るというのであって、源氏の行文とは一致しない[12]。

と述べている。『尚書』は『書経』でもある。金縢は金の帯で縛った箱であり、金縢篇は周公旦の故事をさす。周武王が死去して息子はその後を継いで成王となる。成王が幼く天下も不安定だったので、叔父の周公旦は摂政する。周公旦が政権を握るのをみると、管叔鮮らは不満を持ち、周公旦が王位を簒奪するつもりだと噂し、成王も疑うようになったのである。猜疑を避けるため周公旦は都の鎬京を出て東に下った。

秋、収穫前にひどい狂風が吹き荒れ、大雨が降り、穀物が全て倒されてしまった。成王も国人もみなたいそう驚き恐れた。成王が周公旦の隠しもの、金縢を見つけた。その中に周公旦が

病に罹った武王の身代わりになるという願文を綴った書があった。成王が側近に確かめてみると、みんなは「真実だ。公は私たちに口止めをしていた」と答えた。成王が涙を流しながら「叔父が王室に忠勤していたのに、未熟な朕はそれを誤解した。天（神）は叔父の潔白を証明するために猛威を振るった。朕は自ら迎えに行かなければならない」と言って出て行った。すると、雨が小降りになり、風向きも変わり、その年は豊作になった。

周公旦の故事は『今本竹書紀年』、『尚書』、『史記』（巻三十三）「魯周公世家」ともに記されている。「魯周公世家」は周公旦の死後に起こった件と記しているが、『尚書』は成王が金縢に隠している書を見つけて周公の忠心に感動し、神が周公の潔白を証明するために雷雨を降らせたと悟ったとしている。

源氏物語の行文と一致するかどうかは重要である。須磨から降り出した雷雨は源氏の潔白を証明する事例がない。賢木巻に源氏が「文王の子武王の弟」と自称し、周公に準えたが、それは第二部に述べた賀蘭敏之を下敷きに書かれたからである。須磨の雷雨が『河海抄』にみえる「周公旦東征の跡をおもへる歟風雷の異変も相似たり」と思われる後世人は京でもあやしい風雨が降るという部分を補った可能性があり、より深く考証する必要がある。

須磨巻の終わりを読むと、凄まじい雷雨と龍王の関係に想到する。

暁がた、みなうち休みたり。君もいささか寝入りたまへれば、そのさまとも見えぬ人来て、「など、宮より召しあるには参りたまはぬ」とて、たどりありくと見るに、おどろきて、さは、海のなかの龍王の、いといたうものめでするものにて、見入れたるなりけりとおぼすに、いとものむつかしう、この住ひ堪へがたくおぼしなりぬ。

蛇は小龍と言われる。「巳の日」は龍が動く日、龍が動くと雷雨が伴う。そこで「日本古典集成」『源氏物語』（新潮社）は「宮」を「龍宮」と解し、「日本古典文学全集」『源氏物語』（小学館）も同じように解し、次のように訳している。

明け方になって、皆の者はいささか寝入っている。君も少しおやすみになると、何者ともはっきりしない姿の者が来て、「なぜ、宮からお呼びがあるのに、まいられないのか」といって君をうろうろと捜し回っている、と見たとたんに目が覚めて、「さては、海のなかの龍王がまことにひどく物愛でをするもので、自分を見込んだのであろう」とお思いになるにつけて、まことに気味悪く、この海辺の住まいは堪えられそうもないお気持ちになられた（須磨）。

要するに「そのさまとも見えぬ人」は龍宮からの使者である。この考えは『史記』（巻六）「秦始皇帝本紀」の記事に当てはまる。

始皇夢与㆓海神㆒戦、如㆑人㆑状。問㆑占㆑夢、博士曰水神不㆑可㆑見、以㆓大魚蛟龍㆒為候。

始皇帝は海神と戦う夢を見た。その海神は人間の姿をしている。その夢判断をしてもらった。博士は海神は見えない、大魚やみずちは斥候であろう。

博士の言い方に従えば、「そのさまとも見えぬ人」は大魚か蛟龍（大魚かみずち）であり、龍宮の斥候が源氏を捜しに来ている。しかし源氏は龍宮に行こうとしなかったので、雨が止まず、雷が轟き、稲妻が光り、いつぞやと同じ姿をしたものが頻りに現れてしつこくつきまとう。源氏は心細くなり、住吉の神や龍王及びよろづの神々に願を立てる。雷雨が止まないばかりか、

いよいよ鳴りとどろきて、おはしますに続きたる廊に落ちかかりぬ。炎燃えあがりて廊は焼けぬ。心魂なくて、ある限りまどふ。後のかたなる大炊殿とおぼしき屋に移したてまつりて、上下となく立ちこみて、いとらうがはしく泣きとよむ声、雷にも劣らず。空は墨をすりたるやうにて、日も暮れにけり。

となる。源氏はすっかり疲れてうとうとした。

かたじけなき御座所なれば、ただ寄りゐたまへるに、故院ただおはしましさまながら立ちたまひて、「などかくあやしき所にものするぞ」とて、御手を取りて引き立てたまふ。「住吉の神の導きたまふままには、はや舟出してこの浦を去りね」とのたまはす。

と、故父は「住吉の神の導きのとおりに、早く船を出してこの（須磨の）浦から立ち去れ」と言って苦況から切り抜ける道を示した。「住吉の神」は「海神」であり、龍王でもある。

翌日の明け方「渚に小さやかなる舟寄せて、人二、三人ばかり、この旅の御宿りをさして参る。『何人ならむ』と問へば、『明石の浦より、前の守新発意の、御舟装ひて参れるなり。源少納言、さぶらひたまはば、対面してことの心とり申さむ』」と言った。源氏は夢のことを思い合わせて「早く会え」と命じた。良清は舟に行って「こんな激しかった波風のなかを、いつの

まに船を出したのだろう」と不思議そうに尋ねると入道は、

「去ぬる朔日の日、夢にさま異なるものの告げ知らすることはべりしかば、信じがたきことと思うたまへしかど、『十三日にあらたなるしるし見せむ。舟装ひまうけて、かならず、雨風止まば、この浦にを寄せよ』と、かねて示すことのはべりしかば、試みに舟の装ひをまうけて待ちはべりしに、いかめしき雨、風、雷のおどろかしはべりつれば、人の朝廷にも、夢を信じて国を助くるたぐひ多うはべりけるを、用ゐさせたまはぬまでも、このいましめの日を過ぐさず、このよしを告げ申しはべらむとて、舟出だしはべりつるに、あやしき風細う吹きて、この浦に着きはべること、まことに神のしるべ違はずなむ」

と答えた。『河海抄』の注釈によって入道は海神（龍王）に相当し、明石の御方は龍女に相当するが、右記の話を見ると入道は普通の人間と化したようである。この変化をさておいて「明石の物語」は「柳毅伝」を受容したことを前提に続けて比較してみよう。

三　明石の御方と龍女

1　再会を待ち受ける

龍宮で行われた酒宴の三日目に柳毅は故郷へ帰ろうとした。潜景殿で送別会が催された。

男女僕妾等悉出預レ会。夫人泣謂レ毅曰骨肉受二君子深恩一、恨不レ得レ展二媿戴一、遂至二睽別一。使下前二涇陽女一当レ席拝レ毅以致上レ謝。夫人又曰此別豈有二復相遇之日一乎。毅其始雖レ不レ諾二銭塘之請一、然当二此席一、殊有二嘆恨之色一。

男女しもべ妾とも宴に集まった。夫人は涙しながら「娘はあなたの大きな恩を受けました。感謝の意を十分に尽くせないままお別れになることが心残りでございます」と述べた。そして涇陽から戻ってきた娘を前に来させ毅に礼を言わせた。夫人はまた「この度お別れしてまたお目にかかる日があるのでしょうか」と述べた。毅は、初めに銭塘王からの縁談の申し込みを受け入れなかったが、この席に当たってとても残念そうな顔つきを見せた。

夫人が言った（娘が）「受二君子深恩一、恨不レ得レ展二媿戴一」と「此別豈有二復相遇之日一乎」は龍女と柳毅の結婚物語に伏線を張って置いた。別れる際に、

満宮凄然。贈二遺珍宝一、怪不レ可レ述。毅於レ是復循レ途出二江岸一、見従者十余人、担レ嚢以随、至二其家一而辞去。

龍宮のなかは悲しみに包まれた。珍しい宝を贈りその素晴らしさは言葉にすることはできない。毅は来たときの道に従って川の岸辺に帰ってきた。十人あまりの従者が荷物を担いで後をついてその家に着くと荷物を置いて帰って行った。

毅は広陵の宝石店へ宝物を売りに行った。

百未レ発レ一、財已盈レ兆。故淮右富族、咸以為莫如。

百分の一も出さずにもう兆（一万億）になった。故に淮水西の豪族はみな及ばないと思った。

縁談が持ちかけられた。

遂娶二于於張氏一、亡。又娶二韓氏一。数月、韓氏又亡。

張氏を迎えたが、間もなく張氏が死去した。また韓氏を迎えたが、数ヶ月すると、韓氏も死去した。

毅は家を金陵へ移して新しい連れ合いを迎えようと思った。媒酌人は清流宰（県知事）だった盧浩の娘を紹介した。良縁に恵まれて吉日を選んで盧氏を迎えた。一ヶ月余り経ったある晩、毅は部屋に入って妻を見ると、あの龍女ではないかと驚いた。よく見ると、妻の美しさは龍女に勝るところがあると思って自分が勘違いしたことを妻に話した。妻は「そんなことはないでしょう」と答えた。

一年あまり経つと子どもが生まれた。祝賀会を催し、大勢の客が集まった。盧氏はみんなの前で自分が龍女であることを打ち明けた。そして毅と別れてからのことを語った。

銜二君之恩一、誓レ心レ求レ報。洎二銭塘季父、論レ親不一レ従、遂至二睽違一。天各一方、不レ能二相問一。父母欲レ配二嫁于濯錦小児某一。惟以下心誓難レ移、親命難レ背、為中君子弃絶上、分レ無二見期一。而当初之冤、雖レ得三以告二諸父母一、而誓報不レ得二其志一、復欲三馳白二于君子一。

ご恩を心に留めて報いると思った。銭塘の叔父が縁談を持ち出しましたが、はねつけられた。それで遠く離れてしまいました。それぞれ別の方にいるので、便りも不可能になりました。そこで、父母は濯錦江龍王の子どもの一人に嫁がせようとしましたが、心の誓いは変えがたく、さりとて親の言いつけにも背きかねます。あなたに見捨てられたからには、お目にかかる時はないと諦めました。それでも、初めの恨みを色々と父母に伝えてもらい、果たしておりながら、恩返しを誓いつつも志を果たしていないからには、かけつけてその気持ちをあなたに話したいと思っていました。

龍女の問わず語りに言ったことを読み終わると、「明石の物語」の前置きにある疑問点を解いた。

柳毅が龍宮を離れてから洞庭龍は娘を濯錦江の若龍と結婚させようとした。龍女は承知せず柳毅と結婚できないとしても一回会って腹蔵のない話を聞かせたいと思った。これは龍女を下敷きにした明石の御方の「心ざし」である。洞庭龍を下敷きにした明石の入道は、「その心ざしを遂げられず、思い込んだ宿世が違ったら海に入れ」と遺言した。「海に入れ」とは家に帰れと理解される。

龍女は続いて語った。

> 値下君子累娶、当レ娶二于張一、已而又娶中於韓上。迨二張、韓継卒一、君卜二居于兹一、故余之父母乃喜四余得三遂報二君之意一。今日獲レ奉二君子一、咸善終レ世、死無レ恨矣。

その間あなたは次々と結婚なさり、張家からお嫁を迎え、それからまた韓家からお嫁を迎えられました。張さんも韓さんも相前後して亡くなられて、あなたは家をここに構えました。父母は私があなたの志に報恩するという願いを遂げられるのを歓びました。そしていまはあなたにお仕えすることができたのです。一緒に立派な一生を送ることができたならば、何の心残りもありません。

話に拠れば、龍女は毅が龍宮を後にしてから張氏や韓氏と結婚したこと、二人が相前後して死去したことを知っていた。毅が金陵に引っ越したことが分かると、自分も金陵に移り、願いが叶った。

2　人物設定

「明石の物語」は「柳毅伝」を受けて再構築したと思われるが、まず人物設定を見てみよう。

明石の入道＝尼君
　│
明石の御方＝源氏

盧浩＝鄭氏
　│
盧氏＝柳毅

明石の入道を盧浩に対応させると、尼君が鄭氏に、明石の御方が盧氏に、源氏は柳毅にとそれぞれ対応することになる。入道は、

かの国の前の守（中略）大臣の後にて出で立ちもすべかりける人の、世のひがものにて、

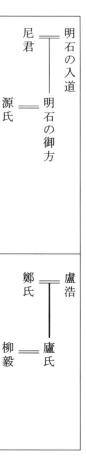

交じらひもせず、近衛の中将を捨てて、申し賜はれりける司なれど（中略）頭もおろしはべりにけるを、すこし奥まりたる山住みもせで、さる海づらに出でゐたる（若紫巻）。

というが、盧浩は、

嘗為二清流宰一。晩歳好レ道、独遊二雲泉一、今則不レ知レ所レ在矣。

かつては清流宰を務めた。晩年道教に好み、一人で名山大川に出かけられて今は行方が分からない。

という。「清流」とは清らかな水の流れを意味するが、江河湖海を連想せられ、「清流宰」は龍王か水神を暗示する。「宰」は県の長官であり、「かの国の前の守」と同じ職位である。

3　異境訪問談

その次は源氏の異境訪問である。源氏を迎える舟は、

飛ぶやうに明石に着きたまひぬ。ただはひ渡るほどに片時の間といへど、なほあやしきまで見ゆる風の心なり。

都から遠く離れている明石は、

近き所には、播磨の明石の浦こそ、なほことにはべれ。何の至り深き隈はなけれど、ただ、海の面を見わたしたるほどなむ、あやしく異所に似ず、ゆほびかなる所に侍る（若紫巻）。

というが、この目で見ると、

浜のさま、げにいと心ことなり。人しげう見ゆるのみなむ、御願ひにそむきける。入道の領じめたる所所、海のつらにも山隠れにも、時時につけてけふをさかすべき渚の苫屋、行ひをして後世のことを思ひすましつべき山水のつらに、いかめしき堂を建てて三昧を行ひ、此世のまうけに秋の田の実を刈りをさめ、残りの齢積むべき稲の倉町どもなど、おりおり所につけたる、見所ありてし集めたり。

という。この領有地を持つ理由は、

先つころ、罷り下りて侍りしついでに、ありさま見給へに寄りて侍りしかば、京にてこそ所得ぬやうなりけれ、そこらはるかに、いかめしう占めて造れるさま、さは言へど、国の司にてし置きけることなれば、残りの齢ゆたかに経べき心構へも、二なくしたりけり。後の世の勤めも、いとよくして、なかなか法師まさりしたる人になむはべりける」（若紫巻）

と言われる。入道は播磨守を辞めて明石の海岸に広大な土地を占有し、立派な邸宅や倉庫や念仏堂まで建てた。明石の港から後背地である播磨平野の物産を瀬戸内海の海運を利用して交易し、莫大な財産を蓄えたと指摘される。(13) 調べても明石は都のように繁栄した記録は見当たらない。

源氏が泊まった浜の館は、

所のさまをばさらにも言はず、作りなしたる心ばへ、木立、立石、前栽などのありさま、えも言はぬ入江の水など、絵に描かば、心のいたり少なからむ絵師は描き及ぶまじと見ゆ。月ごろの御住まひよりは、こよなくあきらかに、なつかしき。御しつらひなど、えならずして、住まひけるさまなど、げに都のやむごとなき所々に異ならず、艶にまばゆきさまは、まさりざまにぞ見ゆる（明石巻）。

という都の高貴な邸宅と同じく優雅で煌びやかで素晴らしい。この描写から柳毅の異境訪問を連想させられる。柳毅は手紙を届けるために龍宮に入った。

台閣相向、門戸万千。奇草珍木、無レ所レ不レ有。

宮殿と楼閣が向かい合い、邸が無数ある。珍しい草や木の、何でもある。

という風景が目に入る。先に一歩進んで霊虚殿に入ると目に映ったのは、

則人間珍宝畢尽二於此一。柱以二白璧一、砌以二青玉一。床以二珊瑚一、簾以二水晶一。彫二瑠璃於翠楣一、飾二琥珀於虹棟一、奇秀深杳、不レ可二弾言一。

人間世界の珍しい宝物はことごとくここに集められている。柱は白玉石、階段は青玉石、床は珊瑚、簾は水晶を用いる。入り口の上の梁には瑠璃がちりばめられ、虹棟は琥珀で飾られる。珍しく優れていて奥ゆかしいことは到底言い尽くせない(14)。

という。舞台が変わり、目に映った風景が変わるが、明石はやはり素晴らしい異境である。

愛情物語にとって縁談が重要である。人間世界では一般的に男性側から求婚するが、異類の婚姻は女性側から求婚する。「柳毅伝」は龍女の叔父である銭塘龍が縁談を申し込んだが、明石の御方の結婚は明らかに女性側から申し込んだのである。入道は、

住吉の神を頼みはじめたてまつりて、この十八年になりはべりぬ。女の童いときなうはべ

りしより、思ふ心はべりて、年ごとの春秋ごとに、かならずかの御社に参ることなむはべる。昼夜の六時の勤めに、みづからの蓮の上の願ひをば、さるものにて、ただこの人を高き本意叶へたまへと、なむ念じはべる（明石巻）。

と言ったが、須磨を振り返ると、雷雨が源氏を明石へ追い払ったことこそ結婚の申し込みである。初めに「そのさまとも見えぬ人来て、など、宮より召しあるには参りたまはぬとて、たどりありく」、源氏が動こうとしないので、「例の怪しいものが現れてつきまとった」。源氏は怖がって「海の中の龍王、よろづの神たちに願を立てさせたまふに」、

いよいよ鳴りとどろきて、おはしますに続きたる廊に落ちかかりぬ。炎燃え上がりて、廊は焼けぬ。心魂なくて、ある限り惑ふ。後の方なる大炊殿おおひどのとおぼしき屋に移したてまつりて、上下となく立ち込みて、いとらうがはしく泣きとよむ声、雷にも劣らず、空は墨をすりたるやう（後略）

と恐怖を与える。この脅迫行為は銭塘龍が柳毅に縁談を申し込んだ態度と類似し、なお狂暴である。

結び

人間同士の婚姻は幸せをもたらすとは限らないが、龍女と結婚したら必ず幸せになる。龍女

は毅に、

夫龍寿万歳、今与レ君同レ之。水陸無二往不一レ適、君不二以為一レ妄也。

龍の寿命が万歳だから、今からあなたとも享受しよう。これから水中・陸上どこへも自由に行動し、行くことのできない所がない。それはでたらめだと思わないでほしい。

と言った。その後家族とも、

居二南海一、僅四十年、其邸第・輿馬・珍鮮服玩、雖二侯伯之室一無二以復加一也。毅之族遂二濡澤一。以二其春秋積レ序、容状不一レ衰、南海之人、靡レ不二驚異一。

南海に住み、わずか四十年過ぎずその邸宅・馬・乗り物・珍しい衣服、玩具などは伯爵の家でもそれ以上のものはない。親類の人々も幸せになった。年を取っても容貌が衰えないので、南海では驚かないものはいなかった。

という。源氏物語には多数の話が絡んでいるので、はっきりと言えない。明石の御方と結婚してから幸運に恵まれたと考えてよい。

注

（1）日野巌『動物妖怪譚』有明書房、昭和54年

（2）中国雑誌『文物』、１９８４年第6期
（3）『異聞集』（唐末期の陳翰・生卒不詳）より収録、『新唐書』「芸文志」『異聞集』（十巻）と記されている。原本遺失、『太平広記』は二十余篇収録されている。
（4）『説郛』は陶宗儀（１３２１〜１４０７）によって元末期から明にわたって集めた百巻もある大型叢書である。『四庫全書』に収録される。
（5）『龍威秘書』（十巻）は清の馬駿良（生卒不詳）が漢魏から明清までの地理雑記、小説、詩話を集めた百七十種ある私家集である。
（6）『太平広記』（巻四九二）に収められている。
（7）董解元「絃索西廂」にみえる。
（8）魯迅『中国小説史略』第九篇「唐代の伝奇物語」（下）
（9）『聊齋志異』は八巻、四九一篇、四十余万字がある小説集である。版本が三十余種、二十カ国語の訳本があり、百種以上の芝居・映画の脚本に翻案された。
（10）柳井滋「源氏物語と霊験譚の交渉」『源氏物語研究と資料』第一輯所収、紫式部学会、１９６９年
（11）①阿部秋生『源氏物語研究序説』「第二篇第一章第二節」東京大学出版会、１９５９年
②清水好子『源氏物語論』「第六章須磨退居と周公東遷」塙書房、昭和41年
（12）渡辺秀夫「漢文伝と史書と物語と」―《譏譖の廃太子》・『恒貞親王伝』断章―『国文学』（解釈と鑑賞）１９９１年10月号
（13）秋山虔・池田弥三郎・清水好子『源氏物語を読む』「六源氏物語の内と外」筑摩書房、１９８２年
（14）新釈漢文大系『唐代伝奇』「柳毅伝」明治書院、昭和48年

第五章　「飛燕外伝」と匂宮・薫君物語

源氏物語に「飛燕外伝」[1]を結びつけたのは江戸時代の学者斎藤正謙である。その指摘は『拙堂文話』（巻一）にあり、「霍小玉伝」を考察する第三章に引用している。『(国訳漢文大成）晋唐小説』「解説」も、

(飛燕外伝は）夙に我国に渡来して、平安詞人殊に女流に愛玩せられ、多く物語類の粉本となり、紫式部の源氏物語の如き、多数の婦人の寵を争ふ状は亦本書の趣向を学びしものと称せられる。[2]

と述べている。しかし「飛燕外伝」を利用して作られた「多数の婦人の寵を争ふ」物語がどこにあるのかは指摘していない。貴重な指摘を手がかりにして調べてみると、匂兵部卿巻より「飛燕外伝」にしかない「異香不若体自香」の翻案が見つかった。

一　源氏物語と「飛燕外伝」

1　「異香不若体自香」の出典と翻案

「異香不若体自香」は珍しい人工の芳香は体から発する得も言われぬ香りに及ばないことを意味する。これは「飛燕外伝」を出典とし、趙飛燕がその妹合徳と成帝（B・C51〜B・C7）の寵愛を争う逸話である。原文は次のとおりである。

后浴二五蘊七香湯一、踞二通香沈一水坐一、燎二降神百蘊香一。婕妤浴二荳蔲湯一、傅二露華百英粉一。帝嘗私語二樊嫕一曰后雖有二異香一、不若二婕妤体自香一也。

皇后は「五蘊(3)七香湯(4)」の湯につかり、膝を立てて通香で作った湯につかり、降真香を加えた百蘊香を焚いてその煙を手で掬って体にまく。婕妤は荳蔲を入れた湯を浴び、露が凝った花びらから作った白粉をつけていた。帝が嫕と二人きりの時に「后は珍しい香を持っているが、婕妤の身から自然と発する香りには及ばない」と言った。

匂兵部卿巻には薫君の「体自香」を主旨とする部分がみえる。

香のかうばしさぞ、この世の匂ひならず、あやしきまで、うち振る舞ひたまへるあたり、遠く隔たるほどの追風に、まことに百歩の外も薫りぬべき心地しける。誰も、さばかりになりぬる御ありさまの、いとやつればみ、ただありなるやはあるべき、さまざまに、われ人にまさらむと、つくろひ用意すべかめるを、かくかたはなるまで、うち忍び立ち寄らむもののの隈も、しるきほのめきの隠れあるまじきに、うるさがりて、をさをさ取りもつけたまはねど、あまたの御唐櫃にうづもれたる香の香どもも、この君のは、いふよしもなき匂ひを加へ、御前の花の木も、はかなく袖触れたまふ梅の香は、春雨の雫にも濡れ、身にしむる人多く、秋の野に主なき藤袴も、もとの薫りは隠れて、なつかしき追風、ことに折しからなむまさりける。

薫君の「体自香」について本居宣長は次のように指摘している。

此事いとうたがはし。其故は、大かた人の身に、おのづからかうばしき香は、なき物なるに、かくいへるは、作りごとめきたり。此物語は、さるあやしき、つくり事めきたることはかかず、みな世にあるさまの事なるに、此事のあやしきは、いかなることにか（『源氏物語玉の小櫛』）。

後世には聖徳太子や義淵僧正などの聖人が誕生した時に芳香を備える例に依拠して書かれたとか、薫君は仏教に専心するから聖人のように芳香を備えたものとして書かれたという説がある。

一方、匂宮は薫君の「体自香」に対抗策を練る。

かく、いとあやしきまで人のとがむる香にしみたまへるを、兵部卿宮なむ、異事よりも挑ましく思して、それは、わざとよろづのすぐれたる移しをしめたまひ、朝夕のことわざに合はせいとなみ、御前の前栽にも、春は梅の花園を眺めたまひ、秋は世の人のめづる女郎花、小牡鹿の妻にすめる萩の露にも、をさをさ御心移したまはず、老を忘るる菊に、衰へゆく藤袴、ものげなきわれもかうなどは、いとすさまじき霜枯れのころほひまで思し捨てずなど、わざとめきて、香にめづる思ひをなむ、立てて好ましうおはしける。

薫君は生来体から珍しい香りを発し、匂宮は競争心から香を調合して衣服に焚きしめるという発想は間違いなく「異香不若体自香」の翻案である。なぜなら、この発想は平安朝文学どころか、中国文学にも「飛燕外伝」以外に見られないからである。ただし「飛燕外伝」では趙皇后飛燕の妹合徳は生まれつき珍しい香りを発するが、飛燕は競争心から香の調合を凝らした。宇治十帖になると、薫君は生まれつき珍しい香りを発し、競争心から香の調合を凝らしたのは匂宮になってしまった。飛燕は妹と成帝の寵愛を争うために香を調合したが、匂宮が何の目的で香の調合を凝らしたのかは問題となる。この食い違いはさておいて、まず寛弘年間において「飛燕外伝」が語られた理由を調べてみたい。

2 楊貴妃と趙飛燕

成帝と趙飛燕の故事は『史記』・『漢書』・『後漢書』を必修科目にした平安朝の貴族はよく知っていた。空海（774〜835）は、

顔同趙燕、面如西施[5]　顔は趙飛燕の如く容貌は西施の如し

と書いたし、菅原文時（899〜981）は、

飛燕之袖早暫収、猜繚乱於旧拍(6)

飛燕が袖しばらく収まりて、撩乱たるを旧拍に猜ねみ

と書いている。寛弘年間において漢成帝と趙皇后姉妹の物語が語られた理由というと、『史記』・『漢書』は言うまでもなく白氏文集も視野に入れて「長恨歌・伝」がきっかけで語られた可能性がある。

「長恨歌」に「昭陽殿里恩愛絶」があり、「昭陽殿」が楊貴妃に繋ぐ。音楽や踊りに長けて玄宗の寵愛を独占した楊貴妃を成帝の寵愛を一身に集めた趙飛燕に準えることは唐の常識だったからである。初めて詩を書いて準えたのは李白（701～762）である。唐では牡丹を貴重な花としていた(7)。開元年間禁中では赤や紫・ピンク・白など珍しい品種が手に入ると、興慶池の東側にある沉香亭の前に植えておいた。

牡丹が見頃を迎えたある日、玄宗は照夜白という名馬に乗って興慶宮に向かい、楊貴妃は鳳輦に乗って従った。梨園の優秀な弟子を選ばせ、十六種の楽器の演奏者も揃った。李亀年が手に檀板を持ってバンドの前に進み出て歌おうとしたところへ、玄宗は「名花を賞で、貴妃も伴い、旧い歌詞などを歌うのは興ざめだなあ」と言いながら「直ちに清平調の歌詞を捧げよ」という勅旨を李白に届けさせた。李白は勅旨を承けるとき二日酔いに苦しんでいた。にもかかわらず筆をとるやいなや「清平調」を三首作りあげた(8)。第二首は、

一枝紅艶露凝香　　一枝の艶やかな牡丹に露がやどり香を凝結させた

雲雨巫山枉断腸　　昔楚の懐王が巫山の女神に断腸の思いをした
借問漢宮誰得似　　聞いてみたいが、その美しさは漢宮の誰に似ているのだろうか
可憐飛燕倚新粧　　可愛らしい飛燕でも新たにお化粧をしなければならない

という。李白は楊貴妃を赤い牡丹に喩えたり、巫山の女神に準えたり、漢後宮の飛燕もお化粧をしなければならないと賛美した。その「宮中行楽詞」(9)に昭陽が使われた。

柳色黄金嫩　　柳の若芽は黄金色で初々しい
梨花白雪香　　白雪に見紛うような梨の花が香っている
玉樓巣翡翠　　玉楼に翡翠が巣を造り
金殿鎖鴛鴦　　黄金で造られた宮殿にはつがいの鴛鴦が籠もっている
選妓随雕輦　　選り抜きの芸者が雕輦に乗って随い
笙歌出洞房　　笙歌が新婚夫婦の部屋より聞こえる
宮中誰第一　　後宮では誰が最も寵愛を受けているか
飛燕在昭陽　　昭陽殿にいる飛燕のほかにいない

麗しい字句を並べ立てて楊貴妃が昭陽殿に住む趙飛燕の如く最も寵愛を受けていると理解される。ほかに有名な杜甫の「哀江頭」(10)にも類似の句がある。

昭陽殿裏第一人　　昭陽殿にて最も寵愛を受ける人は
同輦随君侍君側　　いつも帝に従って同じ輦に乗り、側に侍っている

昭陽殿は元々漢武帝が妃のために建てた八大宮殿（昭陽、飛翔、増成、合歓、蘭林、披香、鳳凰、鴛鸞）の一区であり尊卑の区別をしなかった。成帝の時代になると飛燕姉妹が住むことによって昭陽殿は尊貴、寵愛、栄耀のシンボルとなった。班固（32〜92）の「西都賦」に「昭陽特盛、隆於孝成」（昭陽は最も栄えて成帝の時は勢いが盛んだった）とあり、張衡（78〜139）の「西京賦」に「後宮則昭陽、飛翔」（後宮を言えば、昭陽と飛翔だ）と書いている。白居易の「長恨歌」に李白の「宮中行楽詞」の「金殿鎖鴛鴦」を踏まえて作った「金屋粧成嬌侍夜」があり、杜甫の「同輦随君侍君側」を踏まえて作った「春従春遊夜専夜」があり、なお昭陽殿を使って、

昭陽殿里恩愛絶　　後宮での恩愛は絶えてしまい
蓬萊宮中日月長　　蓬萊宮での日にちが長い

という対句があり、楊貴妃が受ける寵愛ぶりを描いた。玄宗・楊貴妃の愛情に基づいて書かれた「長恨歌」を読む際、詩句に秘められている昭陽殿や趙飛燕の故事を語ったと思われる。

二　「飛燕外伝」について

1　「飛燕外伝」に関して

「飛燕外伝」（全称「趙飛燕外伝」）は趙皇后（飛燕）とその妹婕妤（合徳）が漢成帝の寵愛を

競い争うことを中心とする性愛小説である。関わりのある小説はほかに「飛燕遺事[11]」、「趙飛燕別伝[12]」、「昭陽趣史[13]」がある。内府蔵本[14]に「飛燕外伝」一巻があり、巻末に「伶玄自序」がついている。「伶玄自序」によれば、作者の伶玄は字子于、潞水（現河北省通県）の出身、前漢末期に在世していた。音楽に通じ、文学にも長ける。初めは小役人だったが、三つの役所を歴任して州、郡の長官に昇進し、ついに淮南王の補佐官となった。退官後樊通徳という妾を買い入れた。通徳は成帝に仕えていた樊嫕の甥の娘であり、才色兼備で、文字を知り、史記を愛読する。飛燕姉妹のことに詳しく時々子于に語っていた。子于は通徳が語ったものを書き記して「飛燕外伝」にまとめたという。

明の胡應麟[15]は「伶玄自序」を疑い、

　蓋六朝人作、而宋秦醇子複補綴也[16]

概ね六朝（222〜589）の人の作であり、宋の秦醇（子複）[17]が断片的なものを集めて綴り合わせたのである。

と述べている。魯迅も漢の人が作ったと思わない。

司馬光嘗取㆓其「禍水滅火」語㆒入㆓通鑑㆒、殆以為㆑真漢人作、然恐是唐宋人所為。[18]

司馬光は「禍水滅火」という語を『通鑑』に引用したのでみんなは確かに漢の人が作ったと思う。

実は唐か宋の人が綴ったと思われる。

確かに、司馬光は『資治通鑑』に「飛燕外伝」にある「此禍水也、滅火必矣」を引用したが、それは言葉の引用に過ぎず、典拠ではない。『隋書』「経籍志」、『旧唐書』「経籍志」や『新唐書』「芸文志」ともに「飛燕外伝」を記さず、『宋史』「芸文志」のみ記していることをみると、作者は、自分が綴った小説の真実性を強調するために「伶玄自序」を綴ったと考えられる。

「飛燕外伝」は好色文学の祖と言われて、宋以後の禁書である。漢成帝は媚薬を飲んだり、のぞき見をしたり、肉欲の赴くままに行動したりした、酒色におぼれる[19]帝に書かれたからである。

『四庫全書』（1782）はそれを収録したが、「四庫全書総目提要」に、

此書記二飛燕姉妹始末一、実伝記之類。然純為小説家言、不可入二之於「史部」一。与二「漢武帝内伝」諸本一同一例也。

この本は飛燕姉妹のことを記したものであり、伝記に属する。しかし小説家が綴ったもので史部に入れるべきでなく、「漢武内伝」などと同じ種類に属する。

と書いて史書ではなく小説であることを強調している。

2　「飛燕外伝」の史実と虚構

「四庫全書総目提要」に書かれたとおり「飛燕外伝」は「純為小説家言、不可入之於史部」、それを『漢書』（巻九十七）「外戚伝」趙皇后（飛燕）に照らすと、一目瞭然である。「外戚伝」の初めは、

孝成趙皇后、本長安人。初生時、父母不レ挙、三日不レ死、乃収養レ之。及レ壮、属二陽阿主家一、学二歌舞一、号曰飛燕。成帝嘗微行出。過二陽阿主一、作レ楽、上見二飛燕一而悦レ之、召入レ宮、大幸。

孝成趙皇后は長安の出身で、生まれたばかりの時両親がそれを取り上げなかったが、三日の間死なかったため養育されたのであった。年頃になって陽阿公主邸で歌舞を学び、飛燕と号した。かつて成帝がお忍びで外出して陽阿公主邸に寄せ、音楽に興じた。上は飛燕を見初め後宮に召し入れて、大いに寵愛していた(20)。

と書いている。「飛燕外伝」の初め、同じ趣旨の部分は次のようになっている。やや長いが、宇治十帖の物語と比較するために必要なので、引用しておく。

趙后飛燕父馮万金。祖大力。工レ理二楽器一。事江都王二協律舎人一。万金不レ肯レ伝二家業一、編レ習二楽声亡章曲一、任レ為二繁手哀声一、自号二凡靡之楽一。聞者心動焉。江都王孫女姑蘇主嫁二江都中尉趙曼一。曼幸二万金一、食不二同器一不レ飽。万金得レ通二趙主一、主有レ娠。曼性暴妬、且早有二私病一、不レ近二婦人一。主恐称レ疾、居二王宮一。一産二女、帰二之万金一。長曰二宜主一、次曰二合徳一。然皆冒二姓趙一。宜主幼聡悟、家有二彭祖分脈之書一、善行二気術一。長而纎便軽細、挙止翩然、人謂二之飛燕一。合徳膏滑、出レ浴不レ濡。善二音辞一、軽緩可レ聴。二人皆出世色。万金死、馮家敗。飛燕妹弟流転至二長安一。於時人称二趙主子一、或云二曼之他子一。与二陽阿主家令趙臨一共二里巷一、托二附臨一、屡為二組文刺繍一、献レ臨、臨愧受レ之。居二臨家一、称二臨女一。臨嘗有レ女事二宮省一、被レ病、帰死。飛燕或称二死者一。飛燕妹弟事二陽阿主家一、為二舎直一。常竊二効歌舞一、積思精切。聴至二終日一、不レ得レ食。待二直貲服一疏苦レ財、且顓二事膏沐澡粉一、其費亡レ所レ愛。其直者、拮為二愚人一（中略）飛燕縁二主家大人一得入レ宮召幸。

趙皇后飛燕の父は馮万金と言い、祖父は馮大力という。楽器の修理にすぐれた技術を持ち、調律舎人として江都王に仕えていた。しかし万金は家業を継ごうとせず、従来の歌曲の中で歌詞が伝わらなくなってしまったものを習って編曲し、巧みな手法で悲しい曲を奏で、「凡靡の楽」と呼んでいた。その曲を聴く者は哀愁に心を動かされたのであった。江都王の孫娘姑蘇主が江都国中尉の趙曼に嫁いだ。曼は万金を可愛がり、食事をするときにも同じ皿のものを食べないと満足しないほどであった。万金は機会を得て姑蘇主と密通し、姑蘇主は妊娠してしまった。ところが曼は生まれつきひどいやきもちやきであるうえに若い頃から下の病があって女性を近づけていない。姑蘇主は（妊娠したことを知ると恐ろしく）病気と言い立てて実家に引き籠もった。そして女の双生児を産み、二人とも万金のもとへ送り届けた。姉を宜主、妹を合徳と名付けたが、どちらも趙を名乗ることにした。宜主は子どもの頃から頭のよい娘で、家にある彭祖から伝わった人体の脈絡を記述した書物を読んで呼吸方法がうまく出来るようになった。成長してからはすらりとした体格になり、動作が軽やかだったので、人々から飛燕と呼ばれた。合徳はきめが細かく滑らかな肌をしていて、水浴から上がったところを見ると、肌に水滴が残っていない。また歌が得意であり、軽く長く引く歌声は聞きものとされた。そして二人とも絶世の美人だったのである。

万金が死んだのち、馮の家がつぶれた。飛燕姉妹は流浪の末、長安に上がった。その頃人々は姉妹を趙様と呼んだり、趙曼の隠し子と思ったものもある。姉妹は陽阿主の執事の趙臨と同じ町に住んでいたので、臨に力になってもらおうと思い、組紐や刺繍を作って度々臨に送った。臨は感謝して受け取り、姉妹を自分の家に住まわせ、わが子のように扱った。臨には娘がいたが、宮仕して病気にかかり、家に帰って死去した。飛燕をその死んだ娘と思う人もあった。陽阿主の家の仕えになった。常に人目を盗んで歌舞の演奏を見習い、精神を集中して聞いて食事が出来ない時もあった。仕える給金やお仕着せは僅かなもので苦しい生活をしていたが、洗顔や化粧を専らとしていたので、お金はそれに消えていった。それを知ったほかの女中は馬鹿な女だとあざ笑った。（中略）飛燕は宮中に召し出されて、寵愛を受けるようになった。

「外戚伝」は「孝成趙皇后」から始まり、皇后の生涯を簡単に記している。「飛燕外伝」は「趙后飛燕父馮万金」から書き出し、飛燕のことは入内する前と後に分けられる。入内する前のことは音楽・踊りに心を打ち込んで習ったことを語り、入内した後は妹との寵愛争いに重きを置いている。登場人物に至っては、入内する前は父と飛燕・合徳の両姉妹がおり、入内した後は成帝と両姉妹がいるのである。

三　「飛燕外伝」の流伝と影響

1　「飛燕外伝」の主人公漢成帝

「飛燕外伝」の男主人公は漢成帝である。成帝は甘露三（B・C51）年太子劉奭（のちの元帝）と王皇后（政君）の長男として生まれた。劉奭は父宣帝（劉詢B・C91～B・C49）の不興を買い、廃太子の瀬戸際に立たされた。その頃劉驁（のちの成帝）が生まれたので、宣帝は孫の誕生を喜び、劉驁に太孫という字を与え、廃太子も沙汰なしに済ました。

竟寧元年（B・C33）五月元帝（B・C75～B・C33）が崩じ、六月に劉驁が即位し、成帝となる[21]。成帝の即位に伴って皇太子妃だった許氏が皇后になる。成帝は許氏を寵愛し、他の妃に見向きもしなかった。許皇后に子どもが生まれないため周囲から後継のことを考えて他の妃にも目を向けるようにと諫めるほどだった。

鴻嘉元年（B・C20）から成帝は忍んで遊びに出歩くようになった。『漢書』「外戚伝」趙皇后に記している。

毎二微行出一、常与二張放一倶、而称二富平侯家一、故曰二張公子一。

（成帝が）忍んで出かけるごとに張放が従っていた。富平侯家のものと称し、張公子と名乗った。

張放は宣帝時代の大将軍張湯[22]の曾孫に当たり、元帝の妹敬武公主（内親王）と（張安世の子）大将軍張臨の間に生まれた。成帝の従弟に当たり、仲の良い幼友達でもある。二人の親密関係は『漢書』巻五十九「列伝」張湯に記されている。

鴻嘉中、上欲レ遵二武帝故事一、与二近臣一游宴、放以二公主子開敏一得レ幸。放取二皇后弟平恩侯許嘉女一、上為二放一供張、賜二甲第一、充レ以二乗輿服飾一、号為下天子取二婦一、皇后嫁二女一。大官私官并供二其第一、両宮使者冠蓋不レ絶、賞賜以二千万一数。放為二侍中、中郎将一、監二平楽頓兵一、置二幕府一、儀二比将軍一。与レ上臥起、寵愛殊絶。常従為二微行出游一、北至二甘泉一、南至二長楊、五柞一、闘鶏走馬長安中、積数年。

鴻嘉年間（B・C20〜B・C17）成帝は武帝に倣って側近と遊宴し、張放は内親王の子としてもの分かりがよいことで（成帝の）寵愛を受けていた。張放が皇太后の妹、平恩侯許嘉の娘を娶ると、成帝は準備を取り仕切り、立派な住宅を賜り、乗り物や服飾を十分に用意してあげた。その立派さは天子の嫁取り、皇后が娘を嫁がせると言われた。宮中の高官や後宮の官僚は宅地を提供し、両宮からの使者や高官が絶えることなく参り、帝からのご祝儀は千万金にも上った。張放は侍中、中郎将を務め、平楽（現広西桂林辺り）の駐軍を監し、幕府（役所）を開いて将軍同然であった。成帝と共に寝起きし、ご愛顧は頗る厚かった。いつも成帝に従って忍んで遊びに出かけ、北は甘泉、南は長楊、五柞に至り、長安で闘鶏、競馬をしたりして数年にわたった。「列伝」や「外戚伝」は張放が成帝に従って数年にわたって忍んで遊んでいたことを記しているが、「飛燕外伝」には張放に一言も触れなかった。

2　匂宮・薫君と成帝・張放

匂兵部卿（匂宮）巻に、

三の宮は二条の院におはします。春宮をば、さるやむごとなきものにおきたてまつりたまて、帝、后、いみじうかなしうしたてまつり、かしづききこえさせたまふ宮なれば、内裏住みをせさせたてまつりたまへど、なほ心やすき故里に、住みよくしたまふなりけり。御元服したまひては、兵部卿と聞こゆ。

と書いている。そして、

当代の三の宮、その同じ御殿にて生ひ出でたまひし宮の若君と、この二所なむ、とりどりにきよらなる御名取りたまひて、げに、いとなべてならぬ御ありさまどもなれど、いとまばゆき際にはおはせざるべし（後略）。

と書き加えている。薫君の出自については諸説があるが、女三宮と柏木大将の間に生まれたという通説に従って人物系図を書いてみたい。

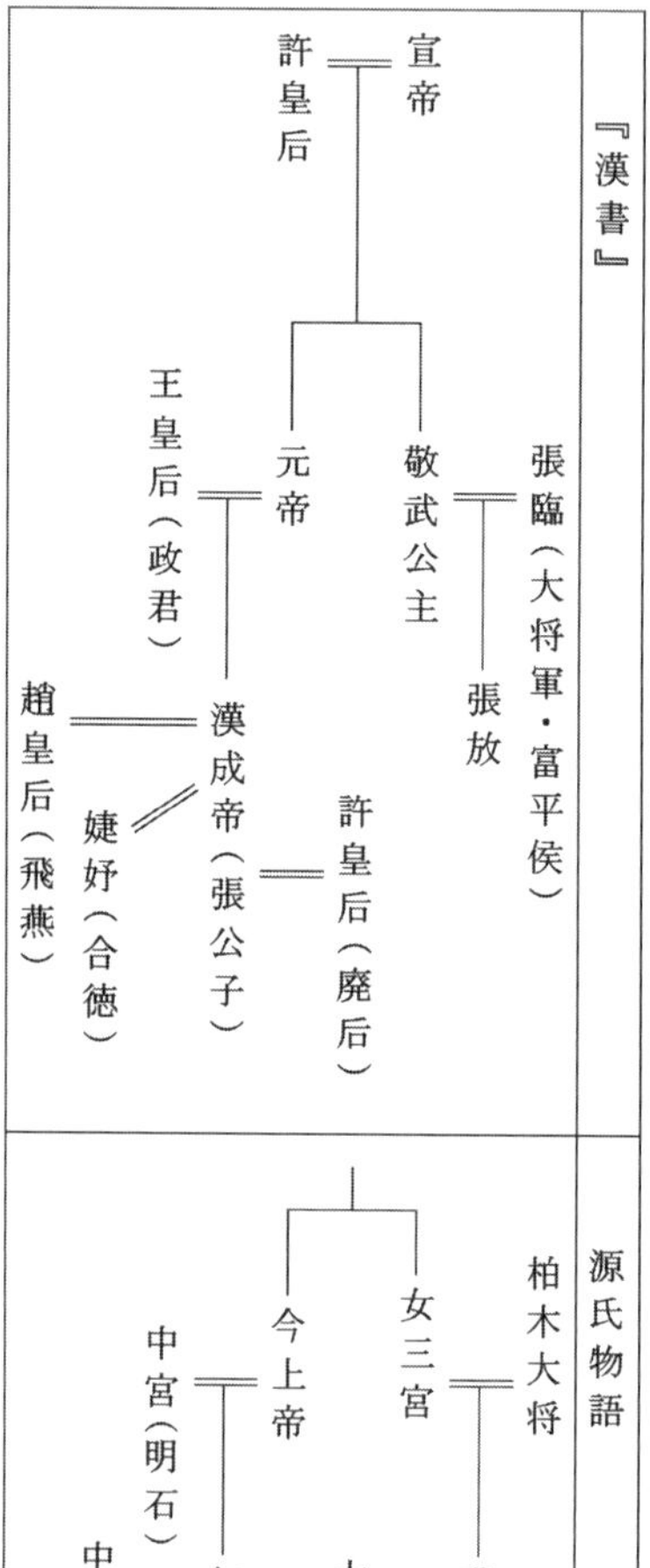

漢成帝は元帝と王皇后（政君）の間に生まれた皇子であり、匂宮は今上と明石中宮の間に生まれた皇子である。張放は大将軍張臨と敬武公主の間に生まれたが、薫君は柏木大将と女三宮の間に生まれた。薫君は張放と同様内親王と将軍の間に生まれたので、匂宮の従兄弟に当たる。匂宮と薫君の出自と血縁関係は成帝と張放とほぼ一致し、成帝と張放によって書かれたと考えられる。薫君はまた匂宮と忍んで宇治へ遊びに行ったことがあり、大君・中の君姉妹とめぐり逢ったのである。

3　飛燕姉妹と大君・中の君

匂宮と薫君は漢成帝と張放によって書かれたが、大君・中の君との愛情物語も「飛燕外伝」と類似点が多くみえるはずである。

既述したとおり「飛燕外伝」は飛燕の父馮万金から書き出し、馮万金が一人で「江都王孫女姑蘇主」と密通して生まれた双子を養育していた。大君・中の君の物語も父古宮から始まる。

そのころ、世に数まへられたまはぬ古宮おはしけり。母方なども、やむごとなくものしたまひて、筋異なるべきおぼえなどおはしけるを、時移りて、世の中にはしたなめられたまひける紛れに、なかなかいと名残なく、御後見などももの恨めしき心々にて、かたがたにつけて、世を背き去りつつ、公私に拠り所なく、さし放たれたまへるやうなり（橋姫）。

大君・中の君は大臣の姫様だった北の方との間に生まれたが、母を失い父の手元で育った。続いて「飛燕外伝」は両姉妹のことをそれぞれ紹介する。飛燕は、成長してすらりとした体格になり、動作が軽やかだったので、飛燕と呼ばれる。合徳は、きめが細かく滑らかな肌をしていて水浴から上がったところを見ると、肌に水滴が残っていない。そして歌が得意であり、軽く長く引く声はとても美しい。それに対して大君は、「心ばせ静かによしある方にて、見る目もてなしも、気高く心にくきさまぞしたまへる」。中君は、「容貌なむまことにいとうつくしう、ゆゆしきまでものしたまひける」と言う。この語り方もよく似ている。

飛燕姉妹は陽阿公主の家で仕えながら歌舞の演奏を見倣い、切磋琢磨して上手になった。成帝は、忍んで遊びに出かけ、陽阿公主の邸に寄った。酒宴が始まると、音楽に興じ、美しい飛燕を見初め宮中に召し出した。

大君・中の君は幼い頃から琵琶と箏の琴を稽古し、常に合奏稽古している。薫君は八の宮邸を訪ねるために宇治に行った。宮邸に近づくと、楽器が合奏する音が聞こえた。八の宮はいつも楽器を奏でていると聞いていたが、宮の演奏を聞く機会がなかった。今日はよい機会だと思って邸に入った。すると、琵琶の音が聞こえ、黄鐘調の調べでの合奏であった。場所柄のせいか、初めて聞くような気がし、すくい撥の音も風情がある。姉妹の部屋に通る際に透垣の戸を少し押し開けてみると、

簀子に、いと寒げに、身細く萎えばめる童女一人、同じさまなる大人などゐたり。内なる人一人、柱に少しゐ隠れて、琵琶を前に置きて、撥を手まさぐりにしつつゐたるに、雲隠れたりつる月の、にはかにいと明くさし出でたれば、「扇ならで、これしても、月は招きつべかりけり」

とて、さしのぞきたる顔、いみじくらうたげに匂ひやかなるべし。

添ひ臥したる人は、琴の上に傾きかかりて、「入る日を返す撥こそありけれ、さま異にも思ひ及びたまふ御心かな」

とて、うち笑ひたるけはひ、今少し重りかによしづきたり。

という場面が目に映った。中の君は、柱に隠れていて衣装は廂から下長押をまたいで簀子に

かけているが、大君は、箏に前かがみの姿勢で、ほほ笑んでいるかのようである。大君の気品と優雅さに惹かれて薫君は交遊を申し出た。大君・中の君は飛燕・合徳と同様、音楽を稽古し、音楽を介して貴公子と巡り逢った。

大君・中の君の愛情物語も「飛燕外伝」を受けて語られるはずだが、「異香不若体自香」によって大きな食い違いが表れた。元々飛燕と妹が成帝の寵愛を争う逸話だったが、匂宮と薫君のことに変えると無意味になってしまった。「飛燕外伝」に従えば、張放に相当する薫君は愛情物語に登場せず、匂宮と大君・中の君の愛情物語が展開される。宇治十帖になると薫君は匂宮のライバルとなる。薫君の出生に悩んだことは『漢書』「列伝」や「外戚伝」にある張放と似ず、唐の高宗と則天皇后の姉の噂、皇子李賢の謎の出生を想到し、唐の歴史物語に移すべきである。その他三角関係の主人公浮舟の出自と婚約破綻は「霍小玉伝」の主人公小玉と似ていて、ちらっと現れた手招きした男子は小玉死後の祟りと近似する。浮舟の物語と末摘花物語との関わりを再考証する必要がある。

もし「飛燕外伝」に従って薫君の悩みや、浮舟の物語を大君・中の君の愛情物語より外したら、元々匂宮は薫君と忍んで宇治へ遊び、大君と中の君に巡り逢った。匂宮は優雅な大君を見初め、中の君にも愛を求めた。中の君は飛燕の妹のように初めは強く拒み、姉の許しを得て匂宮と結ばれた。体から香りを発する中の君は間もなく姉より寵愛を受けるようになり、大君は競争心から香の調合に凝らし、召し物に焚きしめるようになったと考えられまいか。

注

(1) 欽定四庫全書総目巻一四三、子部五十三、小説家類存目による。陽山顧氏文房は「趙飛燕外伝」とされるが、『龍威秘書』「漢魏叢書」は「飛燕外伝」とされている。
(2) 『晋唐小説』(国訳漢文大成)「解説」国民文庫刊行会、大正10年
(3) 五蘊とは「坎蘊」の略称である。色蘊、受蘊、想蘊、行蘊、識蘊をさし示す。
(4) 「七香」は一般的に「沉香・檀香・松香・乳香・丁香・木香・藿香」をいう。
(5) 『文鏡秘府論』「地巻」九巻「春意」
(6) 『和漢朗詠集』「鳥声韻管弦」序
(7) 『開元天宝花木記』に禁中は木芍薬を牡丹と呼んだと書いている。
(8) 『全唐詩』巻二十七、『旧唐書』「礼楽志」、「楊太真外伝」にもみえる。
(9) 『全唐詩』巻二十八
(10) 『全唐詩』巻二一六
(11) 一巻、別名「趙后遺事」、著者知らず、清馬俊良輯『龍威秘書』にある。
(12) 『青瑣高議』(前集七巻)に初見、『説郛』(巻三十三)に収め、別名「趙氏二美遺踪」
(13) 全稱「趙飛燕昭陽趣史」、明豔豔生(生卒不詳)著、二巻、『中国禁毀小説大全』(黄山書社、1992)によれば、大英博物館に明代の抄本が6冊あり、オランダ漢文研究院に明版本を収蔵している。
(14) 明清二朝内務府蔵本
(15) 胡應麟は字元瑞、号少室山人、別号後石羊生、浙江省金華府蘭渓県の出身。明代著名な学者、詩人、

文芸批評、詩論に長ける。『少室山房集』、『少室山房筆叢』など37種、３４７巻ある。
(16)『胡應麟筆叢』巻二十九
(17)秦醇、字子複。生卒不詳。「飛燕別伝」「趙氏二美遺踪」の作者と言われる。
(18)魯迅『中国小説史略』「第四篇現存する漢代小説」
(19)『漢書』巻十「成帝紀第十」
(20)小竹武夫訳『漢書』「外戚伝」第六十七、筑摩書房、１９９８年
(21)『漢書』巻十「成帝紀第十」、『漢書』巻九十八
(22)張湯（?～B・C１１６）は漢武帝時代の名臣であり、息子は張安世、孫は張臨、曾孫は張放という。『漢書』巻五十九「列伝」、『史記』巻一二二「酷吏列伝」にも張湯の伝がある。

後　書

源氏物語は中国でも親しまれている古典文学作品である。初めて伝わったのは日中国交回復（１９７２）後出版した故豊子愷訳の中国語『源氏物語』（人民文学出版社、１９８０）である。編集者の葉渭渠は豊氏訳の「序」と「後記」を作り、『源氏物語』は中国の長篇小説『紅楼夢』と同様愛情物語であると紹介した。その後源氏物語と紅楼夢、源氏と賈宝玉を比較する論文が現れた。当時教壇に立った私はそのような卒論を審査するよう命じられた。源氏物語の原文を見たこともない私は任に堪えないこともあり、興味もあるため研修する目的で来日した。

神戸大学の筧久美子先生の紹介で関西大学の清水好子先生の授業を聴講することになり、原文読みから始まった。清水先生が定年になると甲南女子大学大槻修先生の講座に温かく迎えられた。甲南女子大学というとお嬢様学校と思われるかもしれないが、実際、各分野に造詣の深い教授が揃っていて、しっかりとした指導が行われた素晴らしい大学である。

源氏物語及びその研究書を読みあさるうちに和辻哲郎の「源氏物語について」（『日本精神史研究』大正15年、岩波書店）が目に入った。和辻論文の末尾にみえる、

源氏は一人の人格として描かれていない。その心理の動き方は何の連絡も必然性もない荒唐無稽なものである。しかし我々は「原源氏物語」を想到するとき、そこに幾人かの恋人

に心を引き裂かれながらもなお一つの人格として具体的な存在を持った主人公を見いだすことができそうに思われる。それは自己を統御することのできぬ弱い性格の持ち主である。しかしその感情は多くの恋にまじめに深入りのできるだけ豊富である。従ってここに人生の歓びとその不調和とが廓大して現れる。この種の主人公が検出せられたとき、源氏物語の構図は初めて芸術品として可能なものとなるであろう。

という部分を読み終えると、気持ちが揺れた。「源氏は一人の人格として描かれていない。その心理の動き方は何の連絡も必然性もない荒唐無稽なものである」と言うと通説の「源氏一代記」を否定した。「原源氏物語」とは源氏物語の手本、下敷きを意味する。物語はそれによって作ったという。さらに和辻氏は「現存の源氏物語をそのままに一つの芸術品として見るべきであるならばそれは傑作ではない」、自分だけでなく古来学者のうちに源氏物語を悪文だと言った人があると言った。

和辻氏の指摘を閑却し得ないと思ってその種の主人公を検出しようと決めて着手した。三十年以上もたゆまず研究を続け、印象的なことを二、三述べて「後書」とする。

和辻氏が着眼した帚木巻の冒頭文と桐壺巻の繋がりを踏まえて考察してみた結果、桐壺の前半は敦康親王が聴講した『御注孝経』を著撰される玄宗・楊貴妃の愛情物語に基づいて書かれた「長恨歌・伝」の詩句に秘める典拠を解する短篇が集中すること、後半は作文会において大江以言が作った序文にみえる「唐高宗之得鍾愛、伝古文於七年之風」の出典とする「高宗本紀」によって書かれた物語があるし、それと繋がる「則天皇后本紀」によって書かれた物語があると分かった。桐壺巻は敦康親王の読書始めの儀と作文会と対応するようになっていて、最古の源氏物語の一部分だった可能性がある。なお帚木巻の冒頭文は「鶯鶯伝」を受容して作られたことが分かり、桐壺巻の後半を受けるものとして相応しくないことは明らかになった。

和辻氏はまた源氏物語にある表現の不十分な部分や描写の混乱を指摘し、その上で、

紫式部日記に見ても、彼女が才を包もうとしたのはただ「漢文学の知識」についてのものであって和文の物語の作者であることはさほどの誇りでもなくまた名誉でもなかったらしい。

と述べている。基本的に紫式部の状況に符合する。紫式部は男尊女卑がひどく、女性が漢文を習ってはいけない時代に生まれた。父為時が弟に史記を教える時に傍聴したのみ、書物を手にとって読み、潜心に習ったことはなかった。『本朝麗藻』に収める詩文を読めば分かるが、為時は一流の文人ではないし十年以上も散官に遇った下級貴族である。要するに落ちぶれた貧困な家庭に育ち、学歴のない紫式部は漢文の知識があると言っても限りがある。紫式部日記にみえる、

うちの上の、源氏物語人に読ませ給ひつつ聞こしめるに、この人は日本紀をこそ読み給ふべけれ。まことに才あるべしと、のたまはせるを（後略）

という記事によれば、彼女はなにかの歴史物語を作ったと思われるが、桐壺巻はすべてが彼女の作とは思えない。なぜなら、桐壺巻に帝が亡き妃への思念を語る短篇がみえる。それは、

元稹の「行宮」を翻案して舞台を設置し、「行宮」の結句なる「閑坐説玄宗」で物語の幕開きをした。「行宮」が「長恨歌」の「行宮見月傷心色」に繋がる構想は巧みであり、一般教養の知識人は考えても思いつかない。桐壺巻にまた「金屋粧成嬌侍夜」によって語られた短篇がみえる。「金屋粧成嬌侍夜」は「漢武帝故事」を出典とし、詩句に武帝と阿嬌（のちの陳皇后）の逸話を秘めている。『漢書』「外戚世家」に太子時代の武帝が阿嬌と結婚したことが記されているが、武帝は7歳で立太子、16歳で即位した。何歳で阿嬌と結婚したのかはどこにも書いていない。しかし作者は平安朝の儀式書なる『西宮記』によって太子元服の儀を補った。太子元服の儀が終わったその夜葵上が添い伏し、成人してからの結婚という構想になる。太子元服の儀は高級官僚しか知らず、女房が書けるわけはない。

唐の歴史物語は言うまでもなく、伝奇小説もみな唐の高級官僚、一流の知識人が綴ったのである。長年漢文を習った現代人にも難しく、まったく学歴のない落ちぶれた家庭に育った紫式部が読み取った上で直したり、翻案したりするなど不可能と言ってよい。

和辻氏の指摘に従ってある種の主人公が検出されて「原源氏物語」もしだいに明らかになる。桐壺巻から始まった源氏の物語は「源氏一代記」ではなく、紫式部が虚構したものでもない。平安朝の高級官僚を含んでの知識人が唐の歴史書や伝奇小説を手本にして再創造した物語集である。

源氏物語は後世文学に多大な影響を与えたと思われるが、『大鏡』・『栄華物語』・『狭衣物語』・『浜松中納言物語』は先に挙げられる。恋を趣旨とする『狭衣物語』・『浜松中納言物語』は源氏物語が受容した伝奇小説を利用して書かれたところも見られるが、説明するのには時間がかかるので、本書からは省く。『大鏡』・『栄華物語』は桐壺巻から始まる唐の歴史物語を承継したところがあり、明らかである。

前述したが、桐壺巻の前半には玄宗の物語に基づいて書かれた「長恨歌・伝」に秘める史実と典拠によって語った物語がある。後半から『旧唐書』「高宗本紀」「則天皇后本紀」によって太宗、高宗・則天皇后及びその子孫なる中宗、睿宗、玄宗、百数十年をわたる歴史によって作られた物語がみえる。寛弘年間と同じ時期の北宋では三国史、漢唐の歴史を分かりやすく語る大衆文芸が盛んだったが、中国の歴史を日本語に直して語るのは源氏物語からである。それに続いて平安朝の歴史を物語風に作り、独創的な作品を作り上げた。

『大鏡』は古くから『世継物語』、『世継の翁が物語』、『世継の鏡の巻』、『摩訶大円鏡』と言って王朝の興替を語ることを示すが、題名は太宗の言葉に由来し、文体は元稹の「連昌宮詞」を踏襲した。太宗は、いつも率直に忠告してくれた大臣魏徴の死によって、

夫以銅為鏡、可以正衣冠。以古為鏡、可以見興替。以人為鏡、可以知得失。朕常以此三鏡、以防已過（『旧唐書』巻七十一、「列伝」第二十一「魏徴」・『資治通鑑』「唐紀」・『隋唐嘉話』）

夫れ銅を以て鏡と為せば、以て衣冠を正す可し。古を以て鏡と為せば、以て興替を知る可し。人を以て鏡と為せば、以て得失を明かにす可し。朕常に此の三鏡を保ち、以て己が過を防ぐ

と言った。太宗が言った「以古為鏡、可以見興替」に因んで『大鏡』がつけられた。大宅世継と夏山繁樹という老人が176年にわたる王朝の興替を若侍に語ることを記すという文体は元稹の有名な「連昌宮詞」の回想式を踏襲し、桐壺巻の前半にみえる帝の思念に繋がった。『栄華物語』も平安時代の歴史を記す物語であり、この表記のほかに『世継物語』または『世継』ともいう（渡辺守順「栄花物語における叡山仏教」『印度學佛教學研究』第23巻第2号、1975）。『栄華物語』は『大鏡』と同じく藤原道長の栄華を中心にするが、巻第六は「かゞやく藤壺」と書いて彰子中宮を桐壺巻から登場した藤壺に準えた。藤壺が則天皇后を下敷きに書かれたので、彰子中宮を則天皇后に準える気持ちがあった。言外に、彰子中宮は則天皇后と同じように中宮に立つと一族に繁栄をもたらし、道長は外戚として高宗朝の外戚に負けないほど絶大な力を持っていることを誇示するのである。

両作とも道長が栄華の頂点に上った燦爛たる一面を中心とするが、成功のみならず失敗も描き出している。それは太宗が言った「以人為鏡、可以知得失」を引き受けて戒めとした目的があるまいか。

和辻氏が言ったとおり源氏物語の主人公を検出するに伴って「原源氏物語」が浮き彫りになり、何かを論じる場合、それを根拠にして言えば説得力がある。

本書は「則天皇后本紀」を大綱に辿りながら進めるため割愛したものもあれば、思い至らない遺漏もある。拙作をたたき台にして物語の主人公を検出し続けていけば、芸術品としての源氏物語の構図が現れると期待される。

最後は先生方のご指導、友人の温かい援助、激励に感謝し、本書の出版を支援していただいた東京図書出版社の皆様に心より感謝申し上げます。

主要参考文献

石田穣二・清水好子校注（新潮日本古典集成）『源氏物語』新潮社、２０１４年
阿部秋生・秋山虔・今井源衛校注訳（日本古典文学全集）『源氏物語』小学館、１９９４年
渋谷栄一校注訳『源氏物語の世界』ネット、２０２０年
池田亀鑑『物語文学』至文堂、１９６８年
『森克己著作選集』全６巻、国書刊行会、１９７５〜１９７６年
第１巻　日宋貿易の研究　新訂・第２巻　続・日宋貿易の研究・第３巻　続々・日宋貿易の研究
第４巻　日宋文化交流の諸問題　増補
和辻哲郎「源氏物語について」『日本精神史研究』岩波文庫、大正15年
水野平次『白楽天と日本文学』大学堂書店、１９８２年
山中裕『源氏物語の史的研究』思文閣、１９９７年
清水好子『源氏物語論』塙書房、１９６６年
川口久雄『平安朝日本漢文学史の研究』明治書院、１９８８年
本朝麗藻を読む会『本朝麗藻簡注』勉誠社、１９９３年
藏中進『則天文字の研究』翰林書房、１９９５年
新釈漢文大系『史記』・『貞観政要』・『唐代伝奇』明治書院
田中謙二編訳『資治通鑑』ちくま学芸文庫、２０１９年

『旧唐書』中華書局
『宋史』中華書局
『太平広記』中華書局
汪辟彊『唐人小説』上海古籍、1978年
胡戟『武則天本伝』三秦出版社、1986年
魯迅『中国小説史略』中国北新書局
今村与志雄訳『中国小説史略』ちくま学芸文庫、1997年

郭　潔梅（かく　けつばい）(KAKU KETU BAI)

1945年中国長春市生、1969年中国吉林大学外国語言文学系卒業。1994年日本甲南女子大学大学院国文学修士、1997年国文学博士課程修了、文学博士。

源氏物語の源泉研究

2024年３月25日　初版第１刷発行

著　　者　郭　潔梅
発 行 者　中田典昭
発 行 所　東京図書出版
発行発売　株式会社 リフレ出版
〒112-0001　東京都文京区白山 5-4-1-2F
電話 (03)6772-7906　FAX 0120-41-8080
印　　刷　株式会社 ブレイン

ISBN978-4-86641-696-0 C3095
Printed in Japan 2024